읽고 쓴다는 것,
그 거룩함과
통쾌함에 대하여

[큰글자책] 고미숙의 글쓰기 특강: 읽고 쓴다는 것, 그 거룩함과 통쾌함에 대하여

발행일 큰글자책 초판3쇄 2024년 7월 15일(甲辰年 辛未月 庚辰日) | **지은이** 고미숙
펴낸곳 북드라망 | **펴낸이** 김현경 | **주소** 서울시 종로구 사직로8길 24 1221호(내수동, 경희궁의아침 2단지) |
전화 02-739-9918 | **팩스** 070-4850-8883 | **이메일** bookdramang@gmail.com

ISBN 979-11-92128-28-3 03800 | **Copyright ©** **고미숙** 저작권자와의 협의에 따라 인지는 생략했습니다. 이 책은 지은이와 북드라망의 독점계약에 의해 출간되었으므로 무단전재와 무단복제를 금합니다. 잘못 만들어진 책은 서점에서 바꿔 드립니다.

책으로 여는 지혜의 인드라망, 북드라망 www.bookdramang.com

고미숙의 글쓰기 특강

읽고 쓴다는 것, 그 거룩함과 통쾌함에 대하여

양생과 구도, 그리고 밥벌이로서의 글쓰기

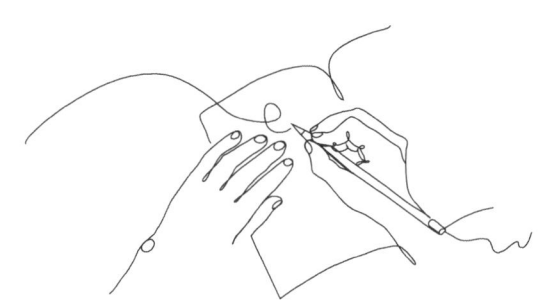

BookDramang
북드라망

지금도 좋고 나중에도 좋은!

결국 이 책을 쓰고야 말았다. 글쓰기에 대한 책이라니. 그동안 수많은 글을 썼다. 또 2000년 이후엔 매년 평균 한 권 정도의 책을 냈다. 그걸로 충분하지 않은가? 글쓰기가 얼마나 매혹적이고 충만한 작업인지를 보여 주는 것은. 굳이 '글쓰기'에 대한 책을 별도로 써야 하나? 이렇게 생각했던 것 같다. 당연히 이 책은 저술일정에 포함되지 않았다. 근데, 갑자기 몇 달 전부터 나는 무엇에 홀리듯 글쓰기에 대한 책을 쓰고 있었다. 너무도 태연하게 그리고 자연스럽게. 그런 나의 모습에 누구보다 내가 놀라웠다. 하여, 지금 서문을 쓰면서 다시 생각해 본다. 나는 왜 글쓰기에 대한 책을 쓰게 되었는가?

먼저, 쓰는 것과 읽는 것은 분리되지 않는다. 읽지는 않고 쓰기만 하는 사람은 없다. 읽었으니 쓰고, 쓰려면 읽어야 한다. 그건 마치 영화를 보지도 않으면서 영화를 만들겠다는 것이나 음악을 잘 들지도 않으면서 작곡을 하겠다는 것이나 마찬가지다. 쓰기와 읽기는 둘이 아니다. 그래서 글쓰기 책이지만 '읽고 쓴다는 것, 그 거룩함과 통쾌함에 대하여'라는 제목을 갖게 되었다. 곰곰이 되새겨 보니, 이 제목 때문에 책을 쓰게 된 거 같다. 몇 년 전 이 문장을 처음 만났을 때 가슴이 뛰었다. 읽기와 쓰기에 대한 최고의 아포리즘이자 내가 그토록 기다리던 문장이었기 때문이다. 해서, 틈만 나면 이 구절을 여기저기 인용하면서 세상에 전파하곤 했다. 하지만 그걸로는 영 아쉬웠나 보다. 자꾸만 이 말들이 내 머릿속을 맴돌더니 마침내 나로 하여금 글쓰기에 대한 책을 쓰도록 유도했구나, 라는 생각이 이제서야 든다.^^

이게 '사소한' 이유라면, 좀 '사소하지 않은' 이유도 있다. 나는 30대 후반 박사학위를 받고 교수 진입에 실패하여(이 말은 강의 때마다 늘 하는 거라 내가 물릴 지경이다. 그래도 또 한다. 왜? 모르는 사람들이 아직도 많기 때문이다^^) 혼자 공부하는 게 너무 심심하여 지식인공동체를 꾸렸는데, 그게 〈수유연구실〉에서 시작하여, 〈수유+너머〉를 거쳐 현재 〈감이당〉으로 진화했다(〈남산강학원〉은 〈감이당〉의 이웃이다. 깨봉빌딩 2, 3층을 같이 쓴다. 그래서 〈남산강학원&감이당〉으로 부르기도 한다). 그 사이에 걸린 시간이 대략 20년이다. 적지 않은 세월이다. 그 사이에 공부와 일상, 존재와 세계, 앎과 삶 등에 대한 나름의 비전과 노하우가 쌓였고, 그걸 세상에 전파할 때도 된 듯하다. 헌데, 그 비전과 노하우의 중심에 바로 글쓰기가 있다. 글쓰기야말로 출발이자 귀결점이며, 알파요 오메가다. 양생술이자 구도이며 또 밥벌이다. 믿기 어렵겠지만, 사실이다.^^

이 책은 글쓰기에 관한 책이다. 보통 글쓰기 책은 글쓰기의 테크닉에 관한 것이 대부분이다. 어떻게 해야 글을 잘 쓸 수 있을까? 주제와 소재의 적절한 배합, 유창한 수사학, 탄탄한 논리구조 등등. 물론 중요하다. 하지만 글쓰기를 평생 동안, 또 생업으로 하려면 무엇보다 글쓰기의 원리에 대한 통찰이 필요하다. 사람은 왜 쓰는가? 쓴다는 것이 인간에게 어떤 의미인가? 본성과 쓰기의 관계는 무엇인가? 등등. 그래서 존재론을 먼저 구축한 다음 실전에 들어가는 것이 좋다. 실전부터 했다가는 금방 밑천이 바닥나 버린다. 그렇게 되면 무엇보다 글쓰기를 지속할 수 있는 동력을 상실해 버린다. 뭐든 근본에 닿아 있어야 삶의 기술로 운용할 수 있다는 것이 나의 실용주의다.

해서, 이 책은 크게 '이론편'과 '실전편'으로 구성되었다. 전자가 바로 글쓰기의 존재론이고 후자는 그동안 〈감이당〉에서 수행했던 '글쓰기 특강'을 간략하게 압축한 녹취록이다. 존재론을 통해 비전을 탐구하고, 실전편을 통해 글쓰기의 각종 테크닉을 찬찬히, 치밀하게 터득하기를 바란다. 물론 둘은 분리되지 않는다. 비전탐구와 실전훈련이 동시적으로 이루어지면 글쓰기와 일상이 하나가 된다. 그렇게 한 걸음씩 가다 보면 알게 될 것이다. 왜 글쓰기가 양생이고 구도이자 밥벌이인지를.

예전엔 미처 몰랐다. 내가 매년 한두 권의 책을 쓰게 될 줄은. 그리고 글쓰기로 먹고 살고 세상을 만나고 생사의 비전을 탐구하게 될 줄은. 그런데 그런 일이 일어났다. 기적이다!^^ 그래서 생각했다. 나처럼 평범하기 이를 데 없는 사람도 할 수 있다면 누구라도 할 수 있지 않을까? 무엇보다 '지금도 좋고 나중에도 좋은' 일이 글쓰기 말고 또 있을까? '이생에도 좋고 다음 생에도 좋은' 일이 글쓰기 말고 또 있을까? 결정적으로 '나에게도 좋고 남에게도 좋은' 일이 글쓰기 말고 또 있을까?

이것이 내가 이 책을 쓰게 된 진짜! 이유다. 이 간절함이 독자들의 마음에 가닿게 되기를 진심으로 기원한다.

2019(기해년) 9월 15일

깨봉빌딩 2층 장자방에서

고전평론가 고미숙 쓰다

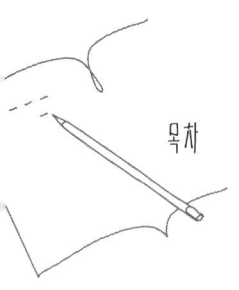

목차

2부 실전편
─대중지성의 향연

프롤로그 :

나는 왜 글을 쓰는가? — 나의 글쓰기 편력

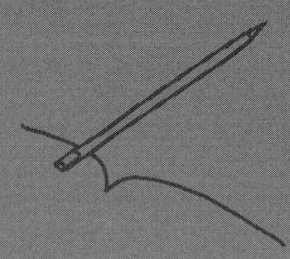

1.

- **근대성 3종 세트** : 『계몽의 시대』, 『연애의 시대』, 『위생의 시대』

- **열하일기 3종 세트** : 『열하일기, 웃음과 역설의 유쾌한 시공간』, 『세계 최고의 여행기 열하일기』 상/하(공역), 『삶과 문명의 눈부신 비전 열하일기』

- **달인 4종 세트** : 『공부의 달인, 호모 쿵푸스』, 『사랑과 연애의 달인, 호모 에로스』, 『돈의 달인, 호모 코뮤니타스』, 『낭송의 달인, 호모 큐라스』

- **동의보감 4종 세트** : 『동의보감, 몸과 우주 그리고 삶의 비전을 찾아서』, 『나의 운명 사용설명서』, 『고미숙의 몸과 인문학』, 『"바보야, 문제는 돈이 아니라니까" : 몸과 우주의 정치경제학』

- **그리고** 『두개의 별 두개의 지도 : 다산과 연암 라이벌 평전 1탄』, 『청년 백수를 위한 길 위의 인문학 : 임꺽정의 눈으로 세상을 보다』, 『윤선도 평전』, 『고미숙의 로드클래식, 길 위에서 길 찾기』, 『고전과 인생 그리고 봄여름가을겨울』, 『조선에서 백수로 살기』

2000년 이후 나의 저서 목록이다. 3종, 4종 세트가 많은 건 그냥 나의 스타일이다. 솔직히 좀 많이 썼다. 1997년 중년 백수가 되어 〈수유연구실〉을 시작할 때만 해도 내가 이렇게 많은 책을 쓰리라곤 감히 상상하지 못했다. 1987년 박사과정을 들어갈 때는 더더욱. 그저 학위과정을 무사히 마치는 것, 평생 글쓰기를 하면서 살아가는 것—이 정도가 간절한 바람이자 비전이었다. 내 주변의 지인들은 그나마도 지나친 욕심이라고 간주했을 것이다. 무슨 뜻 이냐고? 애시당초 재능도 욕망도 별로였다는 의미다. 그랬던 내가 어쩌다 이렇게 많은 책을 쓰고, 급기야(?) 글쓰기에 대한 책을 쓰기 에 이르렀을까? 누구보다 나 자신이 참 궁금하다.

하여, 이참에 나의 글쓰기 편력을 되짚어 보고자 한다. 첫번 째 변곡점은 박사학위를 받은 1994년. 30대 중반이었다. 내 전공 은 조선후기 시가(시조, 사설시조, 잡가 등)와 예술사에 대한 것이다. 이 문장을 쓰면서 깜짝 놀랐다. 내가 시가 장르와 예술사 전공자라 니. 지금의 나하고는 '멀어도 너무 먼' 영역이다. 이후 이 분야와 관 련된 학술적 글쓰기를 좀 했고, 저서도 두 권 출판했다. 교수가 되 었다면 이 책들이 내 인생의 기념비적(!)인 목록이 되었겠지만, 교 수 진입이 봉쇄되면서 이 책들은 조용히 세상에서 증발해 버렸다. 해서, 결국 여기까지가 나에게는 습작과 수련의 시기로 분류된다. 1984년 대학원(석사과정)에 입학할 무렵부터 따지면 무려 15년쯤 되는 시간이다.

믿기 어렵겠지만 대학원에 입학하기 전까지 나는 글을 써 본 적이 없다. 독일문학, 러시아문학, 영문학 등을 좋아하긴 했지만 그 저 서구문학에 대한 막연한 동경이거나 외국어 습득의 과정이었 을 뿐, 내가 감히 뭔가를 쓴다는 건 설정조차 하지 못했다. 그러다 한국 고전문학으로 전과를 해서 대학원에 입학한 다음에도 저자가 된다는 건 언감생심이었다. 같은 국문과라도 현대문학 쪽은 시인과 소설가를 겸하기도 하지만 고전문학은 영 풍토가 다르다. 이쪽은 문헌학 아니면 역사학이 기본이다. 당시는 모더니즘과 역사주의가 풍미하던 시절이라 더더욱 엄숙주의와 근엄함이 대세를 이루었다. 문학평론조차도 곁눈질해서는 안 되었다. 리포트를 발표할 때 비평적 스타일이 조금이라도 감지되면 바로 '경박하다' '고전의 권위를 훼손했다'는 평이 돌아왔다. 하지만 이런 분위기 덕분에 공부의 기본기는 제대로 익힐 수 있었다. 돌이켜보니 무려 15년에 걸쳐 기본기만 쌓은 셈이다. 그래도 좋았다. 남들은 눈치채지 못했겠지만 내 안에선 '읽고 쓰는 것'의 즐거움이 날마다 조금씩 차오르고 있었으니까. 어쩌면 기본기란 그런 것일지도 모른다. 진정으로 무언가를 원하고, 그 기쁨을 소소하게 누릴 수 있는 능력 말이다.

2.

그래선가. 박사학위를 받고 나자 내 안에 새로운 욕망이 꿈틀거리기 시작했다. 경박할지언정 어깨에 힘을 좀 뺄 수 있는, 그러면서 동시대의 현장에 참여할 수 있는 비평체가 쓰고 싶어진 것이다. 지금도 그렇겠지만, 그때는 『창작과 비평』이나 『문학동네』 같은 잡지에 글을 싣는 것이 가문의 영광(^^)이었던 시절이다. 우연한 기회에 고전과 현대를 버무린 좀 이상한 스타일로『문학동네』로 데뷔하는 영광을 누렸다. 이후 몇 년간 여기저기 글을 발표할 수 있게 되었고, 그 모음집이『비평기계』라는 평론집으로 출간되었다. 제목부터가 좀 '날이 서' 있다. 실제로 대부분의 글이 독설로 가득 차 있다. 덕분에 신예 평론가로 주목을 받기도 했다. 하지만 나는 곧 비평적 글쓰기에서 벗어난다. 만약 교수가 되었다면 문학평론을 계속할 수 있었을까? 그럴지도 모른다. 고전문학을 연구하면서 문학비평을 한다는 건 크나큰 행운에 속하니까. 하지만 비평과의 인연은 거기까지였다. 시절인연이 바뀌기도 했지만, 그 이전에 실존적으로 깊은 회의가 들어서다. 내력을 되짚어 보자면 대강 이렇다.

비평가로 활동하면서 나는 내가 독설에 능하다는 것을 알게 되었다. 논쟁적 글쓰기를 할 때면 나도 모르게 정말 공격적이면서 독한 언어들이 마구 쏟아져 나왔다. 마치 내 혀 속에서 '단검'이 튀어나오는 느낌이랄까. 그런 글을 쓰면 당연히 두 가지 반응이 나온다. 열렬한 찬사와 지독한 반발. 거기에 휘둘리게 되면 결국 그 '검'을 더더욱 벼리는 수밖에 없다.

연암이 나에게 준 가장 큰 선물은 이런 식의 글쓰기를 그만하라는 메시지였다. 그는 말한다. 타인을 비판하는 것으로 명예를 얻는 것은 떳떳한 일이 못된다고. 그 말이 뇌리에 박히면서 비평이 딱 재미없어졌다. 게다가 아무리 독설을 신랄하게 해도 상대방이 내 의견을 경청하거나 바뀔 가능성은 거의 제로다. 왜? 자신을 미워한다고 생각하기 때문이다. 나를 미워하는 이의 충고를 듣는 사람이 있는가? 아니, 그 이전에 그 말을 하는 주체 역시 그걸 원하지도 않는다. 누군가의 단점을 지적하면서 자신의 우월감을 증명해 보이는 게 목적이니까. 『동의보감』을 배우고 보니 그런 식의 글쓰기는 몸에도 해롭고 정신에는 더 해롭다. 내 삶에 해로운데 세상을 이롭게 할 리는 더더욱 없다. 헌데, 왜 그 시절엔 그게 글쓰기의 멋진 코스라고 생각했을까? 고전의 엄숙주의와 비평의 독설, 이 두 가지밖엔 선택지가 없었던 것일까?

이런 질문에 봉착하게 된 건 전적으로 박사실업자가 되어 수유리에서 지식인 공동체를 시작하면서부터였다. 교수가 되지 못했다는 건 전공을 중심으로 글쓰기를 생산하지 않아도 된다는 뜻이다. 그럼 뭘 쓰지? 아니 그 이전에 뭘 공부하지? 당연히 인생과 세상에 대한 공부를 하면 된다. 쉽게 말해, 그냥 끌리는 대로 하면 된다! 한마디로 대학이 만들어 놓은 담론적 구조에서 벗어나게 된 것이다. 그때부터 내 공부의 영역은 무한확장되었다. 서양철학, 포스트모더니즘, 뇌과학, 동양의학, 불교, 자연과학 등등. 그러면서 알게 되었다. 그동안 나의 공부와 글쓰기는 문학이라는 담론적 장에서 맴돌고 있었다는 사실을. 그 시절 글을 쓴다는 것은 시, 소설, 아니면 평론, 이런 장르를 생산하는 일이었다. 고전문학 연구는 저 아득한 태곳적으로 거슬러 올라가면서 문학 '비슷한' 텍스트를 발굴하여 거기에 역사적 의미를 부여해 주는 작업이다. 고전의 글쓰기에는 시, 소설, 평론을 넘어선 실로 다채로운 글쓰기 형식들이 넘쳐난다. 하지만 그건 중요하지 않다. 문학적이냐 아니냐가 중요할 뿐. 그렇다! 20세기는 '문학주의'의 시대였고, 글을 쓴다는 건 문학 혹은 문학 주변의 텍스트를 생산하는 것일 뿐이다. 실로 대단한, 동시에 지독한 판타지다. 교수가 되었다면 평생을 이 망상의 그물망에서 허우적댔을 것이다. 거기에서 벗어난 것만으로도 나의 40대는 충만하다!

2003년 『열하일기』 리-라이팅(『열하일기, 웃음과 역설의 유쾌한 시공간』)을 하면서 고전평론가가 되었다. 이전에 없던, 아주 낯설고 새로운 글쓰기의 여정이 시작된 것이다. 그게 가능했던 것은 〈수유+너머〉라는 지식인공동체와 그린비 출판사 덕분이었다. 특별히 기획된 건 아니었고 그저 인연의 흐름에 응답했을 뿐인데, 나의 사상적 변곡점과 딱 맞아떨어진 셈이다. 그때부터 나는 자유로워졌다. 문학에 매일 필요도, 부질없는 논쟁을 할 필요도, 학술적 성과를 낼 필요도 없이, 인생과 세계를 향한 물음과 응답을 그대로 글로 옮기면 되었다. 연암은 그런 점에서 진정 최고의 스승이자 길벗이다. 고전문학의 엄숙주의와 비평의 독설에서 벗어나니 몸도 마음도 편안해졌다. 물론 밥벌이도 가능해졌다.^^ 『열하일기』가 낳은 인연은 헤아릴 수 없이 많다. 중국, 사스, 코넬대학, 뉴욕, 서부사막, 크크성, 쿠바 등등…. 지금도 이 인연의 퍼레이드는 꼬리에 꼬리를 물고 계속 이어지는 중이다. 『열하일기』의 말과 글들은 바람처럼 공기처럼, 또 물처럼 그렇게 흐르고 흐른다.

한편 나의 내면에서는 질문이 깊어졌다. 글쓰기와 신체, 글쓰기와 시대, 글쓰기와 운명 등등으로. 그래서였나. 『열하일기』 리라이팅을 내고 얼마 후 『동의보감』이라는 고전을 만났다. 이 느닷없는 마주침이라니. 아무리 생각해도 신통방통하다.^^ 병을 치유하기 위해 길을 찾아 헤매다가 동아시아 최고의 의학고전을 만난 것이다. 거기에서 또 하나의 벽이 무너졌다. 의학, 즉 몸과 질병도 앎의 영역이었구나, 그런데 왜 우리는 그것을 오롯이 전문가에게 맡겨 놓고 전혀 돌아보지 않았을까? 삶의 가장 구체적 토대는 몸인데, 우리는 왜 몸을 생략한 채 온갖 이미지들로 삶을 기획했을까? 등등.

『동의보감』 자체는 동양의학의 방대한 집대성이다. 몸과 우주, 병과 약, 오장육부와 오운육기(五運六氣) 등이 다양한 방식으로 펼쳐져 있다. 나는 거기에서 다양한 담론, 수많은 이야기들을 발견했다. 더 정확히 말하면, 그 담론과 이야기들이 내게로 왔다. 누군가의 말처럼 '단어들, 개념들은 여행을 좋아한다'. 여기에서 저기로, 이 분야에서 저 분야로 그렇게 이동하면서 수많은 균열과 생성을 야기한다.

정말 그랬다. 어느새 『동의보감』과 관련한 책을 무려 네 권이나 냈다. 더 중요한 건 다른 모든 책에도 『동의보감』의 양생술이 다양한 방식으로 변주되고 있다는 사실이다. 고전은 머물러 있는 텍스트가 아니다. 수없이 흐르고 흘러 다양한 변종을 만들어 낸다. '달인 4종 세트'니『로드클래식』이니『두개의 별 두개의 지도』등을 낼 수 있었던 원동력도 다 거기에 있다. 고전의 유동성과 접속하는 것! 동시에 나는 삶 자체를 다시 기획하게 되었다. 2009년〈수유+너머〉를 떠나〈감이당〉이라는 '인문의역학' 네트워크를 열게 된 것이다. '감'은『주역』의 감(坎)괘를 의미한다. 감은 물이고, 물은 지혜의 원천이다. 인문학과 의역학의 콜라보를 통해 인생과 우주의 비전을 찾아간다는 의미다.『동의보감』을 만났기에 가능한 실험이었다. 말 그대로 '고전에서 길을 찾은' 셈이다.

그리고 다시 10여 년. 지금 나의 글쓰기는『주역』과 불경을 향하고 있다.『열하일기』가 그랬고『동의보감』이 그러했듯이『주역』과 불경도 나를, 나의 뇌구조와 오장육부를, 나의 일상과 관계를 강도 높게 리셋하는 중이다. 그토록 원대하고 그토록 심오한 진리가 그토록 평이하고 생생한 언어로 말해질 수 있다니! 그리고 내 인생이 그 광대무변한 지혜의 바다를 향해 나아갈 수 있다니! 이 사실만으로도 나는 앞으로 펼쳐질 나의 노년기를 사랑한다. Amor fati!

3.

덧붙이면, 나는 생활형/생계형 작가다. 경제활동의 전부가 글쓰기로 이루어져 있다.『열하일기』,『동의보감』,『임꺽정』,『서유기』와

『그리스인 조르바』 등에 대한 리-라이팅으로 인세를 벌고, 그걸 바탕으로 전국 곳곳에서 강연을 한다. 〈감이당〉에서 하는 각종 세미나와 강의로 공동체를 운영하고, 거기에서 힘과 지혜를 길어올려 다시 글을 쓰고 강연을 한다. 요컨대, '읽고 쓰고 말하는' 것이 나에게는 유일한 경제활동이다.

오랫동안 공동체 운영을 하면서 내게는 좀 재밌는 경제학적 노하우가 생겼다. 증여와 순환의 경제학! 사유재산과 공적 자산 사이의 상생상극! 화폐와 정신활동 사이의 자유로운 넘나듦! 청년과 장년의 크로스 경제학! 등등. 절대 낭만적이거나 나이브한 개념들이 아니다. 수많은 시행착오도 거쳤고, 긴장과 스릴도 충분히 맛보았다. 이런 식의 경제적 실험의 가장 큰 미덕은 늘 다이내믹하다는 것. 자본주의의 화폐는 사람과 사람 사이를 가르지만 우리의 실험은 사람과 세상을 연결한다. '돈의 맛'이란 이런 것이다. 화폐의 양적 증식이 아니라 연결망의 강/밀도가 성공의 척도다! 그런 까닭에 글쓰기란 나에게 밥벌이를 위한 텃밭이자 공동체적 실험을 가능케 해주는 경제적 토대이기도 하다. 이것이 일상, 나아가 일생의 비전이 되려면 생사에 대한 근원적 탐구가 전제되어야 한다. 밥벌이와 양생과 구도로서의 글쓰기!

작가, 하면 우아한 서재에서 고독한 사색을 통해 주옥같은 문장을 일필휘지하는…, 이런 이미지를 떠올리겠지만 천만의 말씀이다. 나는 일단 노트북 앞에 30분 이상 못 앉아 있는다. 수시로 움직이고 딴짓을 한다. 일필휘지는 애시당초 불가능하다. 수없이 고치고 고쳐야 겨우 한 문장, 한 단락이 완성된다. "노래에 소질이 없어서 음악공부를 열심히 했죠. 음악천재들은 절대 다른 사람을 가르칠 수 없어요." JYP의 박진영 대표의 말이다. 격하게 공감한다. 나는 타고난 소질이 없다. 게다가 게으르다. 대신 천천히 끈질기게 간다. 나의 유일한 자부심은 길을 제대로 들어섰다는 사실뿐이다. 생각해 보면 기막힌 생존전략이다.

본격적으로 이 길에 들어선 게 대학원 박사과정을 들어가던 27살이니 이후 30여 년이 더 지난 셈이다. 지금도 여전히 글쓰기 앞에선 어색하고 낯설다. 하지만 이런 미숙함까지를 포함해서 모든 이들에게 이 기술을 전수해 주고 싶다. 왜? 밥과 양생, 구도는 모든 이들에게 주어진 특권이자 소명이니까. 글쓰기를 하고 싶지만 어떻게 시작해야 할지 모르겠는 이들에게 읽고 쓴다는 것의 거룩함과 통쾌함을 꼭 알려주고 싶다. 글쓰기라는 지평선을 향해 한 걸음씩 나아갈 때의 그 기쁨과 충만감을 꼭 함께하고 싶다.

1부
이론편

글쓰기의 존재론

1. 산다는 것 ─ 안다는 것

'산다'는 건 '선다'는 것

2019년 어느 토요일 오후, 〈감이당〉의 본거지인 깨봉빌딩 2층 장자방에서 한창 토성(토요대중지성) 수업 중인데 옆방이 왁자지껄하다. 모든 사람의 시선이 쏠리고 지나던 학인들도 발길을 멈춰 선다. 주인공은 다름 아닌 8개월쯤 된 갓난쟁이 겸제. 〈감이당〉에서 만난 백수 청년들이 서로 사랑하고 결혼해서 낳은 아기다. 아기는 그저 여기저기를 둘러보면서 뒤집었다 기었다 할 뿐이다. 그러다 힘이 좀 생긴다 싶으면 책꽂이를 짚고 두 발로 선다. 순간, 사방에서 박수가 터져 나온다. 존재 자체로 기쁨을 유발한다는 게 이런 것인가. 그저 섰을 뿐인데, 다만 두 발로 섰을 뿐인데, 이렇게 격한 찬사를 받다니! 순간 새삼 깨닫게 된다. 인간은 '직립하는' 존재라는 것. 뒤집고 기고 구르고 벽을 잡고 일어서고… 결국 두 발로 선다.

그렇구나! '산다'는 건 곧 '선다'는 뜻이구나. 두 발로 서는 데서부터 삶이 시작된다. 의학적으로 살펴보면, 직립에 필요한 척추를 '럼버커브'라고 하는데, 이건 태아가 선천적으로 가지고 나오는 게 아니라고 한다. "생후 몇 개월이 되면 옹알이를 하고 머리를 자꾸 드는 연습을 해서 이 럼버커브를 만들어 가죠. 선천적으로 없는 것을 억지로 일으키는 겁니다."(『도올 계사전 강의록』, 미출간, 108쪽) 좀 놀랐다. 태어나면 무조건 서는 거라고 생각했는데, 그게 아니라 후천적으로 터득하는 능력이라니. 오호~.

직립과 함께 손이 해방된다. 손이 땅에서 하늘로! 그렇다. 두 발로 선다는 건 발은 땅을 디디고 눈은 하늘을 응시할 수 있음을 의미한다. 동시에 발에서 벗어난 두 손은 이제 수많은 창조적 작업을 수행해 낼 수 있다. 손이 하는 일은 그야말로 무궁무진하다. 하늘과 땅, 머리와 다리 사이를 연결하는 중재자이자 내비게이션이기 때문이다. 이게 인간의 현존성이다. 자, 여기에서 삶의 이치와 비결이 나온다. 살다 보면 숱하게 던지는 질문이 있다. 내가 누구지? 어디로 가야 하지? 어떻게 살아야 하지? 그때 환기하라. 산다는 건 '서는' 것에서 시작한다는 사실을. 그리고 '선다'는 건 누구의 도움 없이 오로지 자신의 두 발로 온몸을 지탱하는 것, 곧 자립(自立)을 의미한다. 그것이 인간의 길이다. 거기에서 시작하면 된다. 그 자리에서 단 한 걸음만 내디디면 된다. 한 걸음이 두 걸음, 다시 세 걸음으로. 아기들이 걸음마를 연습할 때의 그 모습처럼.

이 원리를 인생의 주기에 적용해도 다르지 않다. 유년기엔 부모나 어른들의 배려와 돌봄이 필요하지만 청년기가 되면 모름지기 자립을 해야 한다. 이때 자립이란 의식주를 홀로 감당하는 것. 동시에 스스로 인생의 지도를 그려 가는 것. 생활의 자립과 인식의 지도──이것이 청년기의 두 발이다. 물론 만만치 않다. 두 발로 서기 위해서는 수없이 넘어지고 일어서야 한다.

나 역시 그러했다. 대학을 졸업한 후에도 취업의 관문을 돌파하기가 난감했다. 그렇게 방황하다 결국 다시 대학원엘 들어갔다. 신기하게도 공부를 하면서부터 경제적 자립이 가능해졌다. 그토록 나를 거부했던 돈이 공부와 함께 흘러오기 시작한 것이다. 공부와 돈은 친하지 않다는 상식이 깨지는 경험이었다. 하지만 그걸로는 부족하다. 온전히 두 발로 서려면 삶의 비전이 필요하다. 그때나의 입장은 단순했다. 누구의 명령에 따라 일하고 싶지 않았다. 연봉에 매여서 살고 싶지 않았다. 그런 길이 가능할까? 가능한 길이 딱 하나 보였다. 바로 글쓰기였다. 글을 자유롭게 쓸 수 있다면 누구에게도 머리 숙이지 않고, 월급이나 노후연금 등에 매이지 않고, 세상의 기준에 맞춰 억지로 살지 않아도 될 거 같은 확신이 들었다.

자, 이제 길은 정해졌다. 문제는 과연 나에게 그런 능력이 있는가였다. 지적으로나 문장력으로나 나는 너무나 바닥이었기 때문이다. 갓난아기로 치자면 뒤집기 수준도 안 되는 상태였으니 말이다. 하지만 그다지 좌절하지는 않았다. 그때 내게는 시간이라는 엄청난 자산이 있었기 때문이다. 남들이 1년 걸리면 나는 2년, 3년 하면 되고, 남들이 5년쯤 걸린다면 나는 10년쯤 하면 된다. 왜? 달리 하고 싶은 것이 없었고, 달리 할 것이 없었으니까. 그렇게 해서 나는 두 발로 섰다. 공자의 '이립'(而立)에는 미치지 못하지만 그렇게 해서 청년기를 통과했다. 글쓰기만이 가능하냐고 묻는다면 물론 아니다. 얼마든지 다른 길이 있을 수 있다. 분명한 건 뭐가 됐건 생활의 자립, 그리고 생사를 관통하는 인식의 지도가 없이 두 발로 서기는 불가능하다는 사실이다. 또 하나, 수많은 길 중에서 글쓰기보다 더 확실한 '럼버커브'는 없다는 사실이다.^^

인간(人間), '사이'의 존재

선다는 것은 하늘과 땅 '사이'에 존재한다는 뜻이다. 하늘은 무형이고 땅은 유형이다. 하늘은 무형이라 광대무변하다. 땅은 유형이라 두텁고 친근하다. 인간은 단어 자체가 이 '사이에서' 존재한다는 뜻이다. 두 발로 서게 되면 시선은 하늘, 곧 무형의 세계를 바라보되 두 다리는 땅에 안착해야 한다. 땅을 디딘 채 하늘을 응시하는 존재. 이것이 인간이다.

　　땅은 구체적이고 리얼하다. 이것이 생활의 원리다. 생활은 모름지기 그래야 한다. 하늘은 무한하고 무상하다. 무엇이든 가능하고 무엇이든 상상할 수 있다. 이것이 인식의 지평이다. 그것은 광대무변하고 걸림이 없어야 한다. 땅의 두터움과 하늘의 가없음을 동시에 누릴 때 삶은 비로소 충만하다. 땅에만 들러붙어 있으면 '중력의 영'(니체)에 사로잡힐 것이고, 하늘만 쳐다보고 있으면 공중부양되고 말 것이다. 일상은 튼실하되, 시선은 고귀하게! 현실은 명료하되, 비전은 거룩하게!──이것이 '사이에서' 살아가는 인간의 길이다.

몇 년 전 심하게 넘어져서 온몸이 여기저기 붓고 터지고 멍이 든 적이 있었다. 아픈 것도 아픈 거지만 너무 창피했다. 도대체 왜 넘어졌는지를 몰라서다. 아무리 살펴봐도 평탄하기 그지없는 곳이었다. 대체 누가, 무엇이, 나를 넘어뜨렸을까? 어떻게 추리를 해도 답은 한 가지. 나 스스로 몸의 균형을 잃은 것. 즉, 제풀에 지가 넘어진 것이다. 자업자득! 원망할 곳도 핑계 댈 것도 없었다. 두 발로 단단히 땅을 디딘다는 것이 얼마나 중요한지 사무치게 깨닫는 순간이었다. 그때 읽은 불경 한 대목. "그는 안착되는 발로 땅을 디디고, 균형 있게 들어올리고, 골고루 모든 부분의 발바닥으로 땅을 밟는다."(『디가니까야』, 1270쪽) 붓다의 신체는 32가지 호상을 지니고 있다고 한다. 그 중 하나가 발의 두터움이다. 넘어지기 전에는 이 대목이 눈에 잘 들어오지도 않았다. 발이 튭튭한 거야 당연한 거 아냐? 하지만 제풀에 넘어지고 보니 그보다 더 멋지고 훌륭할 수가 없었다. 그럼 붓다는 어떻게 그렇게 단단한 발을 가지게 되었을까? 수억 겁의 생을 반복하면서 온갖 보시와 선행을 했기 때문이란다. 오, 그렇구나! 땅에 착! 붙는 발을 가지려면 무한에 가까운 보시와 선행이 필요하구나. 모래밭이건 사막이건 가시덤불이건 늪이건 그 어떤 대지와도 편안히 접촉할 수 있는 존재가 바로 붓다구나. 그렇게 대지에 발을 밀착할 수 있으니 그의 시선이 그토록 심오하고 무량하며 현묘할 수 있었구나. 천지 사이에 우뚝 서 있는 존재란 바로 그런 것이구나.

이렇듯 선다는 것은 하늘과 땅을 연결한다는 것을 의미한다. 그래서 두 발로 서는 순간 걷기 시작한다. 발은 모든 땅과 안착되기를 열망하고 시선은 하늘 끝까지 가닿고 싶기 때문이다. 하여, 서면 걷는다. 아니 달린다. 아기들은 방향이 없다. 좌충우돌 사방팔방 마구 내달린다. 직립과 보행은 동의어다. 고로, 삶은 걷는 것에서 시작한다. 아침에 눈을 뜨면 일단 일어선다. 그리고 걷는다. 걷기 위해서는 집을 나와야 한다. 그래야 걸을 수 있다. 자동차건 지하철이건 비행기건 다 걷기 위한 수단이다. 삶이란 무엇인가? 내가 오늘 내딛은 수많은 걸음들이다.

그리고 한 걸음씩 걸을 때마다 온 우주가 출렁인다. 나의 몸, 나의 발만이 아니라, 내 안의 미생물과 세균들, 오장육부, 온갖 상념들, 무의식의 흐름 등등 모든 것이 함께 움직인다. 벚꽃이 흐드러진 남산을 산책하면서 내 신체는 다방면의 '케미'를 연출한다. 나의 생각과 꽃가루가 연접되고, 발걸음과 물소리가 공감각적으로 어우러진다. 초록의 빛깔에 반응하는 뇌신경, 폐를 활짝 열게 해주는 바람의 터치 등등. 온 우주가 나를 살리는 데 기여하지만 동시에 나의 걸음이 온 우주를 출렁이게 한다. 그 '울림과 떨림' 속에서 "천지만물이 내게로 와서 '나'로 살아간다".(정화스님)

한때 〈동물의 왕국〉(KBS)의 열렬한 애청자였다. 동물들의 생태를 통해 생명의 근원에 대해 하나씩 깨우치는 재미가 삼삼했기 때문이다. 요즘엔 〈슈퍼맨이 돌아왔다〉(KBS2 예능프로그램. 이하 '슈돌')를 즐겨 본다. 동물들만큼은 아니지만 아기들을 통해 존재의 근원을 탐구하는 기쁨이 쏠쏠하다. 아기들은 모든 것이 신기하다. 모든 것을 '처음' 본다. 처음 보는 건 당연히 '처음'이고, 두번째 보는 것도 '처음처럼' 본다. 하긴 그게 맞지 않나? 누구도 같은 강물에 두 번 들어설 수 없듯이, 사물은 어느 한순간도 동일하지 않다. 찰나생 찰나멸하기 때문이다. 아기들이 같은 이야기, 같은 노래를 수없이 듣고도 처음처럼 반응하는 것도 그 때문이다. '슈돌'의 승재는 쓰레기통에 버려진 아기공룡 둘리를 보고 대성통곡한다. 승재에게 있어 인형은 '살아 있다'. 윌리엄은 식탁 위에 놓인 통닭을 아빠 몰래 쇼파로 데려가 천으로 덮어 주고 에어컨도 꺼 버린다. 벌거벗겨진 통닭이 너무 추울 것 같아서다. 이처럼 아이들은 생명과 무생명의 경계를 무시로 넘나든다. 한마디로 신체가 활짝 열려 있는 것이다. 이 존재의 유동성이 교감의 원천이다. 조금 더 자라고 학교를 가면 이런 능력은 사라진다. 교감이 아닌 분별, 공감이 아닌 대립이 더 우세해지는 까닭이다. 하지만 분별과 대립이 강화될수록 몸은 뻣뻣해진다. 가질수록 헛헛하고 누릴수록 막막해진다. 그럴 때마다 가슴 밑바닥에서 메아리친다. 다시 '처음처럼' 살아가고 싶다고. 매 순간 만물과 교감하고 싶다고. 예수, 니체, 이탁오 등 동서양의 현자들이 어린아이의 마음을 회복하라고 외친 이유가 바로 여기에 있다.

글쓰기의 원리도 그러하다. 사물을 '처음처럼' 만나고, 매 순간 차이를 발명해 내며, 보이지 않는 것들을 서로 연결할 수 있는 것, 이것이 글쓰기의 동력이다. 인류가 처음 천지 '사이에' 우뚝 섰던 태초의 신비로 돌아가는 길이자 갓난아기가 처음 세상과 만나는 그 순간을 일깨우는 길이기도 하다.

호모 사피엔스 사피엔스— 생각을 '생각'하라!

생각이 탄생하는 지점도 바로 여기다. 생각은 두뇌(브레인)라는 닫힌 공간에서 정태적으로 생산되는 정보가 아니다. 두뇌가 형성되려면 일단 두 발로 서야 한다. 직립하는 순간 두뇌의 용량은 폭발하고 무한대에 가까운 뉴런이 형성된다. 대신 골반은 수축된다. 그 결과 여성의 임신기간이 줄어들 수밖에 없다. 태아가 너무 크면 엄마의 골반을 통과할 수가 없기 때문이다. 자연스럽게 육아기간도 늘어났다. 남성들이 담당해야 할 노동의 몫도 커졌다. 다른 동물에 비하면, 임신, 출산, 육아의 전과정이 더할 나위 없이 고단해진 셈이다. 치질, 당뇨, 두통 등 각종 질병도 감당해야 한다. 그럼에도 인간은 기꺼이 두 발로 서고자 했고, 마침내 섰다. 왜? 생각을 하고 싶어서다. 두뇌를 확장하고 싶어서다.

두뇌는 운동을 위해 존재한다. 걷고 움직이고 사냥하고 먹고 마시고 떠들고 등등. 뉴런은 이 행동들과 함께 증식, 연접한다. 뉴런 자체가 연결망이다. 무슨 뜻인가? 삶이 곧 연결이라는 뜻이다. 하늘과 땅을 연결하고, 이곳과 저곳을 연결하고, 오늘과 어제, 그리고 내일을 연결하고, 거대한 것과 미세한 것을 연결하고, 행동과 마음을 연결하고…, 그렇게 해서 생각은 계속 증식된다. 생각에 생각을 더하는 퍼레이드가 펼쳐지는 것. 호모 사피엔스의 탄생! 우리는 모두 호모 사피엔스의 후예다. 생각의 크기가 곧 존재의 크기가 되는 이치가 여기에 있다.

생각이 탄생하자 세상은 더욱 다채롭게 연결되었다. 운동이 생각을 만들어 내고 생각이 다시 활동의 범위를 증식하는 식으로. 이 장면을 멋지게 묘사한 고전이 있다. 다름 아닌 『서유기』.

이 바위는 하늘과 땅이 열린 이래로 항상 하늘의 참된 기운과 땅의 빼어난 기운, 그리고 해와 달의 정화를 받아들였지요. 그런데 오랫동안 그런 것들에 감응하다 보니 마침내 신령하게 통하는 마음이 생겨나서, 안으로 신선의 태(胎)를 키우게 되었어요. 그런데 어느 날

돌이 쪼개지면서 돌알 하나를 낳았는데, 크기가 둥근 공만 했어요. 그 돌알은 바람에 노출되어 깎이다가 모양새가 돌원숭이처럼 변했지요. 보고, 듣고, 맛보고, 냄새와 촉감을 느끼는 오관이 다 갖춰지고, 두 팔과 두 다리가 모두 완전해지자, 이 녀석은 기고 달리는 법을 배웠고, 사방을 향해 절을 했지요. 녀석의 눈에서는 두 줄기 금빛이 발산되어 하늘나라의 관청에까지 뚫고 올라가, 높은 하늘의 위대하고 성스러우며 인자하기 그지없는 옥황대천존이자 현궁고상제이신 분을 깜짝 놀라게 만들었어요. (오승은, 『서유기』 1, 서울대학교 서유기 번역 연구회 옮김, 솔, 2004, 35~36쪽)

손오공은 돌원숭이다. 돌이 천지의 정기를 받아 생명체가 되는 과정을 보여 준다. 여기서 보듯, 무생물과 생물 사이엔 경계가 없다. 예전이라면 신화나 미신이라고 여겼겠지만 21세기 첨단과학에 따르면 이것은 과학적 '팩트'다. 동양의 오래된 지혜와 첨단의 미래과학은 이런 식으로 연동된다. 특히 내가 이 장면에서 주목하고자 하는 바는 사유의 탄생과 증식에 대한 것이다. 돌에서 태어난 이 놈은 보고 듣고 맛보고 두 팔과 두 다리가 완전해지자 기고 달리는 과정에서 드디어 사유하는 존재가 되었다. 돌원숭이에서 호모 사피엔스로! 헌데, 이놈의 두 눈에서 나오는 두 줄기 금빛이 하늘나라의 중심까지 뚫고 올라가 옥황상제를 깜짝 놀라게 했다. 무슨 뜻인가? 이놈의 사유에는 한계가 없다는 뜻이리라. 실제로 그러했다. 호모 사피엔스의 사유는 천지 사이의 모든 것을 다 망라했다. 동시에 호모 사피엔스의 발걸음은 모든 대륙에 다 흔적을 남겼다. 생각과 걸음의 동시성!

그렇게 천지를 탐색하다 또 한번의 도약이 일어난다. '생각에 대한 생각'이 떠오른 것이다. '생각이란 무엇인가?' '생각은 어디로부터 오는가?' '그것은 안에서 생겨나는가?' '밖으로부터 오는가?' 등에 생각이 미친 것이다. 이전의 생각이 구체적 현장과 관련된 것이라면, 이제는 거기에 추상의 경지를 더한 것이다. 생각을 '생각하는' 존재 ─ 호모 사피엔스 사피엔스. 이제 생각은 질주한다. 기술이 폭발적으로 진화하는 지점도 바로 여기다. 제국을 건설하고 신을 창조하고, 사후세계를 탐색하고…, 그렇게 해서 우리가 아는 문명, 역사, 세계가 창조되었다.

동시에 자아가 무한팽창하기 시작했다. 생각에 생각이 꼬리를 물고 이어지면서 자의식은 비대해지고 수많은 꿈과 환상이 삶을 뒤덮어 버렸다. 그 열망은 언제나 정복, 불멸, 천상에 대한 판타지로 가득하다. 늘 일장춘몽으로 끝났음에도 이 망상의 퍼레이드는 그칠 줄을 모른다. 수천 년 동안 그래 왔고, 지금도 그러하다. 아니, 지금이야말로 가히 절정을 향해 치달리는 느낌이다. 더 많이! 더 빨리! 더 세게! ─ 이것이야말로 인간의 브레인을 지배하는 척도가 되었다. 가히 하늘나라의 옥황상제마저 기겁하게 할 수준이 아닌가.

돌원숭이가 서쪽으로 간 까닭은?—생각에서 탈주하라!

결국 문명이란 생각의 무한질주, 무한증식의 결과물이다. 그와 동시에 새로운 질문들이 생겨났다. 폭력은 대체 언제 종식되는가? 제국이 확장될수록, 부가 증식될수록 왜 괴로움은 더욱 늘어나는가? 얼마만큼 노력해야, 얼마나 누려야 이 갈증은 해소되는가? 그와 더불어 더 궁극의 질문, 왜 모든 살아 있는 것들은 소멸해야 하는가? 생과 사의 경계는 대체 무엇인가? 등등. 그때 비로소 알게 되었다. 이것은 자아를 무작정 팽창한다고 되는 것이 아님을. 소유와 증식과 팽창이 전부가 아니라는 사실을. 그때부터 생각은 방향을 선회했다. 외부를 향해 치달리던 생각이 이제 자신을, 자신의 내면을 향하기 시작한 것이다.

내부의 장치를 바꿔 가는 훈련을 하는 것이 수행입니다. 이 훈련이 언제부터 시작됐냐 하면, 6,000년 전 언어가 발명되고 제사가 발명되고 종교가 발명된 때예요. 인도의 강에서 6,000년 전의 결가부좌하는(명상하는 자세) 흙으로 만든 조각상이 나왔어요. 그러니까 인류가 '야, 인생이 꼭 이런 것만은 아니래'라고 뭔가 하기 시작한 때가 유물로 보면 한 6,000년 전인 거예요. 그 뒤로 한 3,000년쯤 지나니까 인도에서 굉장히 새로운 깨달음을 얻은 사람들이 막 나타나기 시작한 거예요. 그런 사람들을 통해서, 우리가 탐욕을 이렇게 바꾸면 내 삶의 결과가 괴로움으로 방출되지 않겠구나, 하는 것들을 알게 됐어요. 탐심과 치심을 다스리는 방법이 형성돼 가는 거예요. (정화 스님, 「치癡심을 바꿔야 합니다」, 북드라망 블로그)

생각에 생각을 더하다가 생각 자체로부터 탈주하기 시작한 것이다. 그러려면 일단 멈춰야 한다. 그래야 방향을 바꿀 수 있다. 멈춤과 바꿈과 비움은 동시적이다. 이것을 상징적으로 보여 주는 장면이 있다. 역시 주인공은 돌원숭이 손오공이다. 수렴동에서 온갖 복지를 누리다가 죽음이 다가오는 것을 서글퍼하여 마침내 출가를 단행한다. 수보리 조사를 만나 최고의 신공을 쌓았으나 깨달음에 이르지 못하고 다시 수렴동으로 귀환한 오공이. 그 엄청난 내공으로 제국을 건설했지만 당최 성이 차지 않아 용궁에 가서 여의봉을 압수한다. 72가지 변신술에 하루에 십만팔천 리를 52번 왕복할 수 있는 근두운. 귀에다 넣고 다닐 수 있는 핵탄두 여의봉. 한마디로 무소부지 무불통지, 호모 사피엔스 사피엔스가 도달할 수 있는 최고의 경지에 이른 셈이다.

그럼에도 그의 마음은 도무지 평화를 모른다. 늘상 정신없이 요동치고 뭔가를 파괴하지 않고는 견디지 못한다. 말하자면, 분노조절장애가 온 것이다. 결국 오공이는 하늘궁전까지 침입하여 난장판을 만들어 버린다. 요즘 언어로 말하면 생태계의 대교란을 야기한 셈. 지금 인류가 자연에 저지르는 행위를 선도적으로(?) 보여 준다고나 할까. 하늘을 다스리는 최고의 명장들이 다 등장하고 태상노군(노자)까지 나섰지만 그의 행로를 멈추게 하지는 못했다. 그를 제압할 수 있는 이는 오직 하나, 석가여래뿐. 석가여래는 손오공에게 달리기로 내기를 건다. 불타는 경쟁심을 자존감이라 착각하는 그의 마음을 역으로 이용한 것이다. 결국 죽어라고 달렸지만 오공이는 여래의 손바닥을 벗어나지 못한다.

> "어떻게 이럴 수가! 어떻게? 이 글자는 내가 하늘을 떠받치고 있는 기둥에다 써둔 건데, 어떻게 지금 저치의 손가락에 있단 말인가? 설마 앞일을 내다보는 선지법이라도 쓴 건 아니겠지? 난 절대 믿을 수 없다! 믿을 수 없어! 다시 한 번 다녀와야겠다!"
> 대단한 제천대성! 그가 급히 몸을 솟구쳐 다시 뛰쳐나가려 하자, 부처님은 손을 뒤집어 탁 내리쳐 이 원숭이 왕을 서천문 밖으로 튕겨낸 뒤, 다섯 손가락으로 '오행산'이라고 부르는 금, 목, 수, 화, 토 다섯 개의 이어진 산을 만들어, 제천대성을 가뿐히 눌러놓았어요. (오승은, 『서유기』 1권, 219쪽)

더 빨리 달리는 것이 아니라 달리는 힘을 멈추는 것. 생각에 생각을 증식하던 인간이 이제 그 치닫는 생각에서 벗어나 도주하는 데에 이른 것이다. 생각을 멈추는 생각이라니. 이제 돌원숭이는 오행으로 상징되는 천지와의 교감을 다시 학습해야 한다. 5백 년 동안 쇳물을 먹으면서 차근차근. 그리고 그 이치를 온몸으로 터득하려면 다시 어린아이가 되어 서역으로 가야 한다. 십만팔천 리에 이르는 구법의 대장정을 치러야 한다. 삼장법사라는 스승을 모시고, 자신의 또 다른 분신인 저팔계(탐욕), 사오정(치심)과 함께. 분노는 탐욕, 치심과 분리될 수 없기 때문이다. 불교뿐만이 아니다. 3천 년 전 소위 '축의 시대'(야스퍼스)에 등장한 모든 종교와 철학은 한목소리로 이렇게 외쳤다. 생각에 생각을 더하는 자아로부터 어떻게 탈주할 것인가? 어떻게 멈추고 비우고 벗어날 것인가?

개별적 인생주기에선 중년이 이때쯤일 것이다. 5, 60대가 되면, 청춘을 다 바쳐 팽창과 증식을 향해 치닫다가 문득 커다란 허공과 마주한다. 허무와 상실이 뼈에 사무치는 순간이 오는 것이다. 그걸 감당하지 못하면 우울증 아니면 화병이 된다. 생각에 생각을 더해서는 절대 그 상황을 돌파할 수 없다. 생각에서 탈주해야 한다. 생각 그 자체를 멈춰야 한다. 멈추는 것이야말로 최고의 능동성이라는 역설을 체험하게 되리라. 소유와 쾌락이 전부라고들 하지만 그것들이 이 헛헛함을 어찌 메워 줄 수 있을까. 명예와 권력이라는 가치도 허망하기 그지없다. 그것은 존재의 외연을 확장해 줄 뿐 내부를 충전해 주지는 못한다. 수없이 명멸해 간 제국의 역사가 그것을 증명해 왔고, 우리 시대 역시 날마다 그것을 증명해 주는 사건들로 넘쳐난다.

욕망 자체는 죄가 없다. 그것은 생명의 토대이자 동력이므로.

다만 그것이 향하는 방향과 속도는 알아차려야 한다. 생명이라는 토대를 벗어날 때, 그것은 과속으로 치달린다. 치달리는 순간 방향이 어긋난다. 이때 해야 할 일은 이 어긋남을 알아차리는 것이다. 그렇지 않으면 더더욱 치달리게 된다. 그런 점에서 무지야말로 폭력이자 반생명이다. 생각에 생각을 더했는데, 결국은 무지에 도달한다는 이 우주적 역설. 그 역설로부터의 해방, 이것이 돌원숭이가 삼장법사와 함께 서쪽으로 간 까닭이다.

생명을 보존하려면?—간절히 궁금해하라!

"사물은 치우치고 막힌 것을 얻은 것이지. 바른 기를 얻은 것은 사람뿐이니 그래서 리가 잘 유통하여 막히지 않는 것일세. 사물은 치우친 기를 얻었기 때문에 리가 막혀서 지혜가 작용하지 않는 것이야. 예컨대 인간의 머리가 둥근 것은 하늘을 본뜬 것이고 발이 사각인 것은 땅을 본뜬 것이며, 똑바로 서 있는 것은 천지의 정기를 품수하였기 때문이지. 그러니 도리를 알고 지식이 있는 것이지. 사물은 천지의 치우친 기를 품수하였기 때문에 새나 짐승은 옆을 향하고, 초목의 머리는 생장하면 아래를 향하고 꼬리는 역으로 위를 향하는 걸세. […] 사람은 알지 못하는 것이 없고 할 수 없는 것이 없네. 사람과 사물이 다른 것은 다만 이것뿐일세."(주희, 『낭송 주자어류』, 이영희 풀어읽음, 북드라망, 2014, 154~155쪽)

공맹의 유학을 성리학으로 체계화한 주희의 말이다. 핵심은 사람의 신체는 그 자체로 앎을 향한다는 것. 그 앎에는 한계도, 경계도 없다는 것. 인간이 다른 존재들과 구별되는 것은 오직 이것뿐이라는 것. 앞에서 살펴보았듯이, 앎의 방향은 크게 두 가지다. 세계를 향해 무한히 뻗어나가는 것, 또 하나는 내부를 향해 깊이 침잠하는 것. 전자가 증식이라면, 후자는 비움이다. 전자가 유위법이라면, 후자는 무위법이다. 궁극에 도달하면 둘은 결국 만나게 되어 있다. epistemology(인식론) = cosmology(우주론). 고로, 앎은 인간의 본성이다.

따라서 인간에게 가장 고통스러운 일은 다름 아닌 무지다. 세계의 이치를 알지 못하면 늘 길을 잃고 헤맨다. 한발 내딛기도 벅차다. 동시에 마음의 구조를 알지 못하면 늘 충동과 망상에 휘둘린다. 그때 브레인은 삶의 지도가 아닌 번뇌의 원천이 된다. 어느 쪽이건 무지는 단절과 적대를 낳는다. 외로움과 괴로움에서 헤어날 수 없다. 그러므로 생을 잘 보존하려면 무엇보다 무지로부터 벗어나야 한다.

생명을 보위하는 법칙이란 하나를 끌어안을 수 있는가, 또 그것을 잃어버리지 않을 수 있는가, 점을 쳐 보지도 아니하고 길흉을 알 수 있는가, 멈출 줄 아는가, 그만둘 줄 아는가, 다른 사람은 놔두고 자기에게서 찾을 줄 아는가, 홀가분하게 떠나갈 줄 아는가. 멍한 모습으로 찾아올 줄 아는가. 어린아이처럼 행동할 줄 아는가를 말함이다. 어린아이가 종일토록 울어도 목이 쉬지 않는 것은 조화가 지극하기 때문이고 종일토록 주먹을 쥐고 있어도 손이 저리지 않는 것은 그것이 본성과 합치되기 때문이고 종일토록 눈을 뜨고 보아도 깜빡이지 않는 것은 집착하는 대상이 밖에 있지 않기 때문이다. 길을 떠나도 가는 곳을 알지 못하고 머물러 있어도 무엇을 해야 할지 모르며, 다른 사물과 자연스럽게 어울리며 물결치는 대로 함께 흘러가는 것이 생명을 보위하는 법칙이다. (안병주·전호근 옮김, 『장자』3, 전통문화연구회, 2005, 311쪽)

생명을 보존하려면 자연의 이치와 천성을 알아야 한다. 갓난 아기처럼 호흡하는 것, 사물과 자연스럽게 어울리는 것, 그것이 생명을 보존하는 도다. 그 도를 터득하려면 알아야 한다. 길흉을 알고 멈춰야 할 때를 알고 자연의 속도와 리듬을 알아야 한다. 그 앎이 바로 생명의 원동력이다.

하여, 우리가 일상적으로 해야 할 실천은 간단하다. "간절히 궁금해하는 것"(운성스님, 명상-유튜브) 무엇에 대해? 세계의 근원에 대해서, 존재의 심연에 대해서. 어떻게? "마음을 텅 비운 채, 우주적 가능성으로!" 모든 배움의 기초가 질문인 것도 그 때문이다. 양생을 잘 하려면? 몸과 우주의 이치에 대해 궁금해하라. 구도자가 되고 싶다면? 삶과 죽음의 원리에 대해 궁금해하라. 밥벌이를 제대로 하려면? 돈과 활동과 관계에 대해 간절히 궁금해하라. 그것이 천지 '사이에서' 살아가는 인간의 길이자 운명이다.

✄ **사족** 이 대목을 쓸 때 고전비평공간 〈규문〉 홈페이지에서 이런 문장을 발견했다. 보자마자 매혹되었다. 나의 통속적인 어법과는 클라스가 다르다. 독자들과 함께 음미하고 싶어 덧붙인다. 이 문장이 실린 코너 이름은 '문장을 훔치다'! 그 훔친 문장을 다시 훔쳤으니 이건 이중절도인가?^^ 암튼 즐감하시길.

존재와 사유로부터, 둘의 가장 내밀한 만남에서부터 삶의 가치에 대한 질문이 제기된다. 드디어 이곳까지 온 것이다. 이곳이 철학의 중심이다. 우리는 욕망하고, 해명하고, 해방하고, 자신을 알고자 애쓰고, 행동한다. 그리고 문득 동굴 속에서 그리스적 질문, 아폴론의 신탁을 받은 무녀의 질문을 듣는다. 너에게 이 삶은 어떤 의미가 있는가? 그리고 다시 침묵. 이 질문을 즐기는 것이야말로 진정으로 현명한 방법일 것이다. 대답하지 않는 편이 낫다. 이 질문은 길들이기 어려운 새와도 같다. 붙잡으려고 하면 날아가 버린다. 그냥 이 질문을 지닌 채로 살아가는 편이 낫다. 답이 없는 질문을 평생 대면하는 것이다. 굳이 서두른다면 어떤 식으로든 대답할 수는 있겠지만 그렇게 하지 않는다. 서두르는 건 별로 좋은 생각이 아니다. 침묵을 즐기는 게 낫다. 철학의 중심에서는 어떤 말도, 어떤 개념도 움직이지 않는다. 한 줌의 바람이 이 질문을 스쳐 지나간다. 무슨 일인가가 벌어진다. 무슨 소리인가가 들린다. 하나의 관계가 끊어진다. 이제 큰 바람이 불기 시작한다. 철학의 중심에서 부는 바람이다. 우주적인 차원을 획득한, 존재하는 내가 내쉬는 숨이다. 이 삶의 의미는 무엇인가? 하늘에 구름이 한 점 지나간다. 참으로 아름다운 구름이다. (파스칼 샤보, 『논 피니토 : 미완의 철학』, 정기현 옮김, 함께읽는책, 2014, 97~98쪽)

2. 안다는 것―읽고 쓴다는 것

하늘과 땅, 존재의 GPS

> 역(易)은 하늘과 땅으로 기준을 삼는다. 그러므로 하늘과 땅의 모든 도를 꿸 수 있다. 고개를 들어 하늘의 이치를 보고, 땅의 이치를 굽어 살핀다. 그러므로, 어둠과 밝음의 까닭을 알아, 그 시원을 캐어묻고, 그 끝을 돌아본다. 따라서 죽음과 삶을 이해한다. (『계사전』상, 제4장. 『도올 계사전 강의록』, 52~53쪽에서 재인용)

『계사전』은 『주역』에 대하여 공자가 풀어 쓴 일종의 주석서다. 공자의 사상이 고도로 압축된 동양사상의 정점이라 할 수 있다. 보통 유학은 통치의 철학, 즉 정치경제학이라고 생각하지만 그 저변에는 이토록 장엄하고 원대한 우주적 비전이 깔려 있다. 위에 인용한 대목은 그 비전의 클라이맥스에 해당한다. 역(易)이란 무엇인가? 곧 낳고 낳는 것을 일러 말한다(生生之謂易). 그러니 인간은 그 '생생'의 이치를 파악하면 된다. 어떻게?

먼저 눈을 들어 하늘을 보라. 하늘은 텅 비어 있지만 변화무쌍하다. 그럼에도 흔적을 남기지 않는다. 그래서 '낳고 또 낳을' 수 있다. 그것을 일러 하늘의 무늬, 곧 천문(天文)이라 한다. 그다음, 몸을 굽혀 땅의 이치를 살펴야 한다. 땅은 조밀하고 구체적이며 견고하다. 그래서 만물을 두루 포용할 수 있다. 그것을 일러 지리(地理)라고 한다. 천문과 지리, 그 사이에서 인사(人事)가 결정된다. 천문과 지리, 그리고 인사의 삼중주!

그리고 이 이치는 세상사의 모든 국면에 다 적용된다. 무슨 일을 하든, 어디에 있든 가장 먼저 해야 할 일은 자기가 서 있는 위치를 파악하는 것이다. 존재의 GPS라고 할까. 자신과 세계가 마주치는 접점을 알려면 하늘을 봐야 한다. "고개를 들어 하늘의 뭇별을 헤아리라."(「창세기」) 그다음엔 자신이 발딛고 있는 땅을 살펴야 한다. 방향이 어디인지, 좌표값이 얼마인지. 거기에서 삶의 비전이 나온다는 것. 살다 보면 어떻게 살아야 할지, 어디로 가야 할지 막막하지만, 사실 이치는 간단하다. 관어천문(觀於天文) 찰어지리(察於地理)!

서양의 경우도 크게 다르지 않다. 대표적인 것이 플라톤의 우주론이다. "우주에는 우리 삶을 이끄는 섭리가 담겨 있고, 우주의 일부분으로서 인간은 그 섭리에 따라 살아야 한다. 플라톤에게 우주는 인간을 이루는 물질적 원인만을 의미하지 않는다. 그것은 한편으로 인간의 삶을 훌륭하게 이끄는 원인이다." 즉, 그에게 "'자연은 무엇인가'라는 질문은 곧 '인간은 어떻게 살아야 하는가'를 풀어 줄 열쇠였다. […] 플라톤은 하늘 속에 담긴 땅의 모습을 보았고, 땅 위에 펼쳐진 하늘의 원리를 읽었다".(신근영, 「삶을 노래하는 우주」, 채운·수경 기획 엮음, 『고전 톡톡』, 북드라망, 2012, 38~39쪽)

이것이 바로 '안다'는 것의 본질이다. 이 앎과 함께 인간의 길이 시작된다. 인생이란 길 위에서 '길' 찾기다. 길을 찾으려면 지도가 있어야 한다. 앎이 바로 지도다. 앎이 없으면 정처없이 방황할 수밖에 없다. 그것은 마치 깜깜한 밤에 낯선 곳에 툭! 던져진 것과 같은 상태다. 그때 온몸은 공포에 휩싸이고 만다. 위험한 곳이라서 두려운 게 아니다. 모르기 때문에 두려운 것이다. 그렇듯이, 무지는 그 자체로 고통이요 괴로움이다. 그렇게 헤매다 마침내 길을 파악하게 되었을 때 온 존재는 환희로 넘쳐난다. 붓다의 설법을 듣고 마침내 삶의 길을 찾은 이들의 목소리를 들어 보라.──"마치 넘어진 것을 일으켜 세우듯, 가려진 것을 열어 보이듯, 어리석은 자에게 길을 가리켜 주듯, 눈 있는 자가 형상을 보라고 어둠 속에 등불을 들어 올리듯." 그 희열은 평온함으로, 평온함은 오롯한 집중력으로 변주된다. 이제 다시는 길을 잃지 않으리라.

그런데 이 준칙을 우리 시대의 언어로 바꾸면 바로 '읽기와 쓰기'가 된다. 천지의 운행을 주시하는 것이 '읽기'라면 그 사이에서 삶의 비전을 여는 것이 곧 '쓰기'다. 물론 그 둘은 나눌 수 없다. 하늘을 보는 것과 땅을 살피는 것이 동시적이어야 하듯, 읽기와 쓰기는 동시적으로 이뤄져야 한다. 요컨대, 산다는 것은 천지인의 삼중주를 '아는' 것이고, 그 앎의 구체적 행위는 바로 읽기와 쓰기다.

말이 곧 '디바'다!

거듭 말하지만 인간은 '사이'의 존재다. 천지 '사이에' 우뚝 서는 존재. 그렇게 존재하는 순간, 사건들이 폭발한다. 일단 앞발이 손으로 변주된다. 발과 손은 다르다. 땅에서 벗어난 두 손은 허공을 휘저을 수도 있고, 먼 곳을 가리킬 수도 있다. 심지어 달도, 태양도, 머나먼 은하계까지도 가리킬 수 있다. 동시에 뭔가를 창조할 수 있다. 손이야말로 생산-기계다. 땅을 개간하고, 홍수를 막고, 불을 일으키고, 물건을 만들고, 집을 세우고, 바닷길을 연다. 만리장성도, 에펠탑도 다 손의 작품이다. 손은 뇌로 연결된다. 손이 하는 모든 행동과 창조는 뇌신경으로 전달된다. 손과 뇌의 특별한 네트워킹!

그리고 충격적인 또 하나의 빅뱅! 얼굴의 탄생이다. 동물은 얼굴이 없다. 얼굴이 아니라 머리다. 머리와 얼굴이 구분되는 건 인간뿐이다. 얼굴은 "흰 벽 검은 구멍"(들뢰즈/가타리)이기도 하지만 무엇보다 후두부의 발달로 말을 할 수 있게 되었다. 그렇구나, 얼굴은 곧 말이다. 말이야말로 인간을 규정하는 결정적 키워드다. 직립하고 관찰하고… 그리고 말을 구사한다. 이것이 호모 사피엔스의 창조 프로세스다. 고로 태초에 말씀이 있었다. 말씀이 곧 창조다. 하늘이라는 말이 하늘을 창조하고 바다라는 말이 바다를 창조한다. 이름을 부여하는 순간 세계는 그렇게 존재한다. 말이 곧 '디바'(신)이다.

신과 인간을 연결하는 것도 당연히 말이다. 말은 어디에 있을까? 안도 밖도 아닌, 안과 밖 사이에서 진동한다. 천지와 인간, 신과 피조물, 나와 너, 나와 그, 나와 군중 사이에서. 물론 현대인들이 생각하는 말은 드라이하기 짝이 없다. 천지의 부호를 읽어 내기에는 한없이 빈곤하다. 세계의 경이로움을 표현하기에는 턱없이 역부족이다. 하지만 그건 말의 본래면목이 아니다. 말은 자연과 인간, 인간과 인간을 연결하는 결정적 매개항이다. 말이 없었다면, 인간은 그저 각각의 지역에 묶인 채 개별적 종으로 살아가고 있었을 것이다.

말은 말을 낳는다. 말은 리듬과 파동을 수반한다. 바람을 타고 파도를 타고 세상을 유랑한다. 전세계를 유행하면서 전세계를 새롭게 탄생시키는 말.

아리아인은 입으로 한 말을 매우 진지하게 받아들였다. 다른 모든 현상과 마찬가지로 말도 신, 즉 데바였다. 아리아인의 종교는 그다지 시각적이지 않았다. 우리가 아는 한 아리아인은 신의 형상을 만들지 않았다. 대신 그들은 듣는 행위를 통하여 신에게 다가간다고 생각했다. 그 의미와는 별도로 찬가의 소리 자체가 성스러웠다. 음절 하나가 신성을 요약할 수 있었다. 마찬가지로 맹세도 일단 입 밖으로 나오면 영원한 구속력이 생겼다. 거짓말은 입으로 한 말에 내재한 성스러운 힘을 왜곡하기 때문에 절대적인 악이었다. 아리아인은 절대적 진실을 향한 이런 열정을 결코 잃지 않았다. (카렌 암스트롱, 『축의 시대』, 정영목 옮김, 교양인, 2010, 26쪽)

말은 소리다. 그래서 귀로 들어야 한다. 말하기와 듣기는 하나다. 청각이 더 원초적 감각임을 말해 주는 대목이다. 아리아인뿐 아니라 태초의 인류에게 소리는 늘 신성한 것이었다. 경전이란 무릇 소리를 타고 전파되는 신의 메시지였다. 이 소리에 귀를 기울이면 신이 자신 안으로 들어온다고 느꼈다. 경전에 담긴 지식은 단순한 정보가 아니라 "성스러운 홀림"(같은 책, 44쪽)으로 경험되었다. "찬가를 듣는 사람들은 계절이 규칙적으로 이어지고, 별이 자기 갈 길을 벗어나지 않고, 농작물이 자라고, 인간 사회의 갖가지 요소들이 일관되게 결합하도록 돌보는 힘과 접한다고 느꼈다." 다시 말해 "이런 통찰은 삶의 보이는 영역과 보이지 않는 영역을 연결하는 다리였다".(같은 책, 44~45쪽)

놀랍지 않은가. 말하기와 듣기 안에 이렇게 심오한 의미가 담겨 있다니. 더 놀라운 건 우리에게 말은 더 이상 신성하지도 심오하지도 않다는 사실이다. 그렇기는커녕 비천하기 이를 데 없다. 소유와 탐착, 분노로 가득 차 있다. 그렇지 않으면 위선과 허위, 속임과 사기로 넘쳐난다. 말의 신성함이 세상을 연결하는 것이라면, 그 신성함을 잃게 되면 무슨 일이 일어날까? 세상을 단절시킨다. 사람과 사람, 사람과 자연, 사람과 물건 등 모든 관계는 어그러지고 분열한다. 말 한마디에 타자를 파괴하고 자신을 무너뜨린다. 그런 점에서 우리 시대의 말은 디바가 아니라 다이몬(악령)에 가깝다. 그 결과 사람들은 가능한 한 말을 줄이려 한다. 스마트폰의 등장 이후엔 더더욱 말이 사라지고 있다. 실어증의 일상화!

이 암울한 현실을 벗어나려면? 간단하다. 근원으로 돌아가라! 태초에 말이 탄생하는 그 지점으로. 그러면 알게 되리라. 말이 얼마나 신성한 것인지를. 그 신성함은 사유와 신체를 연결하고 나와 너를 연결하고 신과 인간을 연결한다. 그리고 또 알게 되리라. 공자, 노자, 주역, 그리고 붓다에 이르기까지 왜 그들의 진리는 다 말로 이루어져 있는지를. 불교는 언어도단을 표방한다. 언어의 길을 과감하게 끊어야 깨달음이 가능하다는 것. 하지만 그 길을 끊는 것 역시 언어다. 언어의 창조적 신성함만이 그것을 가능케 한다. 그래서 붓다는 언어의 달인이다. 초기 경전에서 수없이 강조되듯이 '그는 처음도 훌륭하고 중간도 훌륭하고 마지막도 훌륭한, 내용을 갖추고 형식이 완성된 가르침을 설'하는 뛰어난 연사이고 탁월한 대화자다. 소크라테스는 어떤가? 그의 대화법은 모든 이들의 마음을 열었다. 누구든 일단 걸려들면, 소크라테스에게 자신의 과거와 현재의 삶을 다 이야기할 수밖에 없게 된다. 요즘 말로 하자면, 신상을 다 털린다는 뜻.^^ 하지만 그것은 참으로 매혹적인 일이었다. "소크라테스의 로고스는 청중을 디오니소스 축제 때처럼 열광하게 했다."(암스트롱, 『축의 시대』, 447쪽)

거짓말, 중상, 이간질, 욕지거리, 위선적인 말, 이런 말들이 해롭다는 것은 누구나 안다. 그래서 모든 종교에는 그런 말들을 금지하는 계율이 존재한다. 하지만 이런 부정적인 말을 하지 않는 것이 핵심은 아니다. 진정으로 중요한 것은 말의 신성함을 복원하는 일이다. 신성함이란 특별하고 신비로운 것이 아니다. "적당한 때에 말하고, 사실을 말하고, 유익한 말을 하고, 가르침을 말하고, 계율을 말하고, 새길 가치가 있고 이유가 있고, 신중하고 이익을 가져오는 말을 때에 맞춰" 하는 것이다. 왜? 그런 말들은 세상의 모든 것을 다 이어 주기 때문이다. 이곳과 저곳, 이 사람과 저 사람, 낯선 것과 익숙한 것, 그 모든 것이 존재의 깊은 차원에서 서로 연결되어 있음을 느끼게 해주기 때문이다.

그러므로 지금 우리가 해야 할 일은 '말을 할 것인가? 아닌가?' 혹은 '어떻게 하면 말을 잘할 수 있을까?'가 아니다. 그 전에 말이란 본디 더할 나위 없이 고귀한 것이었음을, 그 고귀함이란 세상 모두를 연결해 주는 것이었음을 깊이 환기하는 것, 바로 그것이다.

문자, SNS의 시작

동아시아는 한자, 인도는 산스크리트어, 중동은 아랍어, 유럽은 라틴어——이것이 문명권의 큰 구획이다. 문자가 문명권을 나누는 핵심인 것. 언어의 탄생이 호모 사피엔스를 전인류로 묶어 주었다면, 이제 또 하나의 도약이 기다리고 있었다. 문자라는 창조적 도약이. 말은 유동체다. 시간적 선형성을 지니고 있어서 불가역적이다. 허공에 흩어지면 복원하는 것이 불가능하다. 시공의 한계도 명백히 제한적이다. 말이 시공을 넘으려면 결국 인간의 기억에 의존할 수밖에 없었다. 호메로스라는 시인이 『일리아스』, 『오뒷세이아』라는 그 엄청난 대작을 기억을 통해 구전했다는 전설이 탄생하는 지점이다. 어디 호메로스뿐이랴. "『리그베다』가 문서로 기록된 것은 기원전 1000년대의 일이었다. […] 그러나 베다 경전은 심지어 고대 산스크리트를 거의 이해할 수 없게 된 뒤에도 흠 하나 없이 정확하게 전달되었다. 그리하여 오늘날에도 여전히 오래전에 사라진 원래 언어의 정확한 강세나 억양과 더불어, 제의에서 따라야 할 팔과 손가락의 움직임까지 전해진다."(암스트롱, 『축의 시대』, 43쪽)

하지만 인간의 사유는 말보다 더 오래, 멀리 전파되는 회로를 찾고자 했다. 기억이라는 조건에서 탈주시켜 전세계에 흘러넘치게 하고 싶었던 것이다. 마침내 문자가 탄생한다.

말은 음들의 조합이고 목젖과 혀로 음의 파열에서 생기는 다양한 음성인데, 이는 알라가 인간의 신체기관과 혀를 빌려 창조한 것이다. 인간은 생각을 말로 타인과 교류할 수 있는데 이것이 사고를 교류하는 첫 단계이다. [...] 보이지 않는 곳에 존재하는 이, 몸이 멀리 떨어져 있는 이, 후세의 사람, 동시대인이 아니어서 만나 본 적도 없는 사람에게 자신의 생각을 보내는 것이 두번째 단계이다. 이것은 글의 교류로 이루어진다. (이븐 칼둔, 『무깟디마』 2, 김정아 옮김, 소명, 2012, 386쪽)

언어를 문자에 담으면 불멸을 얻는다. 시간의 한계, 공간의 장벽을 돌파할 수 있기 때문이다. 시공을 넘어 인간과 세계를 연결할 수 있다. 그게 바로 문명권이다. 세계 곳곳에서 한자, 산스크리트어, 아랍어, 라틴어가 동시에 문자화되었다는 것. 이것은 그 자체만으로도 충분히 경이롭다. 그런 점에서 문자는 SNS의 출발이다. 존재는 이처럼 세계와 연결되기를 열망한다. 문자가 없다면, 대체 그것이 어떻게 가능할까? 또 문자 이전에 언어가 없다면 또 어떻게 이런 세상이 가능할까? 결국 문자, 언어가 우리 기억의 총체다. 인간은 늘 집합적 지성으로 존재한다. 호모 사피엔스에서 호모 사피엔스 사피엔스로, 언어를 공유하는 호모 로퀜스로, 또 문자를 공유하는 문명권으로. 이렇듯 인간은 결코 고립된 개별자인 적이 없었다.

다시 인간을 정의해 보면, 말을 하고 말을 듣는 존재, 거기에 더해 문자를 기록하고 그것을 읽는 존재다. 보고 듣고 쓰고 읽고…, 이것이 인간이다. 태초에 우러러 하늘을 보고 굽어 땅을 살피던 그 관/찰이라는 실존적 행위는 여전히 계속되지만, 그것은 말과 글을 통해 다양한 방식으로 변주되어 왔다. 동아시아의 최고 경전인 『주역』이 바로 그렇다. 『주역』은 음과 양이라는 두 개의 기호로 이루어져 있다. 문자 이전의 단계, 즉 부호체계로 구성된 경전이다. 처음엔 8괘로, 그다음엔 8괘에 8괘를 곱해서 64괘로. 그 부호들에 의미를 부여하기 시작하면서 괘사, 효사라는 문자체계가 결합한다. 그리고 다시 그 부호와 문자에 우주적 의미를 부여해 준 것이 공자의 주석서, 십익(十翼)이다. '익'은 날개라는 뜻이다. 말 그대로 공자는 주역의 지혜에 날개를 달아 주었다. 시공을 넘어 모든 이에게 알려주고 싶었던 것이다. 당연하다. 누구든 천지인의 이치를 깨닫게 되면, 그 순간 바로 진리의 전령사가 된다. 앎은 곧 파동이므로, 그 파동에 몸을 맡기게 되어 있다.

서양에서는 문자의 역할이 훨씬 두드러졌다. 유대교는 특히 '책의 종교'였다. 이슬람의 경전인 코란은 그 의미 자체가 '읽어라!'라는 뜻이다. "신이 세계에 내려 준 것은 글이다. 아담이 동물에 처음으로 이름을 부여했을 때, 신은 단지 가시적이고 말없는 표지를 읽게 했을 뿐이다. 율법 역시 인간의 기억이 아닌 석판에 새겨졌다. 그리고 참된 말씀을 재발견해야 하는 것은 바로 책에서이다. 비주네르와 뒤레는 둘 다 거의 동일한 용어로, 자연에서는 물론이고 어쩌면 인간의 지식에서조차, 글이 말보다 언제나 선행했다고 단언하곤 했다."(미셸 푸코, 『말과 사물』, 이규현 옮김, 민음사, 2012, 75쪽) 말과 글 중에서 어느 것이 더 우선하는가는 핵심이 아니다. 말과 글은 늘 서로 갈마든다. 때론 유연하게 어울리고, 때론 심오하게 맞서면서. 하지만 그 본질은 동일하다. 천지인을 연결하는 가장 보편적이고도 신성한 행위라는 점에서 말이다.

이 우주적 차원의 SNS는 무한한 변주 속에서 스마트폰과 함께 '정보, 검색, 페북, 카톡' 등의 방식으로 우리에게 도래했고, 또 그 어디론가 흘러갈 것이다. 그리고 그 흐름은 결코 멈추지 않을 것이다. 존재와 세계가 완벽하게 '통하는' 그 순간까지.

나무, 지혜의 전령사

나무는 직립한다. 뿌리는 땅속 깊은 지하세계를, 가지는 하늘을 향해 뻗어 나간다. 사람의 형상과 닮았다. 하늘과 땅을 연결하는 존재라는 점에서 상통한다. 그래서인가. 나무는 하늘의 메시지를 전달하는 역할을 자임했다. 태곳적 숲은 신성한 영역이었다. 나무는 샤먼들에게 영감을 주는 원천이었다. 문명이 시작되자 나무는 지식을 전달하는 전령사가 된다. 처음엔 죽간으로, 그다음에는 종이로. 종이가 발명된 지 1,900여 년. 문자는 종이와 만나서 책이 되었다. 문자를 통해 지식과 지혜를 더 길게, 더 멀리 전달하고자 하는 열망은 마침내 책을 창조했다. 나무가 인류에게 선사한 최고의 선물이다.

나무는 오행상 목(木)기에 해당한다. 목기는 태양과 동쪽, 바람, 그리고 교육을 상징한다. 배운다는 것은 곧 책을 읽는다는 것을 의미한다. 나무가 아니었다면, 종이가 없었다면, 지혜는 여전히 허공을 맴돌고 샤먼이나 가객의 기억을 통해 말로 전승되고 있을 것이다. 말이 문자로 변이되고, 그것이 다시 종이를 만나 책이 되면서 지혜는 듣기에서 읽기로 변주된다. 배운다는 것은 듣고 읽는 것에서 시작한다. 듣기에서 읽기로 전환되면서 지식은 양적으로 폭발하고 질적으로 변이한다. 샤먼이나 사제들 혹은 엘리트라는 지배계급에서 점차로 보통사람들 속으로 스며들었다. 지나가는 누구에게나 그늘을 허락하고 쉼터를 허락하는 나무, 그리고 그 나무들의 집합체인 숲이 그러하듯이. 인도문명이 영성탐구의 선구자가 된 까닭도 북인도 지역을 장식하는 숲으로 인해서다.

붓다의 여정에는 세 종류의 나무가 등장한다. 처음 열두 살 때 온 생명이 연결되어 있음을 깊이 체득하게 해준 잠부나무, 출가 이후 6년의 고행 끝에 마침내 성도를 이룬 보리수나무, 45년간의 설법을 마치고 열반을 이룬 사라쌍수. 이 나무들이 아니었으면 이 위대한 깨달음과 열반이 가능했을까. 붓다만 그런 것도 아니다. 인류사의 수많은 현자들, 순례자들의 여정에는 어김없이 나무가 등장한다. 노자는 12년간 엄마의 뱃속에서 있다가 오얏나무 아래에서 태어났다고 한다. 오얏나무의 속삭임이 그를 세상으로 이끌어 낸 것은 아닐까?^^ 전세계인을 사로잡은 일본 애니메이션의 주인공들—나우시카, 원령공주, 토토로 등—도 일본 열도를 뒤덮고 있는 숲의 정령들이다.

물론 나무가 자라기 위해선 단단한 흙과 물이 있어야 하고, 광합성작용이 있어야 하고, 바람과 번개, 우박과 비가 있어야 한다. 한마디로 온 우주가 다 결합하여 나무를 키우고 그 나무는 자신에게 다가온 우주적 정보를 인간에게 전달한다. 그것이 곧 책이다. 고대의 책들을 우리는 경전이라 부른다. 성경, 사서삼경, 베다, 코란 등등. 여러 책 중에 진리를 담은 책을 경전이라고 생각하겠지만, 그렇지 않다. 고대의 책은 그 자체로 경전이다. 경전이 아니면 책이 될 수 없었다. 경전이 아닌 책을 뭣 때문에, 무슨 여력으로 만들었겠는가.

> 경전이 기뻐하고 있습니다. 빛나고 있습니다. 경문은 문자이기 이전에 '혼'입니다. 또한 우주의 근원에서 소용돌이치고 파도치는 위대한 생명력의 리듬을 묘사한 표현입니다. (이케다 다이사쿠·로케시 찬드라, 『동양철학을 말한다』, 중앙books, 2016, 37쪽)

나무 없는 도시를 상상할 수 있는가. 메트로폴리스일수록 그곳엔 나무와 숲이 흥성하다. 나무도 숲도 없는 도시는 디스토피아를 예고한다. 마찬가지로 책이 없는 인생은 설정 불가능하다. 초중고를 거쳐 대학을 가고, 연애를 하고 직업을 구하고 여행을 떠나고, 그 모든 과정에는 책이 있다. 아무리 디지털과 영상이 판치는 시대라 해도 책은 역시 책이다! 책을 대체할 만한 지혜의 전령사는 없다.

문제는 우리 시대는 책이 품고 있는 이 원리와 이치를 망각했다는 사실이다. 사람들은 책이 그저 정보와 지식의 그릇이라고만 여긴다. 그 정보와 지식을 빼내면 마치 껍데기만 남는 것처럼. 그래서 책을 읽는 이도, 읽지 않는 이도 다 불행하다. 그 안에 온 우주가 출렁인다는 사실을 모르기 때문이다. 책을 읽는 행위가 얼마나 거룩한 일인지를 모르기 때문이다. 하지만 그러면서도 책이 점점 사라질까 봐 두려워한다. 책이 없으면 삶이 더 황폐해질 것임을 무의식적으로 감지하고 있는 것이다.

그러므로 이 시점에서 되새겨야 할 것은 '어떤 책을 읽느냐, 몇 권을 읽느냐' '다독이냐, 정독이냐'가 아니다. 책이 본디 무엇이었는지, 책과 문명, 책과 인생이 결코 분리될 수 없음을 깊이 환기하는 것이다. 그러면 알게 되리라. 인생이라는 길 위에서 책과의 만남보다 더 신성한 순간은 없다는 것을.

✵ 사족 이 장을 쓰는 도중에 이런 문장을 발견했다. 나무와 힐링, 나무와 붓다, 나무와 깨달음 등이 자연스럽게 어우러지는 멋진 장면

이다. 독자들과 함께 음미하고 싶어서 덧붙인다.

파세나디 왕[부처님 당시 북인도의 제국 중 하나인 코살라국의 왕—인용자]은 말년에 부인이 죽자 만성적인 우울증에 시달렸다. 그는 시골을 정처없이 돌아다니곤 했다. 어느 날은 멋진 늙은 나무들이 가득한 공원을 발견했다. 왕은 마차에서 내려 거대한 뿌리들 사이를 걷다가 이 나무들이 "신뢰와 자신감을 불어넣어 준다"는 것을 알았다. "이 나무들은 고요했다. 어떤 시끄러운 목소리도 그들의 평화를 방해하지 않았다. 그들은 일상적인 세계로부터 떨어져, 잔혹한 삶으로부터 피난처를 제공하는 것 같았다." 왕은 이 멋진 나무들을 보다가 바로 붓다를 떠올리고, 마차에 올라타 먼 길을 달려 이제 여든의 노인이 된 붓다가 머물던 집을 찾아갔다. (암스트롱, 『축의 시대』, 487~488쪽)

테제1 — 읽었으니 써라!

유치원에서 초중고, 그리고 대학, 또 대학원 혹은 유학. 이게 우리 시대 청년들의 일반적 코스다. 음악이나 미술, 아니면 바둑이나 스포츠 이런 방면으로 천재성을 갖고 있지 않는 한 대부분 이 코스를 밟는다. 홈스쿨링을 하건 대안교육을 받건 마찬가지다. 이 말은 청년기는 책과 함께 보낸다는 사실이다. 놀랐는가. 그렇다. 놀라운 일이다. 배운다는 건 곧 책을 읽는다는 것을 의미한다. 공부를 잘하건 못하건 책과 신체는 분리되지 않는다. 그것을 일러 교육이라 한다. 그래서 독서를 취미라고 하는 건 어불성설이다. 독서는 취미가 아니다. 취미활동을 그렇게 오래, 그렇게 많은 사람이 한다는 게 말이 되는가. 책은 삶의 토대이자 존재의 조건이다. 책과의 만남이 있고 그 위에서 인생이라는 길이 시작된다.

그럼 책에는 무엇이 있는가? 국·영·수, 사탐·과탐, 그리고 문과·이과·공과·의과 등등. 한마디로 천지인의 모든 것이 담겨 있다. 자, 이게 정말 중요하다. 교육이 아무리 타락하고 망가져도 이 사실은 변함이 없다. 인생에 대한 모든 것, 생물에 대한 모든 것, 지구에 대한 모든 것, 우주에 대한 모든 것. 이것이 우리가 따분해 마지 않는 교과서의 주요 내용이다. 그 옛날 브라만의 입에서 흘러나오던 베다의 신성한 목소리의 변주다. 참 희한하다. 돈이 그렇게 중요하다면서 돈 버는 법을 가르쳐 주지는 않는다. 경쟁에서 살아남아야 한다고 그렇게 외치면서도 보이스 피싱, 부동산 투자, 대박상품 등은 가르쳐 주지 않는다. 그런 따위는 책에 없다. 그런 내용을 담은 것은 책이라고 정의하지 않는다. 일단 책이라고 한다면 거기에는 삶을 고귀하게, 또 신성하게 만드는 길이 있다. 교과서야 당연하지 않겠는가. 헌데, 이런 책들을 그렇게 오랫동안 읽고 나서도 결국 '돈이 전부야, 쾌락밖엔 난 몰라'라고 살기는 어렵다. 그런데 그 어려운 일을 해낸다는 것. 한마디로 지독한 소외다.

교육의 타락은 이 소외에서 비롯한다. 책과 삶의 분리, 책과 신체의 분리. 그러니까 문제는 책이 아니다. 책은 타락한 적이 없다. 책은 여전히 신성하다. 한 독자가 말했다. 책을 읽으면 물욕이 사라진다고. 그래서 곰곰이 살펴봤더니 모든 책이 욕망을 절제하라는 내용으로 이루어졌음을 알았다고. 그렇다! 그것이 책이다. 책을 읽었는데 성욕이 항진된다든가 남을 속이고 싶다든가 망상에 빠진다든가 할 수는 없다. 그런 일이 일어난다면 그건 책이 아니다! 그건 책을 읽은 것이 아니다! 아니, 그 이전에 그런 욕망에 중독된 이들은 단언컨대, 책을 가까이 하지 않으리라.

읽기는 듣기의 변주라고 했다. 신의 목소리를 듣고 우주의 진동을 듣는 것과 마찬가지다. 들었으면 응답해야 한다. 정직하고 진실하게. 이것이 인간의 길이다. 알라는 "인간을 창조했으며 그에게 명확성을 가르쳤다".(칼둔, 『무깟디마』 2, 141쪽) 그런데 지금 교육은 책을 읽되, 책에 담긴 존재의 원리와 세계의 이치를 완전히 무시한다. 신의 목소리를 듣고도 응답하지 않는 것이나 마찬가지다. 질문이 없는 것도 같은 맥락이다. 신의 계시를 듣고 천지의 이치를 알았는데 어찌 질문이 없을 수 있는가. 안다는 건 질문한다는 뜻이다. 묻고 답하고 다시 묻고 그것이 앎이다. 그러니 질문이 없다는 건 책에 담긴 소리에 귀를 기울이지 않았다는 것. 하여, 책에 담긴 원리와 이치, 삶의 서사 등은 허공을 맴돌고 있다. 아무에게도 가닿지 않는 메아리가 되어.

결정적인 소외가 하나 더 있다. 읽으면 써야 한다. 읽기와 쓰기는 동시적이다. 하지만 지금은 이 동시성이 사라졌다. 대학교에조차 쓰기라는 행위가 없다. 그저 읽기만 한다. 그저 지식과 정보를 습득할 뿐이다. 생산과 창조에 대해서는 아예 설정조차 하지 않는다. 그러니 아무리 읽어도 쓸 수가 없다. 생각해 보면 참으로 아이러니요 불가사의다. 그렇게 오랫동안 책을 읽었는데 왜 쓸 수가 없을까? 바둑을 그렇게 오래 두면 프로에 입단할 수도 있고 바둑을 가르칠 수도 있다. 노래도 미술도 마찬가지다. 근데, 왜 책은 그렇지 않은가? 하긴 20세기만 해도 그렇지 않았다. 대학은 글을 쓰는 곳이었다. 지성은 글을 생산한다는 뜻이었다. 글쓰기 없는 대학? 글을 생산하지 못하는 지성? 이것은 형용모순이다. 아, 이쯤에서 알게 되었다. 앞에서 제기한 모순, 즉 책과 신체의 소외는 결국 이 사항과 맞닿아 있다는 사실을. 읽기만 하고 쓰지 않으면 읽기는 그저 정보로 환원된다. 그 정보는 아무리 원대하고 심오해도 결코 존재의 심연에 가닿을 수 없다. 그때 책은 더 이상 책이 아니다. 나무가 전해 주는 지혜의 전령사로서의 역할을 수행할 수 없다. 그러니 어떻게 쓰기가 이루어지겠는가?

책이 신체와 접속, 감응하여 '활발발한 케미'가 일어나는 것이 쓰기다. 이슬람 격언에 이런 말이 있다. "인간은 조상의 자식이 아니라 습관의 자식이다." 습관이 운명이라는 이치랑 통하는 말이다. 그 연장선에서 "언어는 혀에 존재하는 습관이다. 마찬가지로 글쓰기는 손에 존재하는 습관이며 기술이다".(칼둔,『무깟디마』2, 411쪽) 요컨대 말과 글은 운명을 좌우하는 결정적인 행위라는 뜻이다. 음식을 먹으면 반드시 소화과정을 거쳐야 한다. 그 에너지로 삶을 영위한다. 그러한 이치는 지식활동도 마찬가지다. 읽었으면 신체와 융합되어야 한다. 그러면 자연스럽게 사유의 지도를 바꾸고, 말의 회로를 변경하게 되어 있다. 그것이 쓰기다. 하지만 지금 읽기와 쓰기는 아득하게 멀리 있다. 아니, 쓰기로 가는 길은 아예 끊어져 버렸다. 이 간극만큼이 교육의 타락이다. 그러므로 읽기와 쓰기의 아득한 거리를 극복하는 지점에서 교육의 비전이 되살아나야 한다. 책의 원형이자 모태인 나무는 말한다. 부디 읽어라! 그리고 읽었으면 써라!

테제2―쓰기 위해 읽어라!

우주는 거대한 도서관이다. 하늘은 책이다. 무량겁의 텍스트가 거기 있다. 읽고 읽어도 늘 새롭다. 매일 아침 하늘은 새로운 세상을 연다. 올해 봄은 지난 봄의 반복이 아니다. 전혀 다른 봄이다. 여름도 가을도 겨울도 그러하다. 땅은 견고해서 변화가 없어 보이지만 역시 마찬가지다. 지금 이 순간에도 지축은 쉼 없이 이동하고 있다. 기술문명이 고도로 발달한 21세기에도 지진 예측은 여전히 어렵다. 그만큼 땅의 움직임은 미스터리다. 땅이 끌어안고 있는 만물 또한 시시각각 변하고 있다. 변하지 않는 것은 아무것도 없다. 이보다 멋진 텍스트가 어디 있으랴. 인간이 두 발로 선 이상 이 변화무쌍하고 흥미진진한 '책'을 어찌 외면할 수 있으랴. 천지라는 이 우주적 도서관에 일단 발을 들여놓은 이상 읽지 않을 수 없다. 고로 삶은 읽기다! 살아 있는 한 읽어야 한다. 해와 달을 읽고, 날씨와 절기를 읽고, 아침 새와 저녁놀을 읽어야 한다. 아, 사람 또한 '책'이다. 사람은 그 자체로 스토리요, 텍스트다. 하여, 누군가를 만난다는 건 한 사람의 일상, 나아가 인생이라는 책에 접속하는 일이다.

삶은 앎이고 앎은 곧 읽기다. 그 뚜렷한 증거가 하나 있다. 전국 곳곳에 자리잡은 도서관이 그것이다. 이제 마을의 중심은 도서관이다. 도서관에는 남녀노소가 있고 카페가 있고 식당이 있고 세미나실이 있고 강연장이 있다. 이 모든 것을 연결해 주는 것은 다름 아닌 책이다. 그동안 삶과 분리되어 소외의 길을 걸었던 앎이 다시 삶과의 결합을 모색하고 있는 중이다. 책이 나무의 생명력을 복원하는 중이라 해도 좋으리라.

하지만 읽기가 생명의 활동이 되려면 써야 한다. 아, 여기 또 지독한 오해가 있다. 쓰기를 읽기 다음에 두는 것이다. 읽은 다음, 아주 많이 읽은 다음에야 쓰기가 가능하다는 오해 말이다. 천만의 말씀이다. 읽기와 쓰기는 동시적이다. 읽은 다음에 쓰는 것이 아니라 쓰기 위해 읽는 것이다. 아니, 그래야 한다. 쓰기가 전제되지 않고 읽기만 한다면, 그것은 읽기조차 소외시키는 행위다. 그런 읽기는 반쪽이다. 책을 덮는 순간 물거품처럼 사라져 버린다. 그저 몇 개의 구절만이 맴돌 뿐이다. 그래서 어차피 잊어버릴 거 뭣하러 읽지? 많이 읽어 봤자 다 헛거야, 라는 '북(book)-니힐리즘'에 빠질 수 있다. 하지만 쓰기를 전제하고 읽으면 아주 달라진다. 부디 해 보시라. 쓰기는 읽기의 방향과 강/밀도를 전면적으로 바꿔 준다. 결코 니힐리즘 따위에 걸려들지 않는다. 비유하자면, 구경하는 것과 창조하는 것 사이의 차이라 할 수 있다. 구경꾼은 영원히 구경만 할 뿐이다. 창작자도 구경을 한다. 하지만 그 구경 역시 창조의 일환이다. 마찬가지로 쓰기를 염두에 두면 읽기의 과정이 절실해진다. 읽기 또한 쓰기의 과정이기 때문이다.

『에티카』, 『동의보감』, 『주역』, 『차라투스트라는 이렇게 말했다』── 단지 독자의 상태에 머물러 있다면 이 책들은 읽을 엄두조차 내지 못할 것이다. 굳이 저런 책까지 읽어야 하나? 어차피 이해도 못할 걸 읽어서 뭐해? 등등. 하지만 쓰는 자가 되면 사정이 달라진다. 일단 어렵고 두꺼운 책일수록 경탄과 존경을 보내게 된다. 이 책을 쓰기까지 얼마나 많은 '피·땀·눈물'(ㅆ)을 흘려야 했을까, 하는 생각이 절로 솟아난다. 그런 공감과 찬탄은 쓰는 자가 되어야 비로소 가능하다. 아무리 두껍고 어려워도 니힐리즘에 빠지지 않는다. 믿는 것이다. 이런 책에 담긴 언어는 깊은 사유의 산물이리라는 것을. 그리고 계속 읽다 보면 언젠가 그 사유와 만나게 되리라는 것을. 무엇이든 읽을 수 있고, 또 같은 책을 거듭해서 읽을 수 있는 힘, 그것 역시 쓰기에서 나온다. 하여, 읽기와 쓰기의 동시성을 회복하기 위해서는 좀더 급진적인 전략이 필요하다. 앞에서 제시한 '읽었으니 써라!'에서 한 걸음 더 나아가 보자. 그러면 이런 테제가 탄생한다. '쓰기 위해 읽어라!' 이 배치에 들어서는 순간, 자연 알게 될 것이다. 세계가 온통 생성과 창조의 현장임을. 쓰기란 그 생성과 창조에 참여하는 최고의 길임을.

읽기와 쓰기, 그 거룩함과 통쾌함에 대하여

하늘 아래 책을 읽고 이치를 연구하는 것만큼 아름답고 고귀한 일이 무엇이 있겠는가? […] 첫째로 경전을 연구하고 옛날의 진리를 배워서 성인이 펼쳐 놓은 깊고도 미묘한 비밀을 들여다본다. 둘째로 널리 인용하고 밝게 분별하여 천 년의 긴 세월 동안 해결되지 않은 문제를 시원스레 해결한다. 셋째로 호방하고 힘찬 문장 솜씨로 지혜롭고 빼어난 글을 써내어 작가들의 동산에서 거닐고 조화의 오묘한 비밀을 캐낸다. […] 이것이야말로 우주 사이의 세 가지 통쾌한 일이다. (안대회, 『정조치세어록』, 푸르메, 2011, 21~22쪽)

드디어 이 문장에 도달했다. '책머리에'에서 밝혔다시피, 이 책의 제목인 '읽고 쓴다는 것, 그 거룩함과 통쾌함에 대하여'라는 아포리즘을 선사한 문장이다(물론 내 스타일로 약간 변주했다). 정조는 18세기 조선의 르네상스를 이끈 주역이다. 대개 이런 식의 말은 현자나 성인, 재야의 문호들의 입을 통해서 나왔다. 부귀공명의 정점에 오른 제왕이 이런 '영성과 지혜'로 빛나는 말을 토해 낸다는 건 극히 드문 일이다. 이 문장의 특별함은 거기에 있다. 권력은 소유와 지배, 나아가 쾌락의 증식일 뿐, 거기에서 자유와 충만함을 누리기란 가능하지 않다. 그럼에도 우리는 여전히 이 둘을 가늠하면서 헷갈려 한다. 물론 언제나 선택은 소유와 쾌락 쪽으로 기울고, 그러면서 삶이 왜 이렇게 힘들고 공허하냐고 한탄한다. 헷갈린다기보다는 진실을 알고 싶지 않다는 게 더 정확한 표현일지도 모르겠다. 알면 절대로 그런 길을 선택할 수 없을 테니까.

정조는 조선의 지존이다. 그럼에도 그의 삶에서 가장 거룩하고 통쾌한 일은 배움, 곧 읽고 쓰기였다. 그는 충분히 알고 있었던 것이다. 아버지 사도세자의 비극에 끄달리지 않고, 조선의 18세기를 르네상스로 장식할 수 있었던 원동력은 그 어떤 통치술이나 정치공학이 아닌, 끊임없이 읽고 쓰는 데 있었다는 사실을.

이 문장은 정말 기막힌 선물이다. 나는 이 선물을 이렇게 변주했다. 읽는다는 것의 거룩함과 쓴다는 것의 통쾌함으로. 물론 거룩함과 통쾌함은 상통한다. 모든 거룩한 것들은 통쾌함을 선사하고, 통쾌한 것들에는 거룩함이 빛난다. 그러면서도 또 미묘하게 다르다. 이 서로 연동되면서도 차이 나는 지점을 포착하고 싶다. 왜? 뭐가 됐건 디테일이 살아 있어야 흥미진진한 법이니까. 악마는 디테일에 있다고 했던가? 맞다. 하지만 악마만 디테일에 있는 건 아니다. 차이와 생성의 '디바' 역시 디테일에 있다.

3. 읽는다는 것, 그 거룩함에 대하여

책이 곧 별이다!

하늘의 별을 보고 땅의 지도를 그렸다. 그 지도를 따라 사람의 길을 열어 갔다. 천문과 지리, 그리고 인문의 삼중주, 이것이 문명의 출발이다. 산다는 건 이 삼박자의 리듬에 다름 아니다. '나는 누구인가?', '어디서 와서 어디로 가는가?', '어떻게 살 것인가?' 등의 질문은 궁극적으로 이 배치를 벗어난 적이 없다. "밤하늘의 별을 보고 길을 찾던 시대는 복되도다!"(루카치)라고 외친 이유다. 하지만 그 '복된 시대'는 산업혁명, 자본주의, 계몽주의 등과 더불어 종언을 고했다. 이제 사람들은 하늘을 보지 않는다. 별을 보고 길을 찾는 법을 잊어버렸다. 아니, 별 자체가 시야에서 사라졌다. 대책없이 쏘아올린 조명탄과 빛공해로 인해. 하늘을 보지 못하게 되면서 땅을 살피는 안목 또한 소실되었다. 땅은 그저 광물질의 지층들 아니면 투자대상에 불과하다. 그럼 인간의 길은? 인간은 이제 천지와 분리되었다. 분리되면서 천지보다 더 높은 존재로 우뚝 솟아났다. 그와 동시에 앎은 자연지의 광대한 지평에서 벗어나 오직 인간을 중심으로 삼는 문명지로 축소되었다. 천지인을 아우르던 그 통찰력은 한낱 신화가 되어 버렸다. 문명지는 증식과 분화를 거듭하여 삶과 분리된 지식과 정보로, 지적 재산으로, 마침내 매뉴얼과 스펙으로 추락해 버렸다.

신화와 매뉴얼 '사이', 이게 우리가 서 있는 지점이다. 범람하는 정보의 쓰나미 속에서도 왜 여전히 '난 누구? 여긴 어디?'를 외치고 있는지를 이해하겠는가? 인간은 자연, 다시 말해 생명과 우주로부터 분리된 채 살아갈 수 없다. 자연을 오직 착취, 이용, 개발의 대상으로 삼게 되면 그 자연의 산물인 인간 역시 그렇게 대하게 된다. 자연과의 단절은 인간 사이의 소외로 이어진다. 단절의 대가로 얻은 부의 가열찬 팽창은 어느 순간 부메랑이 되어 고스란히 되돌아온다. 지금 우리가 절절하게 겪고 있는 바로 그 현상이다. '미세먼지'와 '플라스틱 바다'는 인간의 모습을 그대로 투영한다.

그렇다고 절망은 금물이다. 그 자리에서 다시 시작하면 된다. 천지라는 텍스트를 내팽개친 덕분에 사람의 길이 너무 협소해졌다는 것, 그것만 '알면' 된다. 여기서도 핵심은 아는 것이다. 자신이 어디에 서 있는지, 그리고 왜 길이 막혔는지를 아는 것. 그러면 자연스럽게 길이 열린다. 아니, 어느 방향으로 발을 내디뎌야 하는

지를 알게 된다. 천지인의 삼중주를 회복하는 것이 그것이다. 어떻게? 도심에서 사라진 지 오래인 별을 어떻게 찾을 것이며, 다시 본다 한들 기껏해야 북두칠성, 은하수 정도만 구별하는 이 흐릿한 시력으로 대체 뭘 할 수 있단 말인가. 대지는 더 참담하다. 늘 밟고 다니지만 우리는 대지의 숨결과 속성을 알지 못한다.

걱정하지 마시라. 그 모든 것이 담긴 지도가 있으니, 책이 바로 그것이다. 책에는 모든 것이 다 있다. 하늘의 경이와 땅의 후덕함, 삶의 비전에 관한 그 모든 것이. 인류가 그 지도를 찾기 위해 해온 분투와 모험이, 지나온 길과 지나가야 할 길이, 공자의 고매한 음성과 붓다의 사자후가, 소크라테스의 대화법과 디오게네스의 파격이, 조르바의 춤과 허클베리 핀의 뗏목이. 이것이 바로 별의 떨림이고 대지의 울림이다. 이 울림과 떨림 속에 인간의 살림이 있다. 천지는 자신의 지혜를 책에 실었다. 그래서 인류 역사에서 책은 가장 소중하고 가장 위대했다. 진시황의 분서갱유가 결정적인 증거다. 한낱 도구와 정보에 불과하다면 그것을 그렇게 두려워할 필요가 있었을까. 그리고 그렇게 불태웠음에도 책은 살아남아 불멸의 길을 걸어왔다. 이 불멸의 매트릭스와 접속하고 싶다면? 읽어라! 존재의 GPS를 찾고 싶다면? 읽어라! 사람 사이의 소외를 극복하고 싶다면? 역시 읽어라! 자신이 누구인지 알고 싶다면? 당연히 읽어라! 삶을 고귀하게 해주는 모든 행위는 단언컨대 책으로 연결된다. 물론 책을 읽는다고 다 고귀하게 되지는 않는다. 하늘의 별을 본다고 다 지도를 그리는 건 아니니까. 하지만 책을 읽지 않고 고귀해지는 건 불가능하다. 별을 보지 않고 지도를 그리는 게 가능하지 않은 것과 마찬가지다. 단언컨대, 무지가 삶을 충만하게 하는 법은 없다.

신의 선물─읽는 자에게 복이 있나니!

라마단 단식 17일째 되는 날 밤, 동굴에서 잠을 깬 마호메트는 천사가 자신을 힘껏 껴안는 황홀경을 체험한다. 천사는 명령했다. "읽어라!" 마호메트의 입에서 새로운 성서의 구절들이 흘러나왔다. 아라비아 사막에서 "처음으로 하나님의 말씀이 주어진 것이며, 마침내 하나님이 아랍인들에게 아랍어로 모습을 드러내신 것이다". 이 성서가 바로 코란이다. 언급했듯이, 코란은 단어 자체가 '읽는다'는 뜻이다.(카렌 암스트롱, 『마호메트 평전』, 유혜경 옮김, 미다스북스, 2002, 103쪽) 중동의 사막에서 또 하나의 종교가 탄생하는 순간이다.

이슬람교도들에 따르면, 코란의 기적은 신의 존재 여부가 아니라, "전세계 수백만의 사람들에게 삶의 궁극적인 의미와 가치를 끊임없이 부여하는 코란의 능력이었다". "마호메트는 기적을 행하지 않았다. 그는 코란의 말씀 그 자체가 기적이며 그것이 신으로부터 기원했다는 충분한 증거"이기 때문이다.(같은 책, 163~166쪽) 그렇다. 코란에 담긴 말은 신성하고 거룩했다. 그 자체로 신이 보내는 복음, 곧 '기쁜 소식'이었다. 그것은 신의 완전성이 아니고는 불가능한 언어였다. 그러니 인간이 해야 할 일은 그 언어를 '읽는' 것이다. 인도의 고대경전 베다 역시 '알다'라는 의미다. 붓다의 깨달음은 '와서 보라!'로 압축된다. 읽다, 알다, 보다의 거룩한 변주!

종교는 '으뜸가는 가르침'이라는 뜻이다. 모든 경전은 인류의 가장 근원적이고 보편적인 진리를 기록한 것이다. 각 문명권에 따라 다른 언어와 개념으로 표현되었을 뿐. 하지만 제국의 팽창과 더불어 그 근원적인 이치들이 조금씩 망각되어 갔다. 특히 근대 이후 대학의 지식과 분리되면서 더더욱 종교의 영역은 협소해졌다. 전통과 관습에 사로잡힌 의례거나 아니면 기복 혹은 내세에 대한 보장 정도로 변질된 것이다. 심연을 탐구함으로써 모든 존재들을 자비와 공감으로 연결한다는 고귀한 의미는 잊혀진 지 오래다.

그와 더불어 읽기의 신성함 또한 망각되기에 이르렀다. 종교적 읽기는 특히 낭독이 주를 이루었다. 하지만 근대 이후 묵독이 대세를 이루면서 낭독은 아주 특별한 의례가 되었다. 소리가 사라진 읽기. 그것은 독서를 지극히 개별적 활동으로 규정하는 데 결정적 역할을 했다. 하지만 디지털 혁명과 더불어 묵독조차 변경으로 밀려나고 있다. 마치 책이 없어도 살아갈 수 있다는 착각에 빠진 것이다. 하지만 기억하라. 진리를 탐구하는 것은 읽는 행위와 분리될 수 없음을. 춤을 추거나 그림을 그리거나 혹은 노래를 부르거나 기타 등등의 행위도 거기에 포함될 수는 있다. 하지만 가장 보편적이면서 본질적인 행위는 역시 읽는 것이다. 읽는다는 행위, 이것이야말로 가장 신성하고 거룩한 행위다. 태초 이래 그러했고, 앞으로도 이 사실만은 바뀌지 않을 것이다.

사람들은 신을 믿지 않으면서도 여전히 신에게 의지한다. 진리는 하찮게 여기면서도 그것을 신비화한다──두려워하거나 무시하거나. 신과 진리를 '초월자, 절대자'로 환원해 버린 것이다. 결과는? 삶의 현장과 분리된다. 대지와 분리된 하늘, 그건 그저 아득한 허공일 뿐이다. 거기에선 길을 찾을 수 없다. 길을 찾으려면 하늘과 땅, 즉 천지가 다시 이어져야 한다. 다시 말하지만, 천지인을 잇는 것이 곧 진리다. 그러므로 진리는 명사가 아니라 동사다. 흐름이고 파동이다. 거기에 접속하려면? 읽어야 한다. 책이 곧 별이고 지도니까.

나는 때로 다음과 같은 꿈을 꿉니다. 최후 심판의 날 아침, 위대한 정복자, 법률가, 정치가 들이 그들의 보답──보석으로 꾸민 관, 월계관, 불멸의 대리석에 영원히 새겨진 이름 등──을 받으러 왔을 때 신은 우리가 옆구리에 책을 끼고 오는 것을 보시고 사도 베드로에게 얼굴을 돌리고 선망의 마음을 담아 이렇게 말하시겠지요. "자, 이 사람들은 보답이 필요 없어. 그들에게 줄 것은 아무것도 없다. 이 사람들은 책 읽는 걸 좋아하니까."(버지니아 울프. 사사키 아타루, 『잘라라

기도하는 그 손을』, 송태욱 옮김, 자음과모음, 2012, 55쪽에서 재인용)

내가 즐겨 인용하는 문장이다. 최후의 심판, 천국의 지복, 신의 선물이 오직 책이라니. 책 읽는 걸 좋아하는 이들에게 신이 줄 수 있는 보답 같은 건 없다. 이미 그 자체로 지복을 누리고 있으므로. 그러니 읽어라! 읽는 자에게 천국이 함께할지니!

혁명은 책의 해방이다—모든 이에게 책을 허하라!

문명과 역사가 시작된 이래 인류는 무수한 전쟁을 겪었다. 약탈과 살육, 그것이 전쟁이다. 그다음엔? 제국의 확장. 전쟁을 할수록 제국은 팽창했고, 그 팽창된 제국을 지키기 위해선 또 전쟁을 해야 했다. 제국의 탄생과 더불어 부가 늘어났고 계급이 분화되었다. 이긴 자는 지배계급으로, 패배한 자는 하층민과 노예로. 그 사이를 잇는 이들은 중간계급으로. 전쟁이 많아질수록 계급도 정교하게 구획되었고, 어느 순간 그것은 천부적인 것으로 고착되었다. 태어날 때 이미 그렇게 정해졌다는 것이다. 카스트, 곧 신분제도가 탄생한 것이다. 물론 그 안에는 남성과 여성의 위계도 존재한다. 여성은 아이(생명)를 낳고 남성은 가치를 창조한다——원시공동체를 지배한 이 아름다운 분업은 제국의 등장과 함께 가부장제와 남존여비라는 지독한 지배/예속의 관계로 재편성되었다. 신분제와 성차별. 이것이 거의 모든 문명의 구조적 패턴이다.

지배계급의 교만이 심화될수록 예속된 자들의 분노와 원한은 축적되었다. 모순이 누적되다 보면 어느 순간 폭발하고 만다. 혁명의 시작이다. 고대사회에서도 노예들의 반란은 이어졌지만, 또 농민들을 주축으로 한 민란도 빈발했지만 그 난들은 혁명이라 부르지 않는다. 그야말로 분노와 원한의 한바탕 한풀이로 끝났기 때문이다. 생산력이 낮아서 그 이상으로 진행될 수도 없었다. 하여, 혁명의 출발은 프랑스 혁명부터 꼽는 게 일반적이다. 이때는 하층민의 연대로 앙시앵 레짐(왕정)을 뒤엎을 수 있었기 때문이다. 산업기술이라는 생산력의 서포트가 있었기에 가능한 일이다. 이젠 신의 이름으로 부여된 신분제도, 왕과 귀족에 대한 충성심도 다 뒤엎을 수 있었다. 신이나 제국보다 계급의 위상이 더 높아진 탓이다. 이후 인류 역사는 수많은 혁명들로 점철되었다. 파리코뮌, 소비에트 혁명, 중국의 대장정, 베트남 혁명, 쿠바 혁명, 그리고 이어지는 사회주의의 몰락. 소련이 붕괴되고 동유럽이 무너지고 중국은 다시 개혁개방으로 자본주의의 첨병이 되고, 베트남의 도이모이까지…. 기술혁명 또한 가열차게 진행되었다. 아니, 오히려 냉전 이후엔 기술혁명이 정치적 혁명을 압도하는 형국이다. 2008년 스마트폰의 등장과 함께 시작된 일상의 변화는 그 어떤 혁명보다 더 '혁명적'이었고, 디지털 혁명, 인공지능, 3D프린터 등으로 상징되는 4차산업혁명의 물결은 바야흐로 목전에 임박한 실정이다.

그러니까 인류사는 전쟁사이자 혁명사인 셈인가. 해서 이런 질문이 들 수 있다. 그렇게 싸우고 죽이고 개발하고 진보해서 대체 뭘 얻었는가? 그렇게 많은 혁명을 시도한 다음 우리의 삶은 어떻게 달라졌는가? 의식주의 풍요로움, 전염병의 퇴치, 계급적 평등 등 수많은 성과가 있었다, 고 해두자. 그건 수치의 차원에서 그렇고, 개별 인간의 삶으로 들어가면 참 허무하기 그지없다. 의식주가 풍요로워진 대신 생명력은 한없이 빈곤해졌고, 전염병을 퇴치한 대신 암, 치매, 우울증 같은 난치병들이 늘어나고 있고, 자유와 평등은 법과 제도의 영역에서나 가능할 뿐 사람들은 여전히 우열과 차별에 시달리며 서로 적대감을 키워 가고 있다. 그간의 역사에서 치른 희생 혹은 그 엄청난 발전에 비하면 참 초라한 성과 아닌가. 그렇다. 하지만 그 안에는 놀라운 비밀 하나가 숨어 있다. 모든 혁명의 성과에는 '책의 해방'이 있다는 사실이다.

위에서 보듯 혁명은 늘 실패로 끝난다. 기존체제를 뒤엎는 데는 대단한 성취를 이루었지만 삶의 새로운 양식을 창안하는 데는 늘 미흡했다. 뭔가를 이룬 것 같지만 곧바로 다른 모순에 직면하고 그 모순과 뒤엉키다 보면 때론 거꾸로 가기도 한다. 지그재그에 갈지자 횡보가 일반적이다. 하지만 단 하나, 교육이 확장된 것만은 분명하다. 어떤 종류의 혁명이건 한바탕 진통을 겪고 나면 그다음엔 교육의 기회가 대폭 확장된다. 그리하여 이제 전세계인은 누구나 배울 수 있게 되었다. 만약 그것이 원천적으로 봉쇄된 데가 있다면 그곳엔 조만간 혁명이 일어나리라. 교육의 확장이란 달리 말하면 '책의 해방'이다. 알다시피, 모든 권력의 원천은 담론 혹은 이데올로기다. 구체적으로 삶과 세계에 대한 해석이자 비전이다. 결국은 앎이다. 그러니까 권력을 해체하고 특권층을 타도한다는 것은 이 영역에서 변화가 일어난다는 뜻이다. 결국 누구나, 어디서나 배움이 가능하게 된다는 것. 앎의 원천인 책의 해방!

성차별도 그렇다. 21세기는 가히 여성의 시대다. 무슨 소리! 정치, 경제, 문화 전 영역에서 아직 여성에 대한 차별이 존재하는데…. 물론 맞다. 하지만 지성의 영역은 바야흐로 여성이 대세다. 모든 공부의 장에는 여성이 압도적이다. 이건 무슨 말인가? 여성이 이제 남성의 정신적 인도를 받을 필요가 없어졌다는 뜻이다. 스스로 삶의 지도와 방향을 찾아나섰다는 뜻이다. 그렇게 되면 성차별은 불가능하다. 앎을 거부하는 자들이 앎을 향해 나아가는 이들을 억압한다는 건 가당치 않다.

요컨대, 앎의 해방이 혁명의 궁극적 비전이다. 모든 존재에게 자신의 삶을 주도할 수 있는 권리를 허하라! 더 구체적으로 표현하면, 모든 존재에게 책을 허하라! 당연하지 않은가? 삶의 주인이 되는 길은 책을 읽는 데서 시작한다. 존재와 세계를 탐구하는 것 역시 마찬가지다. 노동자의 권리를 위해 온몸을 불사른 청년 전태일. 그는 대체 어떻게 그 역사적 위업을 수행했던가? 『근로기준법』이라는 책을 읽었기 때문이다. 1987년을 주도한 청년들의 열정과 분노의 원천 역시 책이다. 마르크스를 읽고 레닌을 읽고 『태백산맥』을 읽고 『노동의 새벽』을 읽고… 읽고 읽었다. 금서는 더 열심히 읽었다. 금지되었다는 것은 그 안에 역사적 진실이 있다는 증거라 여겨서다. 그들의 청춘을 빛나게 해준 것들은 다름 아닌 책이었다. 이념과 정파에 따라 혁명의 전략전술은 다 달랐지만 모두가 한결같이 지향했던 구호는 단 하나. 누구나! 무엇이든! 다 읽을 수 있는 세상! 그리하여 모두가 삶의 주인이 되는 세상!

그리고 우리는 그런 시대에 마침내 접어들었다. 결정적 역할을 한 것이 다름 아닌 디지털 혁명이다. 흔히 디지털은 책에 적대적이라고 생각한다. 스마트폰 때문에 책을 읽지 않고 문자를 멀리하고 사유하지 않고…. 맞다. 하지만 그게 전부는 아니다. 디지털은 책을 시각과 묵독이라는 영역에서 해방시켰다. 나무라는 질료로부터 벗어나는 길도 열었다. 책은 본디 천지를 관찰하고 신의 음성을 듣고 대지와 교감하는 것이 아니었던가. 나무가 종이로, 책이 다시 종이 안에 들어가면서 대중화의 길을 열긴 했지만, 그와 동시에 사람들은 책이라는 물질적 형식에 갇히곤 했다. 묵독의 대세 속에서 책의 지혜는 소리와 분리되었고, 엘리트와 대중 사이의 견고한 장벽도 드높아졌다.

디지털은 이 모든 구속과 경계를 떨쳐 내는 중이다. 일단 책에 접속하는 감각을 다원화했다. 사람들은 책을 보고 듣고 이야기하고 낭송과 랩으로, 연극으로 변주한다. 전파력은 또 얼마나 대단한가! 그러니 책이 종이에서 탈영토화하는 것을 슬퍼할 필요가 없다. 책이 전자로, 음성으로, 소리로 다원화되는 여정을 기뻐하라. 물론 종이책은 여전히 우리와 함께한다. 디지털 때문에 종이책이 지닌 독특한 아우라는 더욱 빛나게 될 것이다. 아울러 종이책의 두께와 무게에 짓눌리지 않아도 된다. 엘리트와 대중 사이의 경계도 무색하다. 최고 수준의 연구자가 산출하는 지적 성과물을 누구나 접할 수 있고, 동시에 어떤 대중도 자신의 지성을 당당하게 세상에 펼칠 수 있다. 이런 디지털의 바다에선 어떤 금지도 불가능하다. 당연히 특정집단이 독점, 조작하기는 더더욱 어렵다. 하늘의 은하수가 쏟아져 디지털의 바다를 유동하고 있다고나 할까.

이것이 혁명이 아니면 뭐란 말인가. 인류가 그 오랫동안 피 흘리며 쟁취하려고 했던 그 혁명. 문제는 선택이다. 이 책의 바다를 유영하면서 삶으로 다시 떠오를 것인가? 아니면 스마트폰이 선사하는 온갖 감각적 쾌락에 빠져 중독의 늪에 빠져들 것인가? 어느 쪽을 선택할지는 각자의 몫이다. 지금까지의 모든 혁명이 그러했듯이.

책이 곧 '나'다!—자의식에서 자존감으로

디지털은 온라인과 오프라인, 여성과 남성, 인종과 국경 등, 온갖 경계를 가로지른다. 당연히 지식의 분할선 또한 여지없이 무너뜨렸다. 근대 이후 대학은 지식을 수많은 절단선으로 구획하였다. 문과, 이과, 공대, 의대 그리고 다시 그 아래 수많은 전공들로 쪼개 버렸다. 쪼개고 또 쪼개고 더이상 나눌 수 없는 지경에까지 이르렀다. 경계를 분할하고 특정분야를 집요하게 분석하는 지식은 중요하다. 하지만 그것은 늘 다른 것들과의 연결, 접속을 염두에 두고 이루어져야 한다. 오직 분할, 분석에만 매달리면 그 지식은 고립되어 고사해 버린다. 현대인들이 길을 잃은 까닭도 비슷하다.

생명은 유동한다. 마찬가지로 생명의 원천인 앎 또한 유동한다. 유동하는 지성이 곧 앎이다. "개념은 여행을 한다. […] 개념의 은밀한 이동 덕에, 어쨌거나 분과 학문들은 질식 상태와 혼잡에서 벗어났다. […] 브누아 망델브로는, 위대한 발견이란 개념이 어느 한 영역에서 다른 영역으로 이동할 때 발생하는 실수의 산물이라고 말했다."(에드가 모랭, 『복잡성 사고 입문』, 신지은 옮김, 에코리브르, 2012, 182쪽) 이런 여행과 이동, 실수 연발이 지식을 살아움직이게 한다. 거기에서 삶의 길이 열리는 법이다.

나는 이런 유동성을 좀 다른 방식으로 체험해 보았다. 아시다시피, 20년 전 중년백수가 되어 거리로 나와 지식인공동체를 시작했다. 자연스레 공부와 일상이 오버랩되었다. 보통의 지식인 단체는 세미나를 하고 뒷풀이를 하는 정도로 진행된다. 하지만 우리는 점심, 저녁 두 끼 밥을 함께 먹고 산책하고 청소하는 일상을 결합시켰다. 그러면 지식을 다양한 감각으로 접할 수 있다. 귀동냥과 수다, 신체적 느낌과 어팩션 등으로. 이것이 주는 즐거움과 효율성은 엄청나다. 아무리 난해한 텍스트도 친숙하게 느껴질 수 있다. 또 하나, 지식의 분과가 해체된다. 프롤로그에서도 밝혔지만, 나는 한국고전문학, 그중에서도 18세기 시가사를 전공했다. 교수가 되었다면 아직도 그 분야를 더욱 세밀하게 파고 있을 것이다. 그러면서 앎과 삶의 분리가 초래하는 갈증에 시달리고 있었을 것이다. 운 좋게도(?) 교수임용이 좌절되면서 나는 그런 전공의 감옥에서 탈주할 수 있었다. 다시 초심으로 돌아가 공부를 시작했다. 서양철학, 자연과학, 뇌과학, 『동의보감』, 『주역』과 불경 등. 대학에서는 전공의 벽을 넘는 게 만리장성을 종단하는 것보다 어려운 일이지만, 대학 밖에서는 땅 짚고 헤엄치기보다 쉬웠다. 이유는 간단하다. 대학의 공부는 논문과 실적을 위한 소외된 노동이지만 대중지성은 삶과 세계를 탐구하는 지적 모험이기 때문이다. 이것이 주는 이점은 헤아릴 수 없이 많다.

일단 인맥이 넓어진다. 수많은 지식인들과 벗이 될 수 있다. 잘 모르면 배우면 되고, 좀 알면 가르쳐 주면 된다. 그동안 참으로 많은 사람들을 만났다. 아울러 사람이 오면 사물도 함께 온다. 수많은 선물이 오고 간다. 〈감이당〉이 증여와 선물의 경제학을 표방하는 것도 이런 이치다. 동시에 배움이 노동이 아니라 활동이 된다. 노동의 결과는 스트레스지만 활동은 신체적 활기를 수반한다. 뭐든 읽을 수 있다는 것보다 더 즐거운 일이 있을까. 세미나를 통해 『에티카』(스피노자)를 통독한 회원이 말했다. "내 독서의 이력은 『에티카』를 읽기 전과 읽은 후로 나뉜다." 『천 개의 고원』에 흠뻑 빠진 한 청년은 말했다. "이젠 철학을 하지 않는 삶을 상상할 수 없어요." 『차라투스트라는 이렇게 말했다』로 삶의 행로를 바꾼 한 중년은 "이제 니체를 읽지 않는 시간을 상상하고 싶지 않다"고 했다. 책이 주는 기쁨이란 이런 것이다. 그 기쁨 속에서 '자유의 새로운 공간'이 열린다. 그것은 실로 거룩한 체험이다. 나 또한 기꺼이 간증을 해본다면, 나에게 일어난 변화는 이런 것이었다. 사람들은 책을 많이 보면 지식이 늘어난다고 생각한다. 아니다, 그런 건 중요하지 않다. 정말 중요한 건 그 모든 책에서 자신을 발견하는 경이로움을 누린다는 사실이다.

2부 정리 48 정신 안에는 절대적이거나 자유로운 의지가 존재하지 않는다. 오히려 정신은 이것 또는 저것을 의지하도록 어떤 원인에 의하여 결정되며, 이 원인 역시 다른 원인으로 인하여 결정되고, 이것은 다시금 다른 원인에 의하여 결정되며, 이렇게 무한히 진행된다. (스피노자, 『에티카』, 강영계 옮김, 서광사, 2007, 137쪽)

정서, 말하자면 겸손과 소심함은 인간본성에는 매우 드물다. 인간의 본성 자체를 볼 것 같으면 될 수 있으면 그러한 정서에 반항하기 때문이다.(제3부의 정리 13과 54 참조) 그러므로 가장 소심하고 겸손한

것으로 생각되는 사람들은 보통 가장 강한 명예욕과 질투를 갖는다. (같은 책, 230쪽)

정서의 통제와 억제에 대한 인간의 무능력을 나는 예속이라고 한다. 왜냐하면 정서에 복종하는 인간은 자신의 권리 아래 있는 것이 아니라 운명의 권리 아래에 있으며 흔히 스스로 더 좋은 것을 보긴 하지만 더 나쁜 것을 따르도록 강제당하는 것처럼 운명의 힘 안에 있기 때문이다. (같은 책, 241쪽)

4부 정리 39 인간의 신체의 부분들이 갖는 운동과 정지의 비율이 유지되도록 하는 것은 선이다. 이와 반대로 인간의 신체의 부분들에 서로 다른 운동과 정지의 비율을 갖도록 하는 것은 악이다. (같은 책, 283쪽)

『에티카』의 몇 대목이다. 신을 기하학적 방식으로 증명함으로써 윤리학을 이끌어 내는 불후의 명작이다. 낯설고 기이한 구성방식으로 악명이 높다(인용한 대목만 봐도 위에 나오는 저 독자의 간증이 충분히 이해될 것이다). 하지만 그래서 더더욱 집중해서 탐독하게 된다. 그리고 그 과정에서 자신을 만나게 된다. 위에 인용된 대목들을 읽다 보면 나 자신의 정서적 흐름과 신체의 운동/정지 비율에 대해 생각하지 않을 수 없다. 그리고 그러다 보면 도저히 적응할

것 같지 않던 스피노자의 화법에 익숙해지는 기적을 체험한다.^^
이게 바로 책이 선사하는 자유의 공간이다.

그뿐이랴. 『아파야 산다』(샤론 모알렘, 김소영 옮김, 김영사, 2010)
같은 생물학 책을 읽으면 나의 생물학적 연대기가 그 안에 펼쳐지
고, 『동의보감』 같은 의학 고전을 읽으면 나의 병력과 체질을 알 수
있고, 『사피엔스』(유발 하라리, 조현욱 옮김, 김영사, 2015), 『축의 시대』
를 읽으면 내 안에 있는 야성 혹은 영성이 꿈틀거린다. 스티븐 호
킹의 책들은 나란 존재가 우주 전체와 다이렉트로 연결되어 있음
을 알게 해주고, 『주역』을 읽으면 천지인의 삼중주를 음미할 수 있
고, 불경을 읽으면 마음과 우주의 장엄한 오케스트라를 감상할 수
있다. 당연히 그 주인공은 나다. 모든 책이 나에 관한 길이고 지도
다. 실로 거룩하지 않은가?

자의식의 늪에서 벗어날 수 있는 길도 여기에 있다. 자의식의
비만은 현대인의 치명적 질병이다. 이전에는 인정욕망이나 경쟁
심리도 마을 아니면 도시, 아무리 넓혀도 국경이라는 범위를 넘지
않았다. 하지만 지금은 그야말로 '초연결' 사회다. 뉴욕이나 유럽,
중국과 인도 등 세계 모든 곳에서 일어나는 일을 다 보고, 또 알 수
있다. 경쟁의 범위도, 인정욕망의 경계도 거의 무한에 가깝다. 그
러자니, 십자가를 짊어지고 사막 위를 걸어가는 것보다 더 힘겨울
것이다. 그래서 아예 자기만의 방에 갇혀 웅크린 채 공포와 분노의
시선으로 타인을 응시한다. 이게 바로 자의식이다. 자의식은 그 자

체로 늪이다. 거기에 갇혀 있는 한 자존감은 바닥을 친다. 그럴 수밖에 없지 않은가. 전세계의 고수들을 경쟁상대로 여기는 순간, 자신의 모습이 얼마나 초라할 것이며, 그런 세상이 얼마나 증오스럽겠는가.

이런 맥락을 이해한다면 자존감을 회복하는 길도 어렵지 않다. 자신을 외부와 단절시키는 것이 아니라 외부와 계속 연결, 확충해 가면 된다. 성공과 경쟁의 차원에서가 아니라 존재의 심층적 차원에서 '초연결'을 시도하는 것이다. 그것이 바로 앞에서 말한 독서법이다. 내가 읽는 책이 곧 '나' 자신임을 아는 것. 그렇게 나아가다 보면 내가 곧 세계가 되고 별이 되고 우주가 된다. 그 자체가 이미 힐링이다. 세상을 경쟁과 지배의 대상이 아니라 내 존재의 광대무변한 토대이자 배경으로 여기게 된다. 그 유동성 속에서 자존감이 충만해진다. 그것을 누리고 싶다면? 무엇이든 '읽을 수 있는' 신체가 되는 것, 모든 책 속에서 자신을 '발견할' 수 있는 것, 그것이면 충분하다.

다이어트에도 영성이 필요하다?!

얼마 전 간헐적 단식이 유행한 적이 있었다. 칼로리 계산을 위주로 하던 방식에서 시간을 중심으로 음식량을 조절한다는 점이 아주 신선했다. 이치는 간단하다. 16대 8의 원칙만 지키면 된다. 16시간을 비우고 8시간은 마음껏 먹어라, 라는 것. 무엇을 먹느냐가 아니라 어떻게 먹느냐, 또 어떤 리듬으로 먹고 비우냐가 관건인 것. 그래서 많은 이들이 여기 도전했다. 〈감이당〉의 백수들도 이런저런 이유로 간헐적 단식에 동참했다. 그런데 모든 다이어트가 그러하듯, 이 또한 장기적 지속이 만만치 않다. 16대 8을 지키려면 저녁 이후가 달라져야 한다. 저녁 이후에 운동이나 회식, 혹은 열렬한 취미활동이 있으면 그 비율은 지켜지기 어렵다. 그러니까 이 방법을 선택하는 순간, 다들 일찍 잠이 들 수밖에 없다. 아니, 그렇지 않으면 절대 성공하기 어렵다. 잠자는 시간을 8시간이라고 치면, 나머지 8시간은 또 어떻게 보낼 것인가, 여기가 또 관건이다. 이 시간을 잘 견디려면 미각, 식욕, 활동 등을 총체적으로 조율해야만 한다. 당연히 만만치 않다. 결국 한두 달이 지나면 다 포기하고 원래의 리듬으로 돌아간다.

그럼에도 이 다이어트 비법은 아주 새로운 관점을 제시해 주었다. 다이어트가 단순히 칼로리와 몸무게, 체지방을 수치화하여 그 기준에 맞추는 것이 아니라 일상의 전반적 리듬을 바꾸는 데 있다는 것을 환기해 준 것이다. 리듬이 바뀌면 내용과 태도가 바뀐다. 거기에는 반드시 감각과 활동, 그리고 관계의 변화가 수반되어야 한다. 그래서 일종의 수행이다. 단지 몸무게를 줄이고, 몸매를 과시하고 싶다는 생각만으로는 절대 성공할 수 없다. 그러기에는 세포들의 저항이 너무도 강력하다. 그렇다면 그 저항을 넘어서려면 어떻게 해야 할까? 몸무게와 몸매를 뛰어넘는 훨씬 고매한 욕망이 작동해야 한다. 그때 문득 든 생각, 아, 다이어트에도 영성이 필요하구나!

『죽고 싶지만 떡볶이는 먹고 싶어』라는 베스트셀러가 있었다. 참 신기한 제목이었다. 이 문장이 생의 의지와 분리된 미각의 극치를 보여 준다면, 다이어트와 영성이라는 이 깨달음은 습관을 바꾸는 어떤 행위도 근원적 이치에 대한 탐구가 없이는 불가능하다는 것을 자각하게 해주었다. 다이어트는 말 그대로 식이요법이다. 먹는 것에 대해 스스로 조율하는 행위를 뜻한다. 그렇다면 거기에는 당연히 무엇을 먹는가, 얼마나 먹는가뿐 아니라 음식과 활동, 음식과 삶, 음식과 생태 등등의 문제가 결부될 수밖에 없다. 그러니 결국 몸과 사회, 몸과 자연에 대한 탐구가 전제되어야 한다.

사실 먹는 것과 굶는 것은 신성의 영역이었다. 프로메테우스는 신이 고기를 독차지하는 것에 반기를 들어 인간에게 불을 선사했고, 모든 종교는 단식을 의무화한다. "배고픔이 가장 훌륭한 치유의 약이고 모든 약의 근본이라는 것이다."(칼둔, 『무깟디마』 2, 126쪽) 이것은 신의 뜻이자 양생의 원리다. 신은 증식이 아니라 증여 자체다. 식탐에 허덕이는 자가 증여를 하기란 어렵다. 하여, 주기적으로 단식을 의무화한 것이다. 게다가 이것이야말로 건강의 원리다. "모든 병의 근원은 열에 있다. […] 위에 있는 음식이 자연적인 열로 처리를 하기에는 너무 많거나, 위에 기존 음식이 아직 완벽하게 끓지 않았는데 새로운 음식이 들어오기 때문이다."(같은 책, 127쪽) 붓다 역시 승가공동체를 운영하면서 오후 불식을 계율로 정하자 사문들의 강력한 반발에 직면하기도 했다. 어떻게 먹느냐, 무엇을 먹느냐가 영성의 탐구와 분리될 수 없음을 말해 주는 예들이다. 동양의학의 양생술은 단연 최강급이다. 양생은 정(精)·기(氣)·신(神)의 순환이 핵심인데, 그러기 위해선 덜 먹고 잘 자야 한다. 특히 술과 고기, 기름진 음식을 절제하는 것이 양생술의 대원칙이다. 그런 점에서 수행이나 양생을 한다는 건 그 자체로 이미 다이어트다. 특히 중요한 건 저녁에 소식하는 것이다. 간헐적 단식도 결국은 저녁을 굶거나 덜 먹는 방향으로 갈 수밖에 없다. 그렇다면 저녁 시간을 어떻게 보낼 것인가? 여기가 포인트다. 이 시간을 소비와 유흥으로 보내는 한 다이어트는 불가능하다. 치맥의 치명적인 유혹을 어떻게 떨쳐 낼 수 있으랴. 그럼 어쩌라구? 간단하다. 소비와 유흥이 아닌 저녁을 보내면 된다. 소비와 유흥에서 벗어나야 진정한 휴식이 가능하다.

현대인은 참으로 유능하지만 아주 심각하게 무능한 영역이 하나 있다. 바로 휴식이다. 휴식은 능력이다. 잘 놀고 잘 쉬는 건 말처럼 쉬운 일이 아니다. 거기에도 삶의 내공이 필요하다. 잘 따져 보자. 제대로 쉬려면 일단 노동과 화폐의 스트레스에서 벗어나야 한다. 낮의 노동이 힘든 건 노동 자체가 아니라 그것이 주는 소외와 압박 때문이다. 자기가 원하지 않는 일을 하는 것이 소외고, 억지로 성과를 내야 하는 것이 압박이다. 그럼 쉰다는 건 이 두 가지에서 벗어나는 것을 의미한다. 가족과 함께 보내면 된다고? 정말 그렇게 생각하는가? 설마 그럴 리가?^^ 가족은 감정노동의 현장이다. 감정적인 배설이 무차별적으로 이루어지는 현장, 가족. 20세기 내내 자본과 국가가 그렇게 설정해 버렸다. 어떤 점에선 회사보다 더 스트레스가 쌓이기도 한다. 해서 이 배치에서도 벗어나야 한다. 노동의 스트레스와 감정의 배설, 이 두 가지를 벗어나는 관계 혹은 활동, 그게 뭐냐고? 결국 책이다. 책을 읽는 네트워크에 접속해야 한다. 2008년 이후 제도권 밖에서 인문학 공간이 대폭 열리게 된 것도 이 때문이리라. 물론 직장 동료와 함께할 수도 있고 가족과 함께할 수도 있다. 핵심은 지성을 중심으로 관계를 재구성해야 한다는 것. 특히 소리 내어 읽는 낭독 혹은 낭송은 몸을 릴랙스하는 데 최고다.

> 책은 소리 내어 읽는 것을 귀중히 여긴다네 [···] 몸과 마음의 기가 자연히 합쳐져 팽창하고 발산해서 저절로 확실하게 알게 되는 것이지. 가령 숙독하면서 마음속으로 생각한다 해도, 역시 소리 내어 읽는 것만 못하지. 소리 내어 읽어 나가다 보면 얼마 안 가서 깨닫지 못했던 것도 자연히 깨닫게 되고, 이미 깨달은 것은 더욱 깊은 맛이 난다네. [···] 대체로 책을 읽을 때는, 우선 소리 내어 읽으려고 해야지 생각만 계속해서는 안 된다네. 입으로 소리 내어 읽으면 마음이 여

유로워지고 의리가 저절로 나오지. (주희, 『낭송 주자어류』, 93~95쪽)

소리가 나려면 신장의 물과 심장의 불, 그리고 폐의 조절능력이 동시에 작용해야 한다. 오장육부의 순환에 아주 유익하다. 이미 밝혔듯이, 특히 말은 가장 '인간적인' 활동에 속한다. 모두가 이런 저녁을 보낼 수 있다면! 그럼 다이어트가 문제겠는가? 운명이 바뀐다! 탐구와 조율, 이 '거룩한' 일을 해내는 것이 무엇인가? 책이다, 오직 책만이 그렇게 할 수 있다.

✯ **사족** 불경과 관련된 기사를 읽다가 다이어트와 관련한 스토리를 하나 발견했다. 재밌기도 하고 유익하기도 해서 덧붙인다. 주인공은 이번에도 코살라국의 파세나디 왕. 다이어트를 기획하는 이들에겐 더할 나위 없이 소중한 팁이 될 것이다.

미리 사전설명을 하자면, 파세나디 왕은 대단한 대식가여서 "매끼마다 혼자서 쌀 두 되 반으로 밥을 지어 엄청난 양의 고기반찬과 함께 먹었다고 한다".(『법구경』 게송 204) 그러니 몸이 비대해져서 혼자서는 앉고 서는 것도 불가능할 지경이 되었다. 각종 질병에 시달릴뿐더러 부처님의 설법을 들을 때도 큰 몸집을 앞뒤로 흔들며 조는 일이 다반사였다. 그랬던 그가 마침내 식탐을 벗어나 다이어트에 성공했다는 것. 과연 무슨 일이 있었던 것일까?

어느 날 파세나디 왕이 저녁식사를 마친 후 부처님을 뵙기 위해 기원정사(승가공동체)를 찾았다. 젊은 청년 수닷사나의 부축을 받으며 간신히 부처님 앞에 선 그는 비 오듯 쏟아지는 땀을 닦으며 겨우 자리에 앉았다. 하지만 두 손으로 땅을 짚은 채 배를 쑥 내민 모습은 벌러덩 누운 것과 다름없었고 흘러내린 살들은 땅바닥에 닿아 이리저리 흔들렸다. 연신 거친 숨을 몰아쉬던 파세나디 왕은 문득 이런 자신의 모습이 부끄럽고 창피한 생각이 들었다. 그의 마음을 알아차린 부처님께서는 게송 하나를 읊어 주셨다.

"음식을 먹을 때 주의하여/ 스스로 식사량을 헤아릴 줄 알아야 건강하고 편안하게 오래 살고/ 늙음과 질병이 늦게 온다네."

게송을 들은 파세나디 왕은 정신이 번쩍 들었다. 그는 수닷사나에게 이 게송을 잘 기억해 두었다가 자신이 식사를 할 때마다 들려달라고 명했다. 다음날 아침, 수닷사나는 파세나디 왕이 식사를 끝마칠 즈음이 되자 게송을 들려주었다. 배가 부른 상태에서 게송을 들은 파세나디 왕은 남아 있는 음식을 모조리 먹어치우려던 생각을 버리고 식사를 끝냈다. 그렇게 며칠이 지나자 눈에 보이는 음식에 대한 집착을 차츰 고칠 수 있었다[…].이렇게 몇 달이 흐르자 파세나디 왕은 한 접시의 음식으로도 만족할 수 있었고 서서히 날씬한 몸매를 되찾게 되었다. 살이 빠지자 숨을 쉬는 것도 편안하였고 움직이는 것도 수월하였으며 만성피로와 불면증, 땀띠 등 그를 괴롭혀왔던 수많은 질병들이 자취를 감췄다. 건강까지 되찾은 것이다. 이에 파세나디 왕은 부처님이 계신 기원정사가 있는 방향을 향해 예배를 올리며 이렇게 말했다.

"부처님께서는 현세의 참다운 이익과 미래의 참다운 이익, 이 두 가지의 이익으로 저에게 자비를 베푸셨습니다. 음식의 양을 조절하여 살이 빠지고 건강을 되찾게 하였으니 현세의 이익을 주신 것이요, 또한 음식을 먹을 때마다 마음을 챙겨 중도의 법을 알게 하셨으니 현세와 후세의 이익도 함께 주셨습니다."

(조민기, 『불교신문』 3213호/2016년 6월 27일자)

에로스는 로고스를 열망한다!

누구나 알고 있듯이, 생의 원동력은 에로스다. 그것은 타자를 향해 질주하는 힘이자 무언가를 낳고자 하는 열망이다. 이를테면 접속과 생성을 향한 생의 의지다. 하여, 누군가와 사랑에 빠질 때, 우리 몸은 질풍노도를 경험한다. 갑자기 무리 속에서 한 사람이 우뚝 솟아오르면서 격렬하게 그를 향해 달려가는 추동력이 생긴다. 어떤 장벽도 그것을 막을 수 없다.

그것은 일종의 카오스다. 방향도 목적도 없는 격정에 가깝다.

짜릿하지만 위태롭다. 그래서 그 방향과 힘에 리듬을 부여하는 또다른 힘이 함께 작동한다. 앎의 욕망, 로고스가 그것이다. 알고 싶어지는 것이다. 나로 하여금 격정에 휩싸이게 한 존재에 대하여 무한한 호기심이 작동한다. 그의 외모, 몸짓, 걸음걸이, 말투 등 일거수일투족이 다 궁금하다. 나아가 그의 가족과 친구, 일, 그의 운명까지 낱낱이 다 알고 싶다. 그뿐인가. 처음으로 자기 자신이 너무 궁금해진다. 존재 전체를 휘감는 이 열정은 어디로부터 유래하는가? 이 열정은 왜 이토록 존재를 불안하게 하는가? 등등. 한마디로 앎의 본능이 폭발하는 순간이다.

하여, 에로스는 늘 로고스를 열망한다. 거꾸로 로고스에 대한 열망은 에로스적 환희로 이어진다. 쾌감이 아닌 환희라는 점을 주시하라. 어떻게 다르냐고? 쾌감은 성감대로 환원되는 '전기자극'이라면, 환희는 몸 전체에 퍼져나가면서 평온함으로, 또 집중력으로 변주되는 울림이다. 에로스가 로고스를 열망하듯이, 로고스 또한 에로스를 샘솟게 한다. 깨달음이란 진리를 "혈육에 융화시키는 행위"다. 그럴 때 사람들은 자기도 모르는 사이에 "손이 춤추고 발이 춤추게"(『낭송 주자어류』, 65쪽) 된다.

만약 이 문장이 좀 낯설고 뜨악하다면 당신은 에로스와 로고스, 감성과 지성을 날카롭게 이원화하는 20세기적 인식에 사로잡힌 것이다. 더할 나위 없이 지루하고 노쇠한 사유의 그물망에. 거기에서 탈출하려면 어떻게 해야 할까? 당연히 앎의 본능을 폭발시켜야 한다. 아니, 그 이전에 사랑이 생성시킨 그 무수한 질문들, 거기에 응답하면 된다. 그게 뭐냐고? 읽는 것이다. 타자에 대하여, 나에 대하여, 또 사랑의 본질과 윤리에 대하여. 읽고 또 읽어라! 아니, 저절로 그런 행동에 돌입하게 된다. 사랑에 빠지면 내가 꽂힌 그 대상과 관련되는 모든 정보를 검색하지 않는가. 어차피 읽는다. 그러니 본격적으로 읽으면 된다. 책이 아니고는 타자를 이해할 방법이 없다. 책이 아니고는 자신을 온통 뒤흔들어 대는 욕망의 배치와 유래를 가늠할 도리가 없다. 책이 아니고는 타자의 심연에 가닿을 방법이 없다.

이 대목에서 아주 익숙한 논제를 환기해 보자. ── '사랑이냐? 소유냐?'가 바로 그것이다. 사랑과 애착, 사랑과 소유욕을 구별하는 방법은 아주 간단하다. 앎의 의지가 작용한다면 그것은 사랑이다. 앎에 대한 의지가 없다면 그것은 소유욕이자 집착이다. 거꾸로 말해도 된다. 소유욕이 앞서면 알고 싶지 않다. 그저 가지고 싶을 뿐이다. 알고 싶다면, 그를 둘러싼 모든 것을 알고 싶다면, 그 앎이 자신을 설레이게 한다면, 그것은 사랑이다. 그래서 앎과 소유는 정반대의 벡터를 지녔다. 전자는 교감이고, 후자는 쾌락이다. 에로스는 로고스를 열망한다는 이치가 바로 여기에 있다.

너무 번거롭다고? 그럼 당신은 소유욕이라는 블랙홀에 빠질 확률이 높다. 왜냐면? 에로스적 격정에 휩싸인 자신도, 뜨겁게 열망하는 그 타자도 이해할 도리가 없기 때문이다. 이해할 수 없는데 사랑한다고? 그건 맹목이고 폭력이다. 그로 인해 초래되는 쾌락만을 음미하고 싶은 것이다. 무지-맹목-소유-폭력-쾌락의 견고한 사슬을 숙고하고 또 숙고하라. 이것은 삶의 모든 국면에 다 적용된다. 사물, 계절, 활동, 장소 등등. 요컨대, 삶은 그 자체로 에로스와 로고스의 마주침에 다름 아니다. 그 속에서만이 생성과 창조가 가능하다. 그래서 이것은 어쩔 수 없는 숙명이 아니라 기꺼이 누구나 향유해야 하는 특권이다. 앎-사랑-이해-생성-창조의 무한하고도 거룩한 변주! 자, 그러면 이제 니체의 이런 말들을 충분히 음미할 수 있을 것이다.

> 신체는 앎을 통하여 자기 자신을 정화한다. 그리고 앎을 통한 시도에 의해 자기 자신을 고양시킨다. 깨친 자에게는 모든 충동이 신성시된다. 고양된 자의 영혼은 기쁨을 맛보게 되고, [⋯] 아직 그 누구의 발길도 닿지 않은 길이 천 개나 있다. 천 개나 되는 건강과 숨겨진 생명의 섬이 있다. 무궁무진하여 아직도 발견되지 않은 것이 사람이며 사람의 대지다. (프리드리히 니체, 『차라투스트라는 이렇게 말했다』, 정동호 옮김, 책세상, 2015[개정3판], 130쪽)

공자와 붓다의 지복을 누리고 싶다면? 읽어라!

"배우고 때로 익히면 즐겁지 아니한가! 벗이 있어 멀리서 찾아오면 또한 즐겁지 아니한가!"——『논어』의 첫 장 「학이편」의 첫 구절이다. 『논어』를 대표하는 문장이자 공자 사상의 핵심이기도 하다. 이런 거창한 의미에 비하면 문장이 너무 평이하다. 한자도 너무 쉽다. 그래서인가. 사람들은 이 문장을 접하고도 반응이 심드렁하다. 늘상 듣던 소리려니 하는 것이다. 만약 그 심오하고도 미묘한 실상을 알게 된다면 아마 자기도 모르게 "손이 춤추고 발이 춤추게" 될 것이다.

먼저, 학이시습(學而時習). 배우고 때때로 익히는 것은 인간의 본성이다. 직립하는 순간 그것은 존재와 분리될 수 없다. 어쩌면 배우고 익히고자 하는 열망이 직립을 가능케 했을지도 모른다. 사람들은 종종 묻는다. 사람답게 사는 게 뭐지? 그런데 공자의 답은 간단하다. 배우고 익혀라! 뭘? 뭐든! 시시하다고? 그런 생각이 든다면 당신은 본성이 아닌 지엽말단에 빠진 것이다. 무엇이 지엽이고 말단인가? 부귀, 성, 쾌락, 취미, 권력, 명예 등이다. 다른 게 뭐가 있겠는가? 인간을 번뇌에 빠뜨리는 것이. 현대인은 더 간단하다. 화폐와 에로스! 그것이 주는 신체적 보상은 쾌락-섹스. 이 항목들과 학이시습의 차이는? 전자는 증식이고 후자는 공감이다. 증식되는 것들에는 즐거움은 없다. 쾌락과 자극이 있을 뿐! 그래서 학이시습의 즐거움을 절대 이해할 수 없다.

하지만 공자의 말씀은 진리다. 공자님의 말씀이라서 진리인 게 아니고 진리를 말하기 때문에 공자인 것이다. 배우고 익히는 일보다 더 즐거운 일은 없다. 증거는 우리 신체다. 다시 말하지만, 직립하고 뇌용량을 대폭 확장하고 그 대가로 좁은 골반으로 아이를 낳고…. 이런 몸을 갖게 된 이유는 오직 하나, 존재와 세계를 알고 싶어서다. 앎이 있고 나서야 문명이니 제국이니 부귀니 하는 것도 있는 것이지 그 반대일 수는 없다. 인간이 누리는 어떤 영광도 앎의 열망이라는 베이스 위에서 가능한 것이다. 그러니까 평소엔 외물을 따라가느라 칠정이 롤러코스터를 타지만 배우고 익히는 순간 마음의 평정을 회복하게 된다. 그때 느끼는 충만감이 바로 즐거움이다.

그리고 이런 즐거움을 누리게 되면 자연스레 벗이 찾아오게 된다. 방탕과 쾌락에도 무리들이 있긴 하다. 하지만 그들은 벗이 아니다. 서로에 대해 알고 싶어 하지 않으니까. 이해가 없는 친밀함은 결코 우정이 아니다. 나와 너의 마주침을 통해 또 다른 존재로의 전이! 이것이 우정과 지성의 향연이다. 당연히 기쁘다. 그것은 나를 뒤흔들고 요동시키는 쾌락이 아니다. 거꾸로 그 거친 패턴에서 벗어나게 해주는 평온한 기쁨이다. 참으로 심오하지 않은가. 참으로 거룩하지 않은가.

나 역시『논어』첫 구절에 심드렁하게 반응했었다. 뭘 몰랐으니까. 하지만 인생과 세계에 눈을 뜨고 보니 세상에나, 역시 공자님은 위대하구나! 왜『논어』가 3천 년을 넘어 여전히 감동을 야기하는지를 알게 되었다.『논어』는 저 문장만으로도 불멸을 이루리라.

그리고 더 결정적인 장면 하나.

☰☱ 중택태(重澤兌) : 형(亨) 이정(利貞)

『주역』의 58번째 괘다. 태는 연못을 상징하고 심미적으론 기쁨을 의미한다. 그런 괘가 두 번 중첩되었으니 실로 기쁘고 기쁜 것이다. 대체 뭐길래 저토록 기쁜가. 이미 언급했듯이, 공자는 『주역』을 몹시 사랑하여 무려 열 편이나 되는 주석서를 남겼다.

이 괘에 대한 공자의 주석은 이렇다. "연결된 연못이 태괘의 모습이니, 군자는 이것을 본받아 동지들과 강학하고 학습한다"(象曰, 麗澤兌, 君子以朋友講習). 연못이 나란히 이어져 있는 것이 괘의 형상이다. 그 형상을 보고 공자는 "두 연못이 서로 붙어 있어 교류하여 서로 적셔 주니, 상호 영향을 미쳐서 서로 성장하고 보충하는 모습이다. 그러므로 군자는 그 모습을 관찰하여 동지들과 강학하고 학습한다"라고 하였다. 이에 대한 송대 유학자 정이천이 덧붙인 말. "동지들과 강학하고 학습하는 것은 진실로 서로 기뻐할 수 있는 가장 큰 것"(『주역』, 정이천 주해, 심의용 옮김, 글항아리, 2015, 1137쪽)이다.

기쁨 중의 기쁨, 곧 인간이 누릴 수 있는 지복이라는 것이다. 무엇이? 배움과 강학이. 그것을 가능케 하는 것이 무엇인가. 책이다! 학이시습하려면 책이 있어야 한다. 강학하고 학습하려면 역시 책이 필요하다. 그러면 이렇게 말할 수 있다. 책이 곧 기쁨이고 지복이라고.

아직도 미심쩍은 이들을 위한 더 결정적인 장면 하나. 삼장법사와 세 명의 요괴 출신 제자. 이 밴드는 14년에 걸쳐 십만팔천 리의 길을 걸어 마침내 석가여래가 계신 서역에 도달한다. 서역은 대체 어떤 곳일까? 일단 배경은 근사하다. 기화요초와 잣나무, 소나무가 늘어선 멋진 풍경이 등장한다. "산 아래에선 항상 수행하는 사람들을 만났고, 숲에서는 나그네들이 경전을 낭송"한다. 석가모니가 계신 영취산의 정경은 더 장관이다. "하늘로 백 척이나 솟아/은하수에 닿을 듯하네/고개 숙여 저무는 해를 보고/손 내밀어 나는 별을 따네/넓은 창은 우주를 삼킬 듯하고/높다란 건물은 구름 병풍과 닿아 있네". 그럼 그곳에서 부처님이 하시는 일은? "법당에서 도를 논하고/우주에 경전을 전파하네."(오승은, 『서유기』 10권, 202쪽)

이게 다야? 다다! 수행, 낭송, 도의 전파──이 모든 것을 관통하는 경전. 결국 책이다! 서방정토에서도 결국 책을 읽는다. 읽는다는 것은 이토록 거룩하다. 놀랍지 않은가? 천지의 이치를 64괘라는 알고리즘으로 정리한 『주역』, 그 『주역』의 이치에서 인간이 걸어가야 하는 윤리적 비전을 찾아 낸 공자. 마음이라는 심연을 탐구하여 우주적 연기법을 터득한 붓다. 이들의 고매한 경지에 도달하기는 요원하지만 그것을 관통하는 키워드는 충분히 알겠다. 배우고 익히라는 것. 책을 읽으라는 것. 도를 논하고 도를 전파하라는 것.

　우리는 모두 즐거움과 기쁨을 원한다. 한 매체의 모토는 '즐거움엔 끝이 없다'일 정도다. 그런데 늘 허덕인다. 더 많이 원할수록, 더 많이 누릴수록. 그래서 이런 의구심을 떨칠 수 없다. 혹시 우리가 원하는 것은 즐거움과 기쁨이 아니라 허덕임 그 자체가 아닐까? 그렇다면 우린 단단! 속은 것이다. 이 속임수에서 벗어나려면 어떻게 해야 할까? 가장 먼저 허덕임을 떨쳐 내라. 헐떡이는 것에 도취되는 그 마음과 습관을 벗어던지라. 그러면 그 순간 평온을 누리게 된다. 그것이 기쁨이다. 현대 생리학은 그걸 이렇게 증명해 준다. 아드레날린, 도파민이 분비되는 것이 쾌락인데, 그것은 계속 강도를 높여 가야 하기 때문에 결국 끝없는 갈애(渴愛)에 빠지게 된다. 반면, 세로토닌이 분비되면 존재 그 자체로 충만함을 느끼게 된다고. 바로 그렇다. 책을 만나면 세로토닌이 분비된다. 그렇게 신체가 평온하게 리듬을 타면 벗이 찾아온다. 벗이란 본디 그런 존재다. 이익과 권력의 장에서는 벗이 아니라 라이벌을 만난다. 감정이 휘몰아치는 곳에서는 연인 아니면 연적을 만난다. 전투적 경쟁심도 감정의 파토스도 벗어날 수 있는 관계가 곧 친구다. 권력투쟁에 지칠 때, 사업이 망해 갈 때, 연인 때문에 괴로움을 겪을 때 우리는 친구를 찾는다. 권위, 재물, 격정이라는 조건에서 벗어나 있는 존재, 그 자체로 힐링과 멘토링이 동시에 가능한 존재, 그게 곧 벗이다. 다시 말해, 우정은 관계의 세로토닌이다. 세로토닌은 공감을 확대하면서 서로를 이어 준다. 그 순간, 신체의 역능은 증가한다. 그것이 바로 스피노자가 말한 '기쁜 능동촉발'이다. 우정의 절대경지가 사제지간이 되는 이치도 거기에 있다.

> 사제의 길이 없으면 어떤 일도 성취할 수 없습니다. 여기에 인간성의 극치가 있습니다. 동물에게는 부모자식은 있어도 사제는 없습니다. 사제는 인간에게만 있는 관계입니다. 사제가 있기 때문에 인간성을 꽃피울 수 있고, 인간으로서 앞으로 나아갈 수도 있습니다. (이케다 다이사쿠·로케시 찬드라, 『동양철학을 말한다』, 23쪽)

스승이면서 벗이고, 벗이면서 또 스승일 수 있는 관계. 배움과 가르침이 동시적으로 일어나는 관계. 거기에 인간성의 극치가 있다는 것. 그럼 이 거룩한 관계를 구체적인 활동으로 풀면 무엇인가? 읽기다! 말하기, 쓰기, 수행하기 등도 포함된다. 하지만 가장 일차적이면서 근간이 되는 것은 읽기다. 읽는 행위가 없는 학습은 없다. 책이 없는 배움은 없다. 묵독이든 낭독이든 낭송이든 일단은 읽어야 한다. 책을 읽으면서 동시에 사람을 읽고 계절을 읽고 사물을 읽는다. 오직 '읽기'에서만이 가능하다. 희노애락에 끄달리지 않고 소유와 쾌락에 치달리지 않는, 공자와 주역, 붓다가 도달한 그 거룩한 '기쁨'에 동참하는 길이. 그러니 그 지복을 누리고 싶다면? 부디 읽어라!

※ 사족 모든 이가 진정한 기쁨을 누리게 된다면 누구도 쾌락과 폭력, 소유와 약탈에 몰두하지 않을 것이다. 그렇다면 책이 곧 평화요 혁명이 아닐까. 그래서 나는 굳게 믿는다. 천하의 모든 이들이 책을 읽는다면 천하가 태평해질 것이라는 연암의 말을.^^

4. 쓴다는 것, 그 통쾌함에 대하여

새로운 '계급'의 탄생— 읽는 자와 쓰는 자

감이당 홈피에 들어가면 상징로고(⑨—뱀과 곰의 기묘한 조합) 옆에 네 개의 모토가 새겨져 있다——도심에서 유목하기/세속에서 출가하기/일상에서 혁명하기/글쓰기로 수련하기. '도심에서 유목하기'는 자본의 한가운데서 자본에 포획되지 않는 길을 열어 가겠다는 것이고, '세속에서 출가하기'는 출가의 핵심이 노동, 화폐, 가족이라는 사슬에서 벗어나는 것이라면, 세속적 삶 속에서도 욕망의 변환은 얼마든지 가능하다는 의미다. '일상에서 혁명하기'는 다들 깊이 공감할 것이다. 지금까지 혁명은 늘 거대담론의 전망 속에서 시도되었고, 제도와 시스템의 혁신으로 귀결되었다. 그 결과 물질적 영역은 비약적으로 진화했지만, 사람들의 일상은 낡은 습속을 반복하고 있는 실정이다. 일상과 습속의 뿌리는 욕망이다. 그것은 제도와 시스템으로 환원되지 않는다. 그러므로 이제 혁명의 전장은 일상이다.

유목, 출가, 혁명──하나같이 존재의 변환을 요구하는 키워드다. 지금까지와는 다른 방식으로 살아가기. 다른 존재가 되기. 여기에 동의하는가? 동의되지 않는다면 계속 자신에게 물어야 한다. 물으면서 세상을, 역사를, 그리고 우주를 관찰하고 주시하라. 이것이 바로 읽기다. 만약 동의가 된다면, 그다음 질문은 간단하다. 그럼 그것을 어떻게 훈련하는가? 강철도 수많은 단련을 통해야만 일용할 도구가 되고 빛나는 보석이 된다. 사유도 마찬가지다. 안다는 건 그 지평을 향해 한 걸음씩 나아가는 것이다. 나아감이 없다면 앎이 아니다. '알지만 됐어!'는 모른다는 뜻이고 그 무지는 냉소가 되어 사방을 얼어붙게 할 것이다. 유목, 출가, 혁명이라는 비전은 일상과 욕망의 방향을 바꾸는 것이다. 그 자리에서 몸을 돌려 이전과는 다른 곳을 향하는 것, 그리고 그 지평선을 향해 한 걸음씩 나아가는 것이다. 그렇게 하지 않는다면 앞의 세 가지 비전은 별 의미가 없다. 해서 '글쓰기로 수련하기'다. 아마 이 지점에서 좀 뜨악할 것이다. 세상에 얼마나 개혁하고 실천할 것이 많은데 하필 글쓰기야? 그렇다. 하필 왈 글쓰기다. 글쓰기만이 유목, 출가, 혁명을 위한 최고의 실천적 전략이다. 그 점에 대해 지금부터 말해 보겠다.

처음 지식인공동체를 열었을 즈음에는 공부든 글쓰기든 그저 나 같은 박사실업자한테나 한정되는 활동이라고 여겼다. 나에게는 달리 생활의 방편도 없었고 하고 싶은 일도 없었으니까. 그런데 정확히 2008년을 기점으로 세상이 바뀌었다. 대학에선 인문학이 추방당하고 있는데, 대학 바깥에선 온통 인문학이 대세인 '희한한' 세상이 열린 것이다. 이유는 간단하다. 모두가 부와 성공을 향해 달려가지만 사람들은 무의식적으로 알고 있었다. 그것이 길이 아니라는 것을. 그리고 시간이 생겼다. 청년백수부터 중년백수, 노년백수까지 거리로 쏟아져 나오면서 삶에 대한 근원적 질문을 할 여유가 생긴 것이다. 그런 흐름에 힘입어 지역 도서관, 구청 교육지원센터, 평생학습 등등의 공간이 대폭 확장되었다. 이것이 바로 '책의 해방'이다. 모든 혁명은 모두에게 읽기를 선사한다는 대원칙이 바야흐로 구현된 것이다. 덕분에 나 같은 백수가 좀 바빠졌다. 지난 5년 동안 나는 전국 곳곳의 인문학 공간을 주유했다. 고전이 나에게 준 최고의 선물이다. 내가 어떻게 그 많은 지역, 그 다양한 공간을 섭렵할 수 있겠는가. 거기에 모인 사람들은 인생에 대한 이야기를 듣고 싶어 했다. 지식 그 자체가 아니라 지식과 삶이 연결되는 지점을 알고 싶어 했다. 지식의 배치가 확실히 달라진 것이다.

그런데 그 과정에서 새로운 모순을 목격하게 되었다. 사회적으로는 정규직/비정규직, 노년층/청년층, 상류층/중하층 등의 격차가 심화되고 있지만, 더 근본적인 장벽은 말하는 자와 듣는 자의 분할이다. 강사는 영원히 강사고, 청중은 영원히 청중이다(무슨 해병대 정신도 아니고^^). 처음엔 그럴 수밖에 없었으리라. 하지만 시간이 아무리 지나도 이 간극은 좁혀지지 않았다. 그렇게 많은 도서관이 있고, 대학보다 훨씬 수준 높은 강의가 진행되어도, 그리고 또 그렇게 오랫동안 배우고 또 배우는데도 듣는 사람은 계속 듣기만 하고 말하는 사람은 계속 말하기만 한다.

무엇 때문인가? 간단하다. 우리 시대 교육이 읽기와 쓰기의 동시성이라는 이치를 외면한 때문이다. 결정적으로 쓰기를 배제한 채 읽기만 하기 때문이다. 글쓰기가 배움의 핵심이자 정점이라는 사실을 모르기 때문이다. 그렇게 많은 배움터에서 쓰기에 대한 배려가 없다는 건 참 놀라운 일이다. 있다고 해도 기껏해야 일기, 수필, 독후감에 불과하다. 글쓰기를 고작 감상적 토로나 자기위안 정도로 여기는 것이다. 그건 정말 오산이다. 글쓰기의 영역은 무궁하다. 존재와 세계, 몸과 우주, 사랑과 우정 등, 삶의 지도에 관한 모든 것이 다 해당한다. 왜 이 방향을 설정하지 않는가? 그저 취미나 위안, 소일거리 정도에 묶어 둔단 말인가? 이것이야말로 계급적 차별이 아닌가?

읽으면 써야 한다. 들으면 전해야 한다. 공부도, 학습도, 지성도 최종심급은 글쓰기다. 다른 무엇일 수 없다. 그런데 왜 이런 분할선을 방치하는가? 자본의 은밀한 전략인가? 그럴지도 모르겠다. 자본은 거의 모든 장벽을 다 철폐했다. 자본의 이동에는 국경도 인종도 지역도 없다. 대신 훨씬 더 근원적이고 심오한 분할선이 있다. 상품을 만드는 자와 소비하는 자. 영화를 만드는 자와 관람하는 자. 스포츠맨과 관객, 음식을 만드는 자와 맛보는 자 등등. 이런 인식에 사로잡혀서인가. 인문학 공간에서도 지식을 전파하는 이와 지식을 구경하는 이 사이의 장벽이 견고해진 것이다. 듣는 자와 전하는 자, 쓰는 자와 읽는 자, 말하는 자와 듣는 자——학연, 지연, 계층보다 더 선명한 구획! 그야말로 새로운 계급의 탄생을 목격한 것이다.

그럼 이런 분할을 언제까지 지속해야 하는 거지? 스포츠나 예술, 기타 활동에선 프로와 아마의 차이를 철폐할 필요가 없다. 그렇게 하기에는 너무 간극이 벌어지기도 했고. 하지만 인문학의 영역은 다르다. 인문학은 삶의 지도를 그리는 행위다. 적당히, 대충, 할 수가 없다. 운동은 대충 해도 충분히 즐길 수 있다. 음악도, 미술도 그렇다. 하지만 인생에 대한 탐구를 대충 할 수는 없는 노릇이다. 누군가 당신에게 대충 사세요, 라고 한다면 당신은 모욕감을 느낄 것이다. 왜 그런가? 살아 있는 모든 존재는 죽는다. 죽음에 대한 탐구 없이 이 생사의 바다를 건너갈 길은 없다. 죽음을 탐구하려면 삶이 달라져야 한다. 그런데 대충, 하라고? 그럴 수는 없는 노릇이다. 몇 걸음을 가든 궁극의 지평선을 향해 나아가야 한다.

아, 그때 알았다. 글쓰기는 나처럼 제도권에서 추방당한 이들의 불가피한 선택이 아니라 모든 사람들이 수행해야 할 근원적 실천이라는 것을. 인식을 바꾸고 사유를 전환하는 활동을 매일, 매

순간 수행해야 한다. 그러기 위해선 역시 써야 한다. 쓰기를 향해 방향을 돌리면 그때 비로소 구경꾼이 아닌 생산자가 된다. 들으면 전하고, 말하면 듣고, 읽으면 쓴다! 이것은 한 사람에게 온전히 구비되어야 할 활동들이다. 신체는 그 모든 것을 원한다! 어느 하나에만 머무르면 기혈이 막혀 버린다. 막히면 아프다. 몸도 마음도. 통즉불통('통'하면 아프지 않다/아프면 '통'하지 않는다)——글쓰기가 양생술이 되는 이치다.

수렴과 집중—카오스에 차서를 부여하라!

우주는 끊임없이 변화한다. 그리고 그 변화에는 방향도, 목적도 없다. 변화 자체만이 유일한 목적이라면 목적이다. 애초 인간이 두 발로 서서 천지를 바라볼 때 얼마나 경이롭고 또 당혹스러웠을지. 혼돈 그 자체였으리라. 실제로 우주는 우아한 코스모스가 아니라 좌충우돌, 천방지축의 카오스다. 태양계의 중심별인 태양은 지금도 계속 폭발 중이라고 한다. 태양의 수명은 100억 년으로 현재 50억 살쯤 된다. 50억 년쯤 뒤에는 완전히 폭발해 은하계로 산산이 흩어질 것이다. 당연히 태양계에 속한 지구 역시 그럴 것이다. 거기다 23.5도 기울어져 기우뚱한 상태로 자전과 공전을 하느라 '쫌' 벅차다.^^ 계절은 끊임없이 돌아오지만 단 하루도 동일한 날씨를 반복한 적이 없는 것도 그 때문이다. 이 불확실하고 변화무쌍한 흐름에 차서와 리듬을 부여한 것이 역법이다. 1년, 사계절, 360일, 황도, 24절기, 72절후 등등. 이런 척도가 없다면 어떻게 매일, 매년, 일생이라는 주기가 탄생하겠는가.

시공의 원리가 이렇다 보니 삶 또한 늘 혼돈이다. 엔트로피 법칙이 말해 주듯이, 세상은 늘 무질서를 향해 간다. 인생사 뜻대로 되지 않는 이유도, 늘 욕망과 능력의 간극에 시달리는 것도 그 때문이다. 그렇다 보니 뭔가를 세우고 창조하는 것은 힘들지만 무너지는 건 한순간이다. 우리의 몸 또한 마찬가지다. 들숨과 날숨, 발산과 수렴을 교차하는 것이 우리의 몸이지만, 흩어지는 기운이 늘 앞선다. 발산은 역동적이지만 아차, 하는 순간 공격적으로 변질된다. 역동과 공격의 차이는 속도에 달려 있다. 멈추고 힘을 빼는 훈련을 늘 하고 있어야 한다. 문명사만 봐도 그렇다. 주왕조가 붕괴되면서 천하가 각개약진하던 춘추전국시대에 공자, 맹자, 장자, 노자 등 제자백가가 등장하지 않았던가. 인도의 경우, 전쟁과 약탈을 찬미하던 아리아인의 전사들이 어느 날 문득 방향을 자기 내부로 돌리면서 다양한 방식의 영적 탐구가 이루어졌다. 그 현자들이 설파한 지혜의 공통분모는 멈추고 비우라는 것. 그렇다면 지금은 어떤가? '버닝썬'의 시대다. 태양만으로 충분한데 그걸 불태우고 싶다니, 그 열기에 휩싸이면 정신줄은 고사하고 목숨을 부지하기도 벅차다. 게다가 우리의 뇌(특히 좌뇌)는 늘상 재잘거린다. 한순간도 쉬지 않고 뭔가를 떠들어 댄다. 그 생각들은 도무지 종잡을 수가 없다. 천지분간 못하고 사방으로 흩어진다. 하여, 우리는 필연적으로 이 산만함에 맞서는 훈련을 해야 한다. 수렴과 집중이 그것이다. 타오르는 욕망의 불꽃을 제어하여 수승화강(몸이 균형을 잡기 위해선 신장의 물은 올라가고 심장의 불은 내려가야 한다는 양생의 원리)을 이루고, 욕망과 능력이 마주치는 포인트를 찾아야 하고, 뇌의 재잘거림을 멈추게 하는 마음훈련을 해야 한다. 이건 선택사항이 아니다. 그저 평범한 생을 영위하기 위해서도 수렴과 집중은 필수다.

그래서 '글쓰기로 수련하기'다. 읽기도 수렴과 집중의 과정이지만 강도가 좀 약하다. 책을 읽고 있는데도 생각이 흩어지고 산만해지는 일은 허다하다. 또 집중적으로 읽는다 해도 마지막 페이지를 덮는 순간 그 많은 언어와 문장들은 허공에 흩어져 버린다. 그래서 사람들은 냉소한다. 어차피 다 잊어버릴 건데 뭣 땜에 읽냐고? 정보를 습득하기 위해서 읽는 것이 아니다. 읽는 행위 자체가 카오스에 차서를 부여하는 행위다. 사방으로 흩어지는 정신의 사막에 지도를 그리는 행위다. 거기에 좀더 임팩트를 부여하려면 써야 한다. 쓰기는 읽기의 연장선이자 반전이며 도약이다.

읽기가 타자의 언어와 접속하는 것이라면 쓰기는 그 접속에서 창조적 변용이 일어나는 과정이다. 접속과 변용은 연결이면서 또 도약이다. 남이 걷는 길이 아무리 멋지고 아름다워도 내가 걷는 단 한 걸음과는 비교할 수 없다. 그래서 많이 읽는다고 절로 쓸 수 있는 건 아니다. 야구를 아무리 많이 본다 한들 선수들처럼 치고 던질 수는 없는 것과 같은 이치다. 쓰기는 다른 활동과 능력이 요구된다. 하여, 더 고도의 수렴과 집중이 필요하다. 읽기는 약간의 산만함을 허용하지만 쓰기는 그런 방심을 용납하지 않는다. 잠시 정신줄 놓는 순간, 바로 엔트로피 법칙에 말려든다. 낱말들이 사방으로 마구 흩어져 문장 하나 단락 하나 구성하기도 벅차다. 사방으로 흩어지는 말들을 다시 연결하여 문장을, 단락을, 그리고 책을 만들려면 얼마나 고도의 집중력이 필요한지! 언젠가 농촌운동을 하시는 분이 말했다. 세상에서 농사가 제일 힘든 줄 알았는데, 글쓰기는 그보다 훨씬 더 힘들다고. 물론 반쯤은 농담이었다. 하지만 그만큼 글쓰기는 체력과 집중을 요한다.

이런 이치를 알게 되면 읽기가 달라진다. 이전에는 그저 구경꾼의 자세로 대충 음미했다면 이젠 단어 하나, 문장 하나에 담긴 강밀도를 읽어 낼 수 있다. 이 문장 하나를 쓰기 위해 이 사람의 발이 얼마나 많은 거리를 오갔을지, 혹은 얼마나 많은 문헌을 뒤졌을지, 얼마나 고독한 밤을 보냈을지 등등. 그래서 온몸의 세포들이 움직이게 된다. 『열하일기』를 읽으면 단동에서 심양, 산해관에서 연경, 그리고 열하로 이어지는 2,700여 리의 대장정에 참여하고 싶어지고, 『차라투스트라는 이렇게 말했다』를 읽으면 니체가 수없이 왕복했다는 스위스 질스마리아의 산책로를 걷고 싶어진다. 읽기와 쓰기의 동시성이란 이런 것이다.

수렴과 집중이 안 되는데 좋은 삶을 살기는 불가능하다. 그게

[고미숙의 글쓰기 특강]이론편 _ 글쓰기의 존재론

아니고는 이 우주적 혼돈을 헤쳐나갈 묘수가 없다. 게다가 또 얼마나 '핫한' 시대인가. 잠깐 방심하는 사이, 존재의 GPS가 순식간에 증발해 버린다. 아, 그렇다고 너무 무겁고 진지해질 필요는 없다. 원초적 무질서에 맞서 새로운 리듬을 부여하는 일보다 멋지고 통쾌한 일은 없으니까.

'뇌와 손과 혀'의 유쾌한 삼중주

뇌는 운동을 위해 존재한다. 뇌운동의 핵심은 언어다. 의식이건 무의식이건 종자는 언어다. 언어의 구조로, 언어의 회로를 따라 이합집산한다. 언어는 혀를 움직인다. 성음은 오장육부를 울리면서 터져 나온다. 신장의 물을 심장의 불로 펌프질하면 폐가 끌어내서 밖으로 토해 낸다. 그때 결정적 역할을 하는 기관이 바로 혀다. 심장과 혀는 유기적으로 연결되어 있다. 심장이 나빠지면, 그 증상이 설암으로 표현되는 것도 그 때문이다. 혀는 먹고 마시고 키스하고 많은 활동을 하지만 가장 인간적인 활동은 역시 언어다. 언어는 내부이면서 외부다. 나와 너, 나와 그를 연결하는 결정적인 통로다. 문자가 되는 순간 더 멀리, 더 오래, 더 깊이 소통할 수 있다. 그것은 회로가 또 다르다. 문법, 문어체, 문장 등의 배치를 관통해야 비로소 가능하다. 이 역할은 손이 담당한다. 붓으로 쓰건, 펜으로 쓰건, 노트북에 타자를 치건, 쓰기의 최종단계는 손이다. 뇌와 손과 혀가 마주치는 그 지점에서 바로 글이 탄생한다.

그런 점에서 쓰기는 인간적인, 가장 인간적인 활동이다. 앞에서도 보았듯이, 뇌는 끊임없이 재잘거린다. 이 재잘거림에 방향과 밀도를 부여하는 것, 그것이 인식의 지도-그리기다. 심장이 품고 있는 마음의 행로도 역시 혀를 통해 드러난다. 하여, 혀는 쉼 없이 말들을 토해 낸다. 거칠고 산만한 말들의 폭류. 혀의 충동을 제어하지 못하면 욕설과 망언, 헛소리가 난무한다. 아니면 지겹기 짝이 없는 동어반복에 빠지거나. 헛소리나 동어반복 등은 『동의보감』에 따르면 모두 질병에 해당한다. 혀의 거칠고 지리멸렬한 흐름에 창조적 리듬을 부여하기. 이것은 모든 인간이 수행해야 할 훈련이다. 뇌운동과 심장박동, 폐운동과 혀놀림을 창조적으로 변용하려면? 손을 움직여야 한다.

손은 또 하나의 뇌이자 혀다. 직립은 앞발의 탈영토화라고 했다. 앞발이 손으로 변주되는 것이 직립이다. 두 발로 서는 순간 뇌 용량은 폭발적으로 증식하고 손의 활동성은 놀랍게 증대된다. 뇌가 수많은 신경망들로 이루어져 있다면, 손은 그 뉴런들과 상호작용하면서 쉼 없이 뭔가를 창조한다. 연결과 창조, 인간의 행위를 한마디로 요약하면 이렇다. 하여, 모든 훈련은 두뇌와 손을 동시에 쓰는 것이다. 이렇게 손의 활동성이 커지자 사람들은 손으로 하는 창조를 오로지 물질적인 것으로 착각하게 되었다. 손을 오직 물건을 만들고 돈을 세는(요즘에는 카드를 긁는^^) 기능으로만 생각하게 된 것이다. 하지만 손이 하는 가장 보편적이고도 거룩한 작업은 쓰기다. 쓰기는 물질도 정신도 아니다. 물질적이면서 동시에 정신적이다. 무형이면서 유형이다. 내부적이면서 동시에 외부적이다. 그래서 가장 인간적인 행위다. 뇌와 손과 혀의 삼중주! 그래서인가. 사람들은 쓰기를 가장 어려워한다. 요리, 가구, 무기, 의상, 건축 등 엄청난 것들을 만들어 내면서 정작 쓰기 앞에선 한없이 소심해진다. 다른 것은 좀 미숙해도 자의식이 발동하지 않지만 쓰기 앞에선 자신의 미숙함이 드러날까 안절부절못한다. 대체 왜? 누누이 말했지만 글쓰기야말로 존재의 심층을 표현하는 행위이기 때문이다. 자신도 알지 못하는 자신의 본래면목이 드러날까 두려운 것이다.

"글쓰기는 한 번도 해본 적이 없어요. 근데 꼭 글을 써야 하나요?"
"이렇게까지 해야 하나요?"
"질문이 없는데, 어떻게 하죠?"

글쓰기 과정에 들어온 초짜들의 반응이다.

"이렇게 힘든 건 처음이에요. 하지만 정말로 잘 쓰고 싶어요."
"어릴 때부터 정말 글을 잘 쓰고 싶었어요. 아무한테도 말하지는 않았지만요."
"글쓰기를 하면서 살게 돼서 너무 좋아요."

"내가 작가가 되다니, 믿어지지 않네요."

첫번째 관문을 통과한, 나아가 마침내 저자가 된 이들의 고백이다. 마치 고해성사 같다.^^ 정말 힘들다, 하지만 해보고 싶다, 원래부터 간절히 원했던 것이다, 등등을 거쳐 마침내 글쓰기가 본성에 닿아 있는 행위임을 수긍하게 된 것이다. 그렇다면 쓰기를 하지 않는 동안 뇌와 손과 혀는 자유롭게 활동하지 못했다는 뜻인가. 불통의 상태로 살았다는 뜻인가. 그렇다.

글쓰기를 배우러 왔다가 글쓰기가 힘들다고 포기하는 이들한테 물었다. 글을 포기한 대신 뭘 하느냐고? 게임, 쇼핑, 야동, 웹툰, 미드, 온갖 중독적 행위에 골몰한다. 본인들도 안다. 그게 자존감을 한없이 떨어뜨린다는 것을. 멈추는 것이 두려워 계속 거기에 매달리고 있다는 것을. 더 중요한 건 중독에 빠진 그 순간 뇌와 손과 혀는 얼어붙어 버린다. 뉴런들은 연결되지 못하고 혀는 욕설로 범벅된 감탄사와 광기 어린 말들을 토해 낸다. 혀가 먼저 미쳐 버리는 것이다. 손은? 팔이 아프도록 클릭을 해댄다. 팔목이 굳고 뒷목이 뻣뻣해지고 하체에는 피가 통하지 않는다. 이렇게 살면 당연히 아프다. 아프고 괴롭다. 괴롭고 외롭다. 당연하지 않은가. 존재의 본성에서 아득히 멀어졌으니, 어찌 아프고 괴롭고 외롭지 않을 수 있으랴. 그럼 치유책은? 다시 본성을 회복하면 된다. 뇌와 손과 혀가 매끄럽게 '통'하면 된다.

프로이트의 제자였던 칼 융이 스승을 배반하고 새로운 길을 열면서 했던 최고의 치유책이 바로 글쓰기였다. 프로이트가 정신분석을 통해 환자에게 병의 원인을 진단해 주었다면 융은 환자 스스로 자신의 삶을 기록하게 함으로써 스스로를 치유할 수 있도록 해준 것이다.(신근영,『칼 구스타프 융, 언제나 다시금 새로워지는 삶』, 북드라망, 2012) 뇌와 손과 혀가 서로 연결되면서 말이 창조된다. 그 말들은 조각조각 쪼개졌던 신체의 감각들을 다시 연결해 준다. 동시에 생의 의지가 되살아나면서 사유의 힘이 생성된다. 이제 막막하지 않다. 적어도 지도를 그릴 수 있으니까. 그 지도를 가지고 한 걸음씩 나아가면 되니까.

아기들이 처음 두 발로 서서 걸을 때의 감격을 아는가. 내가 아는 한 꼬마는 걸음마에 성공한 날 밤잠을 설쳤다고 한다. 엄마의 증언에 따르면, 밤에 자다가 벌떡 일어나서 다시 걸어 보더라는 것. 자신도 믿어지지 않았던 것이다. 내가 걸을 수 있다니! 그와 마찬가지다. 자신만의 언어와 문장을 만들어 낼 때의 그 감격을 대체 무엇으로 표현할 수 있을까. 다만 '신통하고 방통하다'고 할밖엔!

생명은 창조다!— 에로스와 글쓰기

'천지는 만물을 낳는 것을 마음으로 삼는다'. […] 나는 천지가 달리 의도하는 것은 없고, 단지 만물을 낳는 마음만 있을 뿐이라 생각하네. 하나의 근원적인 기가 두루 흐르고 통하여 끊어지지 않으니, 수 많은 만물을 만들어 낼 뿐인 게지. (주희, 『낭송 주자어류』, 159쪽)

낳고 낳고 낳고… 오직 낳을 뿐! 이것이 우주의 이치다. 초월 자라 부르건 창조주라 부르건 아니면 빅뱅이라 부르건 우리의 우 주는 오직 만물을 낳고 기를 뿐이다. 인간 또한 그렇다. 태어나는 순간부터 이 우주적 행위에 동참한다. 그것이 본성이고 생존의 법 칙이다. 낳고 낳고 기르고 기르는 이 힘의 원천을 에로스라고 한 다. 에로스는 사랑이다. 그것은 남녀가 짝짓기를 통해 생명을 창조 하는 대업을 완수하게 한다. 당연히 주체는 여성이다. 여성만이 낳 을 수 있다. 그것은 단순히 아이 하나가 생긴다는 의미에 한정되지 않는다. 그 순간 낳고 낳는 자연의 대순환에 참여한다는 의미도 있 다. 아니, 그게 더 선차적이다.

여성이 '자신이 낳은' 자녀를 원하는 여러 이유 중 하나는 그들 신체 의 타고난 창조력과 생명력을 경험하고, 자연에 충만한 살아 있는 힘을 자신의 몸에서 경험하고 싶은 욕구이다. 그들은 이 창조과정의 산물인 아이를 원할 뿐만 아니라 그 과정 자체도 원한다. 아득한 옛 날부터 여성들은 임신과 출산을 창조적인 방식으로 조절해 왔다. 그 러나 이 창조적 과정, 자연의 힘은 전적으로 그들의 통제 아래 있지 않고 어느 정도 '길들지 않은' 채 남아 있었다. 바로 여기에 이 열망의 핵심이 있다. […] 궁극적으로 과정이나 '산물' 둘 다 마음대로 되는 것이 아니다. 태어나는 아기마다 새롭게 느껴지고 추구하던 성취감을 안겨주는 것은 바로 이 예측불가능성이라고 나는 생각한다. 그것은 다양성과 예기치 않았던 것에 대한 열망, 생명과 살아 있는 존재를 이루는 수많은 새로운 가능성에 대한 열망을 충족시킨다. 새로움, 자연스러움, 경이야말로 우리가 아기에게서 찬양하는 것이다. (마리아 미스 · 반다나 시바, 『에코페미니즘』, 손덕수 · 이난아 옮김, 창작과 비평사, 2000)

이 에로스적 경이가 곧 삶의 동력이다. 우정을 나누고 이야기를 하고 밥을 짓고 길을 열고… 등등. 여성들은 이 과정에서 소위 '자연지'를 터득한다. 생명과 우주에 대한 무한한 교감을 시도하는 것이다. 남성들은 결코 이에 대응되는 일을 할 수 없다. 기껏해야 전쟁과 사냥, 약탈과 정복을 할 수 있을 뿐. 그때 사용되는 에너지와 힘은 에로스적 창조와는 비교 불가능하다. 아니, 그 이전에 그 모든 행위는 창조와는 거리가 멀다. 약탈, 정복, 승리는 무에서 유를 창조하는 것이 아니라 그저 소유와 점유를 둘러싼 게임에 불과하다. 그럼 남성들이 신 혹은 자연의 창조에 접속할 수 있는 길은 무엇일까? 가치의 창조다. 물질이 아닌 정신, 유형이 아닌 무형의 영역에서 인식의 지도를 그리는 것, 곧 진리 혹은 지혜를 생산하는 일이다.

"너희가 세계라고 불러온 것, 그것도 너희에 의해 먼저 창조되어야 한다. 너희의 이성, 너희의 심상, 너희의 의지, 너희의 사랑이 세계 자체가 되어야 한다는 말이다! 진정, 너희의 복을 위해, 깨달음에 이른 자들이여! […]

창조, 그것은 고뇌로부터의 위대한 구제이며 삶을 가볍게 해주는 어떤 것이다. 그러나 창조하는 자가 존재하기 위해서는 고뇌가 있어야 하며 많은 변신이 있어야 한다. 그렇다, 창조하는 자들이여. 너희 삶에는 쓰디쓴 죽음이 허다하게 있어야 한다!

그럼으로써 너희들은 덧없는 모든 것들을 받아들이고 정당화하는 사람이 되는 것이다. 창조하는 자 자신이 다시 태어날 아이가 되기 위해서는 산모가 될 각오를 해야 하며 해산의 고통을 각오해야 한다. 진정, 나 백 개나 되는 영혼을 가로질러, 백 개나 되는 요람과 해산의 고통을 겪어 가며 나의 길을 걸어왔다." (니체, 『차라투스트라는 이렇게 말했다』, 141~142쪽)

니체에 따르면 인간은 생식-욕구와 생성-욕구만을 느낀다. 생식하거나 생성하거나. 이것이 인생이다. 생식이 아이를 창조하는 일이라면, 생성은 가치를 창조하는 행위다. 인간이 신의 완전성, 자연의 법칙에 다가가는 길은 이 두 가지뿐이다. 둘은 근원적으로 하나다. 생명을 낳는 것과 가치의 창조는 분리될 수 없다. 니체의 언어가 출산과 관련된 은유로 넘치는 것도 그 때문이다. 공자, 붓

[고미숙의 글쓰기 특강]이론편 _ 글쓰기의 존재론

다, 소크라테스, 노자 등 인류의 위대한 멘토가 다 남성인 이유도 여기에 있다. 애시당초 이것은 차별이나 위계가 아니었다. 여성은 생식을 통해 우주와 소통하고, 남성은 가치의 생성을 통해 자연과 감응한다. 결국 여성이건 남성이건 인간이 해야 할 일은 이것뿐이다.──생명을 낳거나 가치를 창조하거나!

하지만 유감스럽게도 그간의 역사 속에서 둘다 어그러져 버렸다. 제국의 확장, 그리고 가부장제의 등장과 더불어 성적 불평등과 위계는 마치 보편적 원리처럼 행세하기에 이르렀다. 그 결과 남성은 가치를 창조하는 일과 멀어졌고, 여성은 생명을 낳는 것의 거룩한 의미를 망각해 버렸다. 성적 불평등이 거의 해소되었다는 우리 시대도 크게 다를 바 없다. 아이를 낳고 가족을 이루고 재산을 일구는 행위를 하기는 하지만, 그게 과연 우주적 창조에 동참하는 것임을 알고 있을까? 아마 상상조차 하지 못할 것이다. 무엇보다 여성들이 그렇다. 생식은 오직 화폐와 상품의 회로에 잠식되었다. 출산은 의료산업 혹은 인구정책의 일환이 되어 버렸다. 그러다 보니 생명을 낳고도 우주적 환희는 없다. 양육에 드는 돈, 감정소모, 경력단절 등이 여성들을 짓누른다. 그러니 임신과 출산, 양육은 지독한 노동이거나 상처투성이일 수밖에. 남성들은 또 어떤가. 에로스는 한낱 쾌락의 수단이 되었을 뿐이다. 쾌락은 아무것도 창조하지 못한다. 쾌락은 오직 파괴를 향해 치달을 뿐이다. 자신을 파괴하고 타인을 무너뜨리는! 생식작용도 이러할진대 가치의 창조는 숫제 상상조차 하지 못한다. 결국 여성도 남성도 창조 대신 소유, 생성 대신 쾌락이라는 블랙홀을 향해 달려가고 있다. 이 회로에서 벗어나는 길이야말로 앞으로 인류가 수행해야 할 진정한 혁명이다.

혁명의 전략은 간단하다. 먼저 생명을 창조하는 것의 위대함을 자각할 것. 남녀노소 누구나 마찬가지다. 이것은 아이를 낳고 안 낳고의 문제가 아니다. 인간은 오직 생명을 창조하는 활동을 통해서만 우주와 연동한다. 그에 버금가는 행위는 오직 가치의 창조, 다시 말해 지혜의 생성뿐이다. 무지로부터의 해방, 인식의 지도-그리기, 그것 또한 생명활동이다. 그게 뭐냐고? 당연히 글쓰기다.

실제로 책을 내려면 아이를 잉태하는 만큼의 과정이 필요하다. 최소한 열달 이상의 임신과정이 소요된다. 목차를 구상하는 처음 몇 달은 '입덧'(갈등과 회의, 무력감 등등)을 경험해야 하고 그 과정을 통과하게 되면 어느 정도 아이의 꼴(목차)이 갖춰진다. 그러면 이젠 잘 키워서 낳는 수밖엔 없다. 여성이 임신을 하면 저절로 자연지에 접속하게 되듯이, 여러 챕터의 글이 모여서 책이 되는 과정에도 온갖 정성을 다해야 한다. 음식도 운동도 관계도 다 조심하고 또 조심해야 한다. 체력 안배도 잘 해야 하고 감정소모도 최대한 절제해야 한다. 마침내 순산을 했을 때의 그 통쾌함이란! 그 시원함이란! "태어나 줘서 고마워~"라는 말이 절로 나온다. 살아가면서 이런 순간이 얼마나 있을까. 소유와 증식 속에서는 절대 맛볼 수 없는 생의 환희다. 생명 하나에 온 우주가 연결되어 있듯이, 내가 낸 책에는 바람과 공기, 햇빛과 열, 나무와 물, 나의 감기와 친구들의 웃음소리, 각종 사건사고 등이 담겨 있다. 물론 가장 중요한 건 그동안 감내해야 했던 노고와 땀이다. 하지만 책이 나오면 그 모든 수고로움은 일순 사라진다. 하여, 또 다른 잉태를 꿈꾸게 된다. 앞의 인용문에 나오듯이, 출산의 고통에도 불구하고 여성들이 끊임없이 아기를 낳고 싶어 하는 것과 같은 이치다.

더 나아가 왜 신이 언어로 계시를 내리고 예언자나 수행자들이 언어로써 진리를 설파했는지도 알게 된다. 진리는 언어다! 음악도 춤도 아니다. 축구도 골프도 아니다. 이 점을 깊이 사유하고 사유하라! 물론 언어는 감옥이기도 하다. 사람들의 인식과 사유를 얽어맨다는 점에서. 하지만 그 감옥을 폭파하고 탈주하는 것 역시 언어로써 가능하다. 붓다는 외쳤다. 언어도단, 즉 언어의 길을 끊어 버리라고. 그리고 그 허공 속에서 십만팔천 법문을 쏟아냈다. 언어의 감옥을 부수자 이전에는 상상하지 못했던 언어들이 폭포처럼 쏟아진 것이다. 이슬람은 또 어떤가. 알라는 "인간을 창조했으며 그에게 명확성을 가르쳤다".(칼둔, 『무깟디마』 2, 141쪽) 명료하게 말하고 명확하게 글로 전달하는 것이 알라의 뜻이라는 의미다. 하여, 나는 이렇게 말하고 싶다. 천지가 만물을 낳고 낳는 그 마음을 진리라고 부른다. 그 진리에 다가가는 길은 가치의 창조에 있다고. 그리고 가치의 창조는 쓰기의 능력과 분리될 수 없다고.

지금도 좋고 나중에도 좋은!

누구나 좋은 삶을 추구한다. 그럼 좋은 삶이란 무엇일까? 자존감, 취향, 직업, 관계, 성찰——대개 이 정도의 항목으로 구성될 것이다. 자기 스스로를 세우고 거기에 걸맞은 소질을 개발하고, 그것으로 돈을 벌고 사회적 관계를 이룬다. 그걸 바탕으로 삶과 세계에 대한 성찰로 이어지면 날마다 새롭게 태어날 수 있다. 이것이 성장이고 순환이다. 그게 쉽냐고? 당근 어렵다. 그 이전에 오직 자존감과 성장을 화폐에다 붙들어 맸기 때문에 이런 식의 순환은 상상조차 하기 어렵다. 상상도 못하는데, 이루어질 리가 없다. 그래서인가. 사람들은 다 살기가 어렵다고 한다. 부자도 빈민도, 정규직도 백수도, 청년도 노년도. 기준은 다 화폐의 양과 소비의 스케일, 그다음엔 인정욕망. 이걸 확보하기는 참 어렵다. 그래서 대부분 이 기준에서 탈락한다. 그런데 진입에 성공해도 문제다. 그것은 삶의 한 국면에 불과하기 때문이다. 그렇다면 뭔가 부등가교환 아닌가? 전부를 걸었으면 전부를 얻어야 마땅하거늘, 다 걸었는데 극히 일면만 얻게 되다니. 이게 자본주의다. 자본이 삶의 전 국면을 다 잠식한다는 차원에서 특히 그렇다.

그 결과, 우리 시대 대부분의 직업은 소외된 노동을 기반으로 한다. 소외란 무엇인가? 삶의 본성과 괴리되어 있다는 뜻이다. 타고난 소질을 제대로 발휘하기 어려운 건 말할 것도 없고, 자기를 속이고 세상을 속이는 일을 다반사로 해야 한다. 그래서 몸도 마음도 늘 긴장상태다. 누군가를 이겨야 하고 자신을 눌러야 하고, 맘에도 없는 말과 행동을 해야 하고, 억지로 웃어야 하고 등등. 이런 것을 일러 소외라고 한다. 자립을 위해서, 생존을 위해서 어쩔 수 없다고 말한다. 그렇다. 생존과 자립을 위해서 소외를 불가피하게 감당해야 하는 경우가 적지 않다. 그런데 언제까지? 지금은 어쩔 수 없다 해도 적어도 나중에는 벗어날 수 있어야 한다. 과연 그런가? 지금도 어쩔 수 없고 나중에도 어쩔 수 없다, 고 생각하지는 않는가? 청년들도 그렇게 말하고 중년도, 노년도 그렇게 말한다. 늘 어쩔 수 없다고, 그리고 그게 다 이놈의 세상 탓이고, 정치인들 탓이라고. 나도 그렇게 생각하면서 살았다. 그런데 나이가 들고 보니 생각이 좀 달라졌다. 아니, 그런 생각 자체가 영 시시하고 재미없어졌다. 거기에는 어떤 출구도 없어서다.

결국 자기 인생은 자기가 알아서 해야 하는 거다. 그럼 어디서 시작하지? 간단하다. 지금도 좋고 나중에도 좋은 일을 찾아야 한다. 이 말은 또 이렇게 변주될 수 있다. 나에게도 좋고 남에게도 좋은 일. 청년기에도 좋고 중년에도 좋고, 노년에도 좋은 일. 그런 일을 찾아야 하지 않을까. '그게 가능해?'라고 반문할 것이다. 하지만 거꾸로 '왜 그런 생각을 하지 않는가?'를 먼저 물어보자. 좋은 삶을 원하면서 왜 그런 전제를 설정하지 않는가? 늘 꿈을 꾸라고, 꿈은 이루어진다면서 왜 이런 생각은 하지 않는가? 일단 생각을 그 방향으로 돌려 보자. 그러면 차츰 그쪽으로 빛이 보이기 시작한다. 이게 우주의 원리다. 내가 원하지 않는데 길이 열리는 법은 없으니까 말이다.

더구나 앞으로는 많은 직업이 사라지고 새로운 직업이 생겨날 것이다. 그 직업은 고정된 장소와 지위계통이 없이 게릴라처럼 '헤쳐모여'식이 될 것이다. 어차피 세상이 이렇게 바뀔 거라면 이 흐름을 잘 이용해서 그동안은 미뤄 두었던 가치들을 제대로 되새겨 봐야 하지 않을까. 결론은 간단하다. 나에게도 좋고 남에게도 좋은, 지금도 좋고 나중에도 좋은, 청년에게도 좋고 노년층한테도 좋은, 그런 활동을 찾아나서야 한다.

나에게는 이것이 바로 글쓰기다. 생명의 자율성과 능동성에 가장 적합한 행위다. 나한테도 좋지만 세상 모두에게 권하고 싶다. 누구든 자신의 삶을 기록하고 싶어 한다. 나아가 지혜를 원하지 않는 이는 없다. 세상의 이치를 터득하고 싶어 하지 않는 이는 더더욱 없다. 그럼 그것을 가장 잘 훈련할 수 있는 길이 무엇일까. 글쓰기다. 글쓰기는 노동이면서 활동이고 놀이이면서 사색이다. 무소의 뿔처럼 홀로 가는 담대함이 요구되지만 동시에 세상 속으로 깊이 들어가야만, 타자와 깊이 뒤섞여야만 가능하다. 원초적 본능이면서 동시에 고도의 지성을 요구한다. 이보다 더 좋은 활동이 또 있을까?

노후대책에도 이보다 더 좋을 수 없다. 현대인이라면 누구나 노후를 대비한다. 거기에는 늘 두려움이 수반된다. 돈과 일터, 관계 등등에서 자신이 없기 때문이다. "노후대책은 돈이 아니라 일로 하겠다." 개그계의 대부 전유성 씨의 말이다. 그는 30대부터 이렇게 생각했다고 한다. 사는 건 누구와 어떻게 연결되느냐에 달려 있다. 그래서 소유가 아니라 활동으로 연결되어야 한다. 관계와 현장, 이 두 가지가 노후대책의 핵심이다. 그리고 이 두 가지는 현대인에게 가장 취약한 고리이기도 하다. 직장이나 사업에서 은퇴하는 순간, 바로 현장이 사라지고 관계는 핵가족이 전부다. 핵가족이 얼마나 아슬아슬한 관계인지는 충분히 아시리라. 그래서 아마 더더욱 돈에 집착하는 것이리라. 하지만 정작 문제는 돈이 아니라 관계와 활동이다. 예전의 끈을 붙잡는 것이 아니라 새로운 장을 만들어 낼 수 있어야 한다. 하지만 이런 생각은 아예 설정조차 하지 않는다. 그래서 두려운 것이다. 노후라고 하면 고립과 단절이 떠오르는 이유가 여기에 있다. 그럼 방향은 정해졌다. 전유성 씨가 그렇게 했듯이 진정한 노후대책은 관계와 현장을 재구성할 수 있는 힘이다. 그게 뭐지? 우정과 지성의 네트워크, 이것이 모든 이들의 노후대책이어야 한다. 실제로 시대의 흐름은 그런 방향으로 나아가고 있다. 전국 곳곳에 도서관과 평생학습센터가 활성화되고 아울러 밀레니얼 세대들 중심으로 퇴근 후 다양한 살롱문화가 되살아난다고 한다. 거기서 할 수 있는 게 뭐겠는가. 읽고 쓰기. 그 과정에서 생겨나는 다양한 스토리들. 여기에는 정년도 없고 나이제한도 없다. 남녀노소가 자연스럽게 어울릴 수 있는 유일한 활동이고 현장이다.

현대인이 가장 두려워하는 병은 아마도 치매일 것이다. 노인의 병이라고 생각하지만, 스마트폰의 사용으로 이젠 젊은이들도 안심할 수 없게 되었다. 예방책은 사실 뻔하다. 적절한 수면, 항산화 음식, 유산소 운동. 그리고 바로 이것——"지속적으로 뇌를 자극해서 인지와 계산, 사고능력을 동시에 향상시킵니다. 스마트폰 대신 책을 읽는 것이 낫습니다. 1시간 스마트폰보다 10분 독서를 하고, 책의 내용을 요약, 메모하면 기억능력 강화에 큰 도움이 됩니다."(김종화, 「건망증과 치매 사이에 알콜이 있다?」, 『아시아경제』, 2019. 7. 15.) 결국 읽기와 쓰기다. 의학의 분파와 유형에 상관없이 모든 치매 예방법에는 반드시 이 항목이 등장한다. 그만큼 가장 보편적인 활동이라는 뜻이다. 실제로 읽고 쓰기는 양생술에도 최고다. 특히 쓰기는 뇌와 심장을 젊게 해준다. 배우는 순간, 우리 모두는 늘 푸르른 청년기로 돌아간다. 동시에 늙음을 받아들이고 죽음을 사유하는 힘도 생겨난다. 이보다 좋은 노후대책이 있을까.

그래서 아주 일찌감치, 청년기부터 시작해야 한다. 청년이 아닌 이들은 지금, 당장 시작해야 한다. 책과 함께하는 관계와 현장에 접속해야 한다. 노후대책이나 치매예방에도 최고지만 단지 그걸 위해서라면 너무 수동적인 태도다. 어쩔 수 없이 하는 것이 아니라 '지금도 좋고 나중에도 좋은' 최고의 활동, 최고의 길이라서 하는 것이다.

글쓰기엔 천재가 없다!

다~ 동의해요, 하지만 글쓰기는 너무 어려워요. 재능도 없고, 배운 적도 없는데 할 수 있을까요? 이런 반응이 부지기수다. 물론 오해다. 어려운 건 맞지만 재능이 필요한 영역은 아니다. 춤, 미술, 음악, 요리, 스포츠 등 세상을 빛나게 하는 것들은 다 재능이 필요하다. 선천적으로 타고나지 않고서야 이 방면의 스타가 되는 건 불가능하다. 부와 인기가 보장되는 영역은 다 이처럼 천재성이 요구된다. 하지만 이 천재성이 절대 통하지 않는 영역이 바로 글쓰기다.

중국을 대표하는 작가 루쉰은 마흔이 다 되어서 데뷔작을 썼고, "해적에게 붙잡혀 강제노동도 하고 새경을 받지 못해 비참한 생활을 영위하던 세르반테스가 『돈키호테』를 쓰려고 마음먹은 것이 쉰일곱, 출판한 것이 쉰여덟"이다. "어떤 영국인 남자가 서른두 살 때 사업에 실패해 파산합니다. 그로부터 간신히 회생하지만 보잘것없는 무명인으로 지내던 중 쉰아홉부터 소설을 쓰기 시작합니다. 그것이 대니얼 디포의 『로빈슨 크루소』", "스위프트가 『걸리버 여행기』를 쓴 것은 쉰셋, 스탕달이 첫 작품 『적과 흑』을 쓴 것은 쉰둘", 그리고 헨리 밀러가 20세기 문학의 금자탑 『북회귀선』을 완성하는 것은 마흔셋, 등등.(사사키 아타루, 『이 나날의 돌림노래』, 김경원 옮김, 여문책, 2018, 163쪽) 이런 예는 헤아릴 수 없이 많다. 다른 분야라면 은퇴해서 제자를 양성할 나이에 작가들은 겨우 등단을 하거나 소위 대표작을 쓴다. 이건 그나마 문학이라 재능이 다소 필요한 영역이긴 하다. 문학 창작을 벗어나 철학, 인문학, 특히 고전평론으로 영역을 확대하면 연령은 더더욱 확장된다. 공자, 노자, 주자, 양명 등은 아예 나이를 연상하기도 어렵다. 왜 그런가? 지혜를 연마하는 글쓰기엔 나이 자체가 별 의미가 없기 때문이다. 언어는 천재성이 아니라 사회적 소통에서 시작한다. 음악과 미술, 스포츠 등은 원초적 감성과 관련되어 있다. 하지만 언어는 다르다. 가족, 학교, 민족, 인종, 섹슈얼리티 등 각종 사회적 관계망 안에서만 발달될 수 있다. 문자는 더욱 그렇다. 문자는 진입부터가 이미 집단적 지성을 전제로 한다. 문화, 전통, 관습, 대안 등 온갖 사회적 가치들을 습득해야 문자의 코드에 접속할 수 있다. 모국어의 문법을 익히고 문자체계를 터득하는 시간 자체가 상당히 소요된다. 그리고 그것은 단순한 기능이 아니다. 그야말로 인간적 성숙, 사회적 통찰이 없이는 불가능하다. 성숙과 통찰은 천재성과 무관하다. 오히려 천재들은 재능을 지나치게 품부받은 탓에 삶을 총체적으로 보는 시야는 훨씬 빈약하다.

아주 뚜렷한 증거가 하나 있다. 왜 모든 교육은 언어와 문자로 되어 있는가? 모든 이에게 무차별적으로 주어지는가? 공부가 재능이라면 천재성을 타고나지 않은 이들을 가려내서 일찌감치 포기시켜야 한다. 될성부른 떡잎만 골라 집중적으로 훈련을 해야 맞지 않은가? 다른 영역은 다 그렇게 하면서 왜 학교는 그렇게 하지 않는가? 무조건 다 가야 하고 무조건 다 책을 주고는 무조건 읽으라고 하는가? 그게 바로 재능과 개성의 문제가 아니라는 증거다. 여기에는 재능이 뭐든 개성이 어떻든 사람이라면 책을 읽어야 한다는 전제가 깔려 있다. 4차산업혁명이 도래한다 해도, 심지어 종이책이 다 사라진다 해도 교육의 핵심은 읽기와 쓰기로 이루어질 수밖에 없다. 그것이 인간의 보편적 활동이자 생존의 토대이기 때문이다.

그래서 필요한 건 재능이 아니라 질문이다. 삶에 대한 질문, 사람에 대한 궁금증, 사물에 대한 호기심, 무지에서 벗어나고자 하는 갈망, 앎의 도약이 주는 환희 등등. 이것은 모든 이에게 가능하다. 그리고 그 질문과 호기심과 앎의 욕구는 결국 언어의 회로, 문자의 체계를 따라 움직인다. 문제는 질문을 계속 이어갈 수 있는가에 달려 있다. 항심(恒心)과 하심(下心)이 절대적으로 필요한 이유다. 항심이 시간을 통과하는 힘이라면, 하심은 어디서건 무엇이건 배우고자 하는 마음이다.

물론 그럼에도 남보다 뛰어난 경우가 있긴 하다. 왜 없겠는가? 대학원 시절 내 주변도 그랬다. 발군의 두뇌를 자랑하는 기라성 같은 선배들이 득시글거렸다. 5년이 지나자 반으로 줄었고, 10년이 되자 거의 사라졌다. 왜 그랬을까? 천재성은 시간을 통과하지 못한다. 단기간에 남을 압도하는 성취를 이루어야 하는데, 글쓰기만큼은 그런 조바심이 통하지 않는다. 아울러 그 천재성은 공부 아닌 곳에서 더 빛난다. 그러니 어찌 글쓰기에 집중할 수 있겠는가? 나는 다행히 재능도, 욕망도 없었다. 재능이 없으니 조바심을 칠 필요가 없었고 옆으로 샐 만한 유혹이 없었다. 가진 거라곤 앎에 대한 절실함과 글쓰기를 지속할 수 있는 체력밖에 없었다. 그러니 절로 항심을 터득할 수밖에. 항심은 삶의 기예로선 최고다. 돌이켜 보면 기본기 훈련에 15년, 다시 고전평론가가 되어 대중적 글쓰기를 시도한 지 또 10년이 걸린 셈이다. 솔직히 나는 특별히 느린 경우고 실제로는 5년에서 10년 안팎이면 충분하다. 하지만 오래 걸려도 나름의 이점이 있다. 슬로비디오로 보면 디테일이 살아 있는 것처럼 오랫동안 기본기를 쌓게 되면 각 단계별 미세한 차이들을 생생하게 겪게 된다. 한데, 그거야말로 최고의 자산이다. 그것만 잘 활용해도 누구한테건 글쓰기를 가르칠 수 있게 된다.

아무튼 그 시절의 경험으로 나는 천재에 대한 콤플렉스에서 벗어났다. 그 뒤로도 정말 천재성이 빛나는 이들을 종종 만났다. 부럽다기보다는 오히려 안타까웠다. 남다른 재능을 타고난 대신 정신적 불균형──약골의 체력 혹은 감정기복, 지나친 인정욕망 등──을 감당해야 하니 말이다. 재능이 정말 중요하다면 천재들은 다 행복하고 자유로워야 한다. 깨달음에 이르러야 한다. 그런가? 절대 그렇지 않다! 천재가 자유와 평화를 누리는 경우는 듣지 못했다. 삶이 롤러코스터를 타면서 산전수전 다 겪는 모습은 많이 봤어도.

현대인은 공정성을 지상과제로 여긴다. 학연, 지연, 계층, 그 무엇으로도 차별받고 싶어 하지 않는다. 그래서인가. 디지털은 기존의 경계와 차별을 가차없이 격파한다. 대표적인 영역이 유튜브일 것이다. 유튜브의 영역은 실로 무한하다. 거기에선 학연은 물론이고 외모, 인기, 권위 어떤 기준도 통하지 않는다. 유저들의 욕망과 접속할 수 있느냐만이 관건이다. 전세계인이 열렬히 애호하는 플랫폼이 된 것도 그 때문이리라.

그런 점에 비추면 글쓰기야말로 공정한 영역이다. 스피노자의 말처럼 지혜는 명령할 수 없다. 불치병을 다 고치는 무당이 있다 해도, 퇴마의 역능으로 충만한 사제가 온다 해도 글쓰기 능력을 부여해 주진 못한다. 그저 온전히 자신의 걸음으로 나아가는 것 말고는 달리 길이 없다. 그래서 평등하다. 왜 누리지 않는가? 이 매끄러운 공간을 유쾌하게 질주할 수 있는, '인간적인 가장 인간적인' 특권을.

부의 새로운 척도―책과 유머

 # 장면 하나. 몇 해 전 정부종합청사에 근무하는 고급공무원이 되어서 모두의 부러움을 샀던 후배가 있었다. 연봉도 괜찮고 각종 혜택도 적지 않았다. 그런데 6개월도 안 되어서 때려치웠다. 이유가 참 희한했다. 어느 날 문득 생각해 보니, 청사에 들어온 이후 한 번

도 웃은 적이 없었다는 사실을 알게 되었다고, 그래서 도저히 더 다닐 수가 없었단다.

 # 장면 둘. 〈감이당〉의 거점인 깨봉빌딩 2층 장자방에서 책을 보는데 옆방이 시끌벅적, 웃음판에 난리가 났다. 분명 '청년공자스쿨' 수업시간이고, 역사에 대해 각자 발표를 하는 시간인데, 저렇게 웃고 떠들어? 공부가 늘 축제라고 주장해 온 나조차도 의아할 지경이었다. 그렇게 수업을 마치더니 쉬는 시간엔 열나게 간식을 먹고 이번엔 한자 수업. 아까보다는 조용하지만 여전히 웃음꽃이 흘러넘친다. 저녁시간이 되어 3층 식당엘 갔더니 어느새 볼이 터질 듯 밥을 먹으며 수다의 향연을 펼치고 있다. 저녁 강의를 마치고 귀가하려는데, 또 끼리끼리 모여서 웃고 떠드느라 정신이 없다. 본의 아니게 청년백수들의 일상을 종일 옆에서 지켜본 셈이다. 문득 감탄과 함께 심술이 솟는다. 저것들은 대체 무슨 공덕을 쌓았길래 저렇게 죙일 웃는 거야? 참나!

그때 '장면 하나'에 나오는 그 이야기가 문득 떠올랐다. 그러면서 혹 스쳐 가는 생각. 아하, 웃음이야말로 삶의 척도구나! 그대는 하루 종일 몇 번이나 웃는가? 혹은 남을 몇 번이나 웃게 만드는가? 아기들은 그래서 존재 자체가 축복이다. 아기가 들어오는 순간 모두가 웃는다. 찡얼거려도 웃고, 옹알이를 해도 웃고, 낯가림을 해도, 모두를 웃게 만든다. 아마 인생에서 최고의 공덕을 쌓는 시간이 저때가 아닐까. 저 공덕으로 평생을 살아가는 게 아닐까 싶을 정도다. 자아가 생기고 분별이 일어나기 시작하면 그때부턴 좀 어려워진다. 스스로 웃는 시간도 줄어들뿐더러 누군가를 마음껏 웃게 만들지도 못한다.

현대인의 목표는 행복이라고 한다. 행복은 즐거움인가. 그럴지도 모르겠다. 사람들은 끊임없이 즐거움을 쫓아다닌다. 자본은 끝도 없이 즐거움을 주겠다고 말한다. 그것을 쫓다 보면 어느새 즐거움은 쾌감이 되고 중독이 된다. 중독이란 무엇일까. 황홀경에 빠지는 것. 황홀하다는 건 무엇인가. 정신을 놓고 무아지경에 이르는 것이다. 자아를 그렇게 고집하면서 또 그렇게 자신을 잊고 싶어 하다니. 이보다 더 아이러니한 일도 없다. 황홀경에 이르는 길은 두 가지가 있다. 하나는 중독에서 약물로. 이것은 죽음충동의 코스다. 존 레논이 그랬다던가. 세상은 약물 없이도 살아갈 수 있는 사람들의 것이라고. 맨정신으론 살기 어렵다는 뜻인가? 약물의 유혹이 얼마나 심했으면 저런 말을 했을까 싶다. 죽음충동이 아닌 생의 약동으로 황홀경에 도달하려면? 지성과 영성을 통해 자아를 해체하는 코스밖엔 없다. 근데, 그게 즐겁다고? 당연하다. 쾌감이 하나의 감각만이 극대화되는 것이라면, 이때의 기쁨은 온 존재에 퍼져 나가는 충만감이다. 그것을 일러 지복이라 부른다. 거기에는 늘 천진난만한 웃음소리가 따라다닌다.

핵가족의 일상에서 웃음꽃이 사라진 지 오래다. 직장, 학교는 더더욱 말할 것도 없다. 이제 웃음은 특별한 재능이 되었다. 그래서 개그맨이나 예능인들이 뜨는 것이리라. 부가 늘어나고 기술은 더욱 풍요로워지는데, 왜 우리의 삶에선 웃음이 사라지고 있을까? 경쟁, 일자리, 스트레스 등의 진부한 단어들이 떠오른다. 뭐 그렇다고 치자! 하지만 그래서 그 모든 것이 해결될 때까지 기다려야 하나? 아니다. 이제 삶의 질을 따질 때 이 웃음 짓고 웃음 짓게 하는 능력, 곧 유머를 중요한 척도로 삼아야 한다. 유머는 단지 웃음을 야기하는 데서 그치지 않는다. 권위를 해체하고, 누구든 친구로 만들고, 가치를 창조하도록 유도한다. 즉, 유머에는 반드시 지적 향연 곧 지성이 수반된다. 아하, 그렇구나! 청년백수들이 그렇게 웃고 떠들 수 있었던 건 바로 지성 때문이었구나. '공부시간에 왜 저렇게 웃고 떠들지?'가 아니고 공부를 하니까 그렇게 웃을 수 있는 것이다. 정부청사에 진출한 후배가 때려친 이유도 이제사 실감이 난다. 웃음이 없는 현장에서 일만 주구장창 한다는 건 정말 고행이었겠구나!

지성이란 무엇인가? 혈연과 감정의 늪에서 벗어나 우주적 합일을 지향하는 고매한 정신 활동이다. 당연히 책이 중심이다. 책에는 인생과 세계의 지도가 있다. 이 지도를 찾아가는 과정은 고단하지만 유머가 폭발한다. 길 위에 나서는 순간, 몸이 가벼워지면서 생각의 회로가 열리지 않는가. 반면, 교환과 계약은 유머를 얼어붙게 만든다. 쾌락을 탐닉할 때도 웃음기는 사라진다. 오직 지성의 길 위에서 길벗을 만날 때만 농담이 터지고 유머가 폭발한다. 책이 선사하는 멋진 선물이다.

> "큰 웃음 하나 함께하지 않는 진리는 모두 거짓으로 간주하자!"(니체, 『차라투스트라는 이렇게 말했다』, 348쪽)

열하로 가는 머나먼 여정, 연암은 옥전현의 한 점포에서 촛불 아래 「호질」을 열나게 베낀다. 주인이 물었다. 그걸 베껴서 대체 뭐하려는가? 연암이 답한다. 돌아가서 친구들을 한바탕 웃게 해주고 싶어서다. 연암은 알고 있었던 것이다. '모든 진리에는 웃음꽃이 피어난다'라는 진리를. 그러니 지성과 유머가 자아내는 이 통쾌한 파동에 접속하는 것이야말로 부의 새로운 척도가 되어야 하지 않을까.

글은 길을 낳고, 길은 밥을 부른다!

그럼 이렇게 물을 것이다. 글쓰기를 해서 먹고 살 수 있어? 돈이 생기냐는 뜻이다. 당연히 그렇다. 나의 인생이 그 증거다. 30대 후반 중년백수로 길을 나섰을 때 나는 명실상부 하층민이었다. 독서지도로 생계는 유지되었지만 그 외에 다른 수단은 없었다. 박사학위를 가진 덕분에 이런저런 프로젝트에 참여하고 연구비를 받기도 했지만 그것도 40대 중반엔 종결되었다. 나를 경제적으로 자립하게 해준 건 『열하일기』 '리-라이팅'(『열하일기, 웃음과 역설의 유쾌한 시공간』)이었다. 인세를 많이 받기도 했지만 그보다는 그 책으로 인해 활동의 무대가 활짝 열렸다. 도서관, 평생학습센터, 구청, 문화센터 등등, 2008년 이후 이런 네트워크는 비약적으로 증가했다. 그래서 계속 책을 낼 수 있었다.

물론 스마트폰의 등장으로 책 시장은 현저하게 줄어들었다. 인세만으로 생활하기는 쉽지 않다. 하지만 책으로 연결된 현장은 훨씬 늘어났다. 복지제도가 지향하는 것은 결국 배움터의 확장이다. 노동시장의 유연성으로 인해 누구든 어느 시기에는 백수가 된다. 이들에게 국가가 줄 수 있는 최고의 복지는 다름 아닌 공부의 장이다. 대학은 점점 퇴락하고 있지만 대학 밖에서는 배움의 열기가 고조되는 것도 이 때문이다. 그런데, 좀 이상하다. 왜 대학에선 이런 시대조류에 대해 무관심할까. 가끔 대학에 가보면 대학은 여전히 분과학 안에서 전공다툼을 하고 있다. 그런 지식은 세상에 나오면 그다지 쓸모가 없다. 이젠 삶과 연결되는 학문이 절실하다. 그런 공부를 할 수만 있다면 인문학 네트워크는 청년들에게도 참 괜찮은 활동무대——밥벌이와 배움이 동시에 가능한——가 될 수 있을 텐데 말이다.

> 까씨 "수행자여, 나는 밭을 갈고 씨를 뿌리며 밭을 갈고 씨를 뿌린 뒤에 먹습니다. 그대 수행자도 밭을 갈고 씨를 뿌린 뒤에 드십시오."

세존 "바라문이여, 나도 밭을 갈고 씨를 뿌립니다. 밭을 갈고 씨를 뿌린 뒤에 먹습니다."

까씨 "그러나 저는 그대 고따마의 멍에도, 쟁기도, 쟁기날도, 몰이막대도, 황소도 보지 못했습니다." […] "밭을 가는 자라면 묻건대 대답하시오. 어떻게 우리는 그대가 경작하는 것을 알 수 있습니까?"

세존 "믿음이 씨앗이고 감관의 수호가 비며 지혜가 나의 멍에와 쟁기입니다. 부끄러움이 자루이고 정신이 끈입니다. 그리고 새김이 나의 쟁깃날과 몰이막대입니다."[…] "몸을 수호하고 말을 수호하고 배에 맞는 음식의 양을 알고 나는 진실을 잡초를 제거하는 낫으로 삼고, 나에게는 온화함이 멍에를 내려놓는 것입니다. 속박에서 평온으로 이끄는 정진이 내게는 짐을 싣는 황소입니다. 슬픔이 없는 곳으로 도달해서 가서 되돌아오지 않습니다. 이와 같이 밭을 갈면 불사의 열매를 거두며, 이렇게 밭을 갈고 나면 모든 고통에서 해탈합니다."

이때 바라문 까씨 바라드와자는 커다란 청동그릇에 유미죽을 하나 가득 담아 스승에게 올렸다.

까씨 "고따마께서는 유미죽을 드십시오. 당신은 진실로 밭을 가는 분이십니다. 왜냐하면 당신 고따마께서는 불사의 과보를 가져다주는 밭을 갈기 때문입니다."

(『숫타니파타』, 전재성 옮김, 한국빠알리성전협회, 2013, 95~97쪽)

다니야 "나는 이미 밥도 지었고, 우유도 짜 놓았고, 마히 강변에서 가족과 함께 살고 있고, 내 움막은 지붕이 덮이고, 불이 켜져 있으니 하늘이여, 비를 뿌리려거든 뿌리소서."

세존 "분노하지 않아 마음의 황무지가 사라졌고 마히 강변에서 하룻밤을 지내면서 내 움막은 열리고 나의 불은 꺼져 버렸으니 하늘이여, 비를 뿌리려거든 뿌리소서." (같은 책, 64쪽)

이 두 개의 대화를 눈여겨 보라. 농부 까씨는 대지의 밭을 갈지만 세존은 마음의 밭을 경작한다. 소치는 다니야는 모든 물질적 조건을 다 구비해 놓고 비에 대비하지만, 세존은 욕망의 불꽃을 모두 제어했으므로 비가 쏟아진다 해도 번뇌에 시달리지 않는다. 2,500년 전의 대화인데도 얼마나 실감이 나는가. 마음을 다스리는 것, 욕망의 불꽃을 끄는 것은 이제 단순한 힐링을 넘어 산업의 토대가 되고 있다. 인공지능이 비약적으로 발전하면 더더욱 그렇게 될 것이다. 그러면 누구든 다 자기 삶의 구도자가 되어야 하지 않을까. 아니, 그것 말고 인간이 해야 할 일은 따로 없을지도 모르겠다. 구도자가 되려면 삶을 탐구해야 하고 거기에 글쓰기는 필수다. 그렇다면 글쓰기가 밥벌이가 되는 비결을 충분히 납득할 수 있을 것이다.

그래서 〈감이당〉의 비전은 '글로벌'(글로 밥벌이 한다는 뜻ㅆ)이다. 배움의 네트워크가 있기에 계속 쓸 수 있었고, 또 책들을 유통

시킬 수 있었다. 이 길은 참으로 소중하다. 나는 이 길 위에 접속했기에 진정 충만한 삶을 살고 있다. 하여, 나는 이 길을 모두에게 열어 주고 싶다. 이 대목에서 문득 떠오르는 에피소드 하나. 양명학의 원조인 왕양명의 제자 가운데 왕심재라는 이가 있었다. 소금장수 출신으로 유명한 이다. 양명을 만나 '심즉리' '치양지' 등의 이치를 터득하고 나자 그는 감격했다. 그리고 이렇게 말했다. "이 세상에 이것을 듣지 못한 사람이 있게 하는 것은 도리가 아니다." 양명 사후 그는 직접 만든 수레를 끌고 양자강을 따라 천하를 누비면서 사람들에게 양명의 진리를 전파했다고 한다. 진리가 있다면 그건 모두와 나누어야 한다, 그걸 듣지 못한 사람이 있다면 그건 도리가 아니다. 오, 어떻게 이런 생각을 할 수 있을까. 왕심재의 경지에는 도저히 미치지 못하겠지만, 나 역시 글쓰기로 자립하는 길이 가능하다는 이치를 듣지 못한 사람이 없었으면 좋겠다.

〈감이당〉은 단순히 책을 읽고 세미나만 하는 곳이 아니다. 읽으면 써야 하고 들으면 말해야 한다. 학인으로 들어왔지만 강사가 되고, 저자가 되어야 한다. 그 방향으로 모든 프로그램이 운영되고 있다. 그리고 실제로 많은 이들이 저자가 되고 뛰어난 강사가 되어 독립적인 활동을 펼치고 있다. 〈감이당〉이라는 조직 자체의 발전이나 확장 따위는 중요하지 않다. 이 길을 거쳐서 스스로 길을 여는 것이 핵심이다. 나는 발원한다, 많은 이들이 〈감이당〉을 거쳐 자유인으로 살아가기를. 자기가 서 있는 현장에서 네트워크를 열고 거기에서 앎과 삶을 연마하기를. 그 길 위에선 청년과 중년이 벗이 되고 백수와 중산층이 자연스럽게 어우러진다. 국경을 넘는 네크워크도 얼마든지 가능하다. 대구, 부산, 창원, 제주도 그리고 중국과 일본, 그리고 뉴욕과 쿠바 등으로 연결되어 있다. 친구가 있으면 그곳이 바로 나의 무대다.

그리고 그 모든 것의 기저에는 글쓰기가 있다. 글이 아니면 우리는 산산이 흩어지고 말 것이다. 글이 길을 만들고 그 길에는 반드시 벗이 있다. 길벗과 함께 할 일은? 밥을 먹는 것. 수다를 떠는 것. 그리고 다시 글을 생산하는 것. 그리하여 세상을 지혜의 파동으로 흘러넘치게 하는 것. 나는 믿는다, 이것이야말로 자본에게 똥침을 가하는 소확생(소소하고 확실한 혁명이자 생명의 길)이라고. 아님 말고.^^ 뭐가 됐든 상관없다. 이 우주에서 이보다 더 통쾌한 일은 없으므로.

붓다와 공자가 전하는 글쓰기 비결

제목을 보고 무슨 생각이 들었을지 궁금하다. '낚시가 너무 심한 거 아냐?'라고 생각한 이들도 있으리라. 이 장은 이 책을 쓰는 도중에 문득 떠오른 아이디어다. 불경과 『주역』을 읽는 중이어서 그랬던 것 같다. 먼저 붓다. 앞에서도 말했지만 붓다는 명불허전 언어의 달인이다. 대승불교 경전은 붓다의 직접적 가르침이 아니라 쳐도 초기경전에 기록된 양만 해도 실로 어마어마하다. 금강경에 나오는 표현처럼 갠지스 강의 모래알보다 많을 듯싶다.^^ 35살에 성도한 이후 45년간 쉬지 않고 설법을 했고, 제자들이 다 기억했다가 송출했기 때문이다. 붓다의 가르침은 모두 기존의 언어의 길을 끊어 버리는 전복과 생성의 산물이다. 내용과 논리의 차원에서만 그런 것도 아니다. 비유의 참신함, 풍부한 이야기 구조, 파토스와 감흥 등 표현형식의 차원에서도 절대경지에 해당한다. 이 언어의 질과 스펙트럼만으로도 그는 분명 여래다! 존재와 세계의 연기법을 통달하지 않고서야 어찌 이런 언어가 나올 수 있겠는가.

그러니 붓다야말로 최고의 글쓰기 튜터가 아닌가? 열반에 이르는 길은 머나먼 여정이라 해도 그의 언어적 역능은 충분히 참조하고 배울 수 있지 않을까? 이런 생각이 번뜩 든 것이다. 그럼 그런 능력을 어떻게 키우냐고? 그렇다. 그게 관건이다. 일단 읽어야 한다. 붓다가 바로 그랬다. 왕자 시절 고타마는 최고의 교육을 받았다. 그 범위는 각종 무술과 예술, 그리고 언어와 문학에 이르기까지 그야말로 전방위적이었다.

브라만인 비슈바미트라는 싯다르타에게 인도에서 사용하는 각종 언어와 문학을 가르쳤습니다. 이때에 배웠던 언어와 논리학 등이 부처님이 깨달음을 이루신 후 중생을 교화하는 데 큰 도움이 되었을 것입니다. 부처님은 전 인도에 걸친 교화 과정에서 지역마다 다른 언어가 장애가 되지 않았습니다. 또한 교화 내용에서 보이는 체계적이고 치밀한 교학 체계와 논리적인 설득, 수많은 비유 구사, 그리고 아름다운 운율의 게송들에서도 그것을 유추할 수 있습니다. […] 싯다르타는 크샨티데바에게는 칼과 활, 창과 방패 등 무기 다루는 법과 각종 무술, 코끼리와 말을 잘 기르고 조련하는 기술, 수레와 마차 타는 법, 병력 지휘법, 연설로써 상대를 제압하는 비법 등 모든 병법과 무예를 배우고 익혔습니다. (법륜 스님, 『인간 붓다』, 정토출판, 2010, 119~120쪽)

그뿐인가. 출가 이후에도 당시 인도를 주름잡던 모든 스승, 모든 사상과 맞짱을 떴다. 그러니까 붓다가 되기 이전에도 이미 언어의 달인이었던 것이다. 붓다가 된 이후 중생들의 근기에 맞춰 대기설법을 할 수 있었던 것도 이런 지적 기반이 큰 바탕이 되었음에 분명하다. 그러니 우리도 읽고 또 읽을 수밖에. 헌데, 그러기 위해선 쉼 없이 물어야 한다. 삶에 대하여, 죽음에 대하여, 인간에 대하여, 신에 대하여. 바로 이 질문들이 고타마 왕자로 하여금 끊임없이 읽고 또 읽게 한 동력이었으리라. 동시에 읽으면 읽을수록 질문도 깊어졌던가 보다. 마침내 그로 하여금 스물아홉 살 한창 혈기왕성한 시절에 출가를 감행하게 한 것도 생로병사에 대한 질문이었다. 그렇구나! 불교는 그 자체로 질문이 질문으로 이어지는 가르침이구나! 그렇다면 우리 또한 그런 길을 찾아야 한다. 묻고 읽고, 읽고 또 묻는 그런 길을. 기존의 전제를 깨는 전복적 사유들이 탄생하고, 그 사유들이 내 신체를 통과하면서 눈부신 비유와 서사로 재탄생될 때까지 말이다.

그럼 공자에게서 배우는 글쓰기 전략은 무엇일까. 공자, 하면 『논어』를 떠올리지만, 그 경전은 공자와 제자들의 문답으로 이루어져 있다. 공자가 직접 쓴 문장은 아닌 것이다. 물론 거기에서도 글쓰기 전략을 배울 수는 있다. 예컨대, 절차탁마(切磋琢磨)가 그것이다. 인(仁)을 터득하기 위해선 얼마나 고도의 수련을 필요로 하는가를 말해 주는 저 구절은 문장을 다듬는 기술에도 딱 들어맞는다. 글을 쓴다는 건 절차탁마의 과정에 다름 아니다. 아울러 공자의 문장력이 빛을 발하는 경전은 『주역』이다. 이미 언급했듯이, 공자가 『주역』에 열 개의 주석을 달게 됨으로써 『주역』은 유교, 도교는 물론이고 제자백가의 원천이 되었다. 특히 열 개의 주석서 가운데 「계사전」은 "인간이 이 지구상에서 문명을 만든 이래 가장 신비하고 위대한 언어"(『도올 계사전 강의록』, 67쪽)라는 찬사를 받는 문장이다.

그 중에 이런 대목이 있다. 화이재지(化而裁之), 미언대의(微言大義).『주역계사강의』(남회근 지음, 신원봉 옮김, 부키, 2011, 369, 375쪽)를 읽다가 이 두 문장을 보는 순간 바로 이거다, 하고 무릎을 쳤다. '화이재지'란 내용에서건 표현에서건 충분히 소화를 한 다음엔 과감하게 잘라야 한다는 뜻이다. 좋은 글쓰기의 핵심은 군더더기를 잘라 버리는 데 있다는 것. 감동적인 구절, 멋진 비유, 기막힌 발상 등을 모아놓고는 그걸 감당하지 못해 쩔쩔매는 경우가 허다하다. 충분히 소화가 안 된 것이다. 소화가 안 되면 비위에서 음식물이 그대로 뭉쳐 있게 된다. 그럴 땐 과감하게 뚫고 흘러가게 해야 한다. 문장도 그렇다. 들뢰즈/가타리가 자주 하는 표현으론 '절단, 채취'가 그에 가깝다. 사유와 말들이 산만하게 뒤엉켜 있을 땐 그 흐름을 과감하게 '절단'해야 한다. 그래야 나의 문장으로 '채취'할 수 있다.

이것이 논리를 구축할 때 쓰는 방편이라면, 미언대의는 수사학과 관련된 비결이다. 미언대의란 '사소해 보이는 말들 속에 큰 뜻이 담겨 있다'는 의미다. 접속사, 종결어미, 부사어 등 별 기능이 없어 보이는 단어들을 어떻게 구사하느냐가 문장의 내공을 결정한다. 호리의 차이가 천리의 어긋남을 빚는다고 했던가. 혹은 '아' 다르고 '어' 다르다는 속담도 있다. 문장의 승부수 역시 디테일에 있다. 그걸 살리기 위해선 그야말로 '절차탁마'해야 한다.

붓다의 전복적 사유와 참신한 비유, 공자의 화이재지와 미언대의. 이 둘은 서로 다르면서도 깊이 상통한다. 붓다와 공자의 가르침이 그러하듯이. 물론 실천은 어렵다. 그럴 때는 좋은 방법이 있다. 될 때까지 하면 된다! 이렇게 생각해 보라. 저기 붓다와 공자가 앞서 간 원대한 지평이 있다. 그 지평선을 향해 한 걸음씩 나아갈 수 있다면! 그것으로 충분하지 않은가.

✵ 사족 몇 년 전 『한겨레신문』(나의 서재 이야기)에 연재한 글이다. 『두개의 별 두개의 지도』라는 책을 집필하는 과정이 담겨 있어서 독자들에게 참조가 될 듯하여 첨부한다.

나의 서재 이야기 : 「연암과 다산, 그리고 조용필」

나는 자동차가 없다. 경제적 여건을 떠나 차를 갖고 싶다는 생각을 단 한 번도 해본 적이 없다. 타고난 길치라 공간감각이 거의 제로에 가깝다 보니 그렇게 되었다. 비슷한 차원에서 나는 서재가 없고, 서재에 대한 욕망 역시 부재한다. 자동차와 서재가 뭔 관계냐 싶겠지만 서재 또한 공간을 점유하는 것이라 조금만 넓고 우아해도 나의 국량으론 감당하기가 영 벅차다. 작업공간이 있기는 하다. 하지만 그건 서재라기보다는 마루에 책꽂이 서너 개가 있는 데 불과하다. 물론 고전평론가로 먹고 살려면 이 정도의 책으로는 어림없다. 내 책들이 대충 모여 있는 곳은 현재 내가 몸담고 있는 인문의역학연구소 〈감이당〉이다. 하지만 거기는 학인들이 세미나하고 강의하는 곳이지 나의 서재는 아니다. 결국 나에게 있어 서재는 공간이 아니라 활동의 명칭이다. 즉, 서재에서 책을 읽고 글을 쓰는 게 아니라, 읽고 쓸 수 있으면 거기가 곧 나의 서재다.

이런 생각이 몸에 배게 된 건 짐작하다시피 공동체 활동 탓이다. 대략 15년 전, 교수직을 포기한 이후부터 내 일상의 대부분은 공동체를 중심으로 이루어졌다. '공부하는 공동체'니까 당연히 공동의 서재 같은 것이 있게 마련이다. 그러면 거기 사람들의 책이 모여든다. 내 것이면서 동시에 모두의 것인! 그렇게 되면 자연스럽게 사적 공간에 대한 욕망은 줄어들게 마련이다. 설상가상(?)으로 공동체는 끊임없이 움직인다. 조직적 형태도 그렇지만 공간이동도 상당히 잦다. 그 와중에 수많은 책들이 어디론가 흩어져 버린다. 아니, 뒤섞인다고 하는 게 맞을 것이다. 내 책은 사라지고 타인의 책이 내 손에 있는 식으로. 그런 일을 무시로 겪다 보면 책에 대한 소유욕도 점차 옅어질 수밖에 없다.

그런데 흥미로운 현상이 하나 있다. 책과 서재에 대한 욕망이 사라지면서 책의 스펙트럼은 엄청 넓어졌다는 것. 지금 우리집 마루의 책꽂이를 보면 그야말로 각양각색이다. 고전문학, 크리슈나무르티, 한의학, 해부생리, 신화, 자연과학, 루쉰, 이반 일리치 등등. 만약 낯선 이가 이곳을 탐문한다면, '대체 이 사람은 전공이 뭐야?'라고 버럭! 화를 낼지도 모르겠다. '박학다식'과는 거리가 먼 나에게 어째 이런 일이? 사실 이 '잡다한' 책들은 그간의 활동과 글쓰기의 경로를 보여 주는 흔적들이다. 솔직히 말하면, 나는 '독서인'은 아니다. 독서 자체를 즐기는 일이 거의 없다는 뜻에서 그렇다. 기억력이 나빠서 아무리 감동적인 책도 마지막 페이지를 덮는 순간 아득해지고 만다. 따라서 나에게 독서란 활동의 일환이거나 아니면 글쓰기 작업의 토대일 뿐이다. 다시 말해, 읽은 다음에 쓰는 것이 아니라 함께 세미나를 하다가 뭘 쓸지가 결정되면 그때부터 그와 관련된 독서를 하는 것, 이것이 나의 '지식사용법'이다. 그런 점에서 고전은 나의 텃밭이다. 밥과 관계와 활동을 한큐에 해결해 주는 풍요로운 텃밭! 최근에 내가 한 작업은 '다산과 연암의 라이벌 평전'이다. 얼마 전(2013년) 출간된 『두개의 별 두개의 지도』(북드라망)라는 책이 바로 그것이다. 지난해(2012년) 12월 12일(壬子)에 시작하여 4월 16일(壬子)까지 꼬박 120일이 걸렸다. 아침에 일어나면 연암과 다산의 저술들을 정리하고 이야기의 얼개를 짜고, 또 다시 자료를 찾아 여기저기를 헤매고…. 알다시피 두 사람은 18세기 지성사의 최고봉이다. 연암이 질적으로 문장의 절대경지에 도달했다면, 다산은 양적 방대함에 있어 타의 추종을 불허한다. 처음엔 둘의 내공에 압도되어 가위에 눌릴 지경이었다. 그래서 출판사 북드라망 대표한테 포기하겠다고 했더니 "일단 지금 아는 만큼 쓰고 앞으로 2탄, 3탄을 연속해서 내면 되지 않겠느냐"는 답이 돌아왔다. 그런데 이상하게도 그날 밤에 문득 편안해졌다. 그 말이 단서가 되어 평전에 대한 나의 생각을 전면적으로 수정하게 되었다. 흔히 평전은 인생의 모든 사항을 망라하고, 동시에 그것들을 촘촘히 재구성하는 것이라고 생각한다. 나 또한 그랬던 것 같다. 만약 그렇다면 나는 살아생전 이 두 사람의 이야기를 결코 쓸 수 없을 것이다. 하지만 그것이 인생인가? 모든 정보를 다 모아놓으면 그 사람의 인생을 이해할 수 있을까? 그렇지 않을 것이다. 모으는 순간 그것들의 의미는 이미 움직이기 시작할 테니까. 또 설령 그것이 완벽하게 재현된다 한들 그게 무슨 소용인가? '지금, 여기'의 현장과 소통할 수 없다면! 하여, 나는 이전과는 다른 방식의 글쓰기를 시도하기로 마음먹었다. 총체성에 대한 집착을 버리고 대신 생의 변곡점들을 입체적으로 연결하는 식으로. 퀼트 혹은 브리콜라주 기법이라고나 할까. 라이벌 평전이라는 컨셉을 적극 활용한 셈이다.

태생과 체질의 차원에서 보자면, 연암은 물이고, 다산은 불이다. 두 사람의 일생은 물과 불의 흐름을 고스란히 체현해 냈다. 물은 매끄럽게 흐르고, 불은 격렬하게 솟구친다. 그 사상적 결정판이 『열하일기』와 『목민심서』다. 『열하일기』는 1783년, 연암의 나이 47세, 한창 생이 무르익은 시점에서 나온 연암사상의 결정판이다. 『목민심서』는 1818년, 다산이 18년간의 유배생활을 마치던 바로 그 해에 완성된 걸작이다. 마치 『목민심서』를 쓰기 위해 그 오랜 시간을 유배지에서 보낸 게 아닐까 싶을 정도로 다산과 『목민심서』는 혼연일체다. 『열하일기』는 이미 '리-라이팅'의 경험이 있으니 그렇다 치고, 문제는 『목민심서』였다. 그 박학과 파토스가 경이롭긴 했지만 도무지 친숙해지지가 않았다. 특히 목민관의 일거수일투족을 상세히 기록하고 또 거기에다 주석을 나열하는 식의 글쓰기가 나로서는 영 불편했다. 근데, 놀랍게도 『열하일기』와 나란히 탐독을 하니 아주 흥미로운 평행선이 그려졌다. 예컨대, 『열하일기』는 중원이라는 공간을 가로지르면서 시간적 변주를 꾀한 책이다. 그에 반해, 『목민심서』는 시간적 변화를 따라가지만 매 순간의 공간적 배열이 더 두드러진다.

연암은 중원문명의 한복판에서 이용후생을 탐구했다면, 다산은 강진이라는 유형지에서 시뮬레이션을 통해 목민관의 소명을 재현해냈다. 즉, 연암이 유목민이라면 다산은 목자(牧者)다. 나아가『목민심서』가 20세기적 지식의 결정판이라면,『열하일기』는 21세기, 곧 고도의 유동적 지성과 접맥되는 텍스트다. 이런 식으로 대쌍들을 찾다 보니 애초의 강박에서 벗어나 오히려 작업을 즐길 수 있었다.

120일은 짧다면 짧은 시간이다. 하지만 매일 일정한 리듬과 강밀도를 유지해야 한다면, 참으로 긴 세월이다. 이 시간의 장벽을 통과하려면 체력의 안배가 핵심이다. 오바해서도 안 되고 늘어져서도 안 된다. 그렇게 긴장과 이완의 변주 속에서 작업을 마칠 즈음, 조용필 19집〈Hello〉가 나왔다. 미리 말하지만, 나는 "반미주의자"다.^^ 미적인 것, 예술에 대한 문외한이라는 뜻이다. 고전평론가니까 당연히 미술이나 건축, 음악 등에 조예가 있으리라 여기는 이들이 더러 있는데, 그런 분들은 나의 몰취미와 교양없음에 큰 상처를 받곤 한다.^^ 하지만 어쩌겠는가. 예술을 즐길 안목도 재주도 완전 꽝!인 것을. 이 또한 앞에서 말한 공간감각의 부재와 무관하지 않을 것이다. 결국 나라는 인간은 오직 읽고 쓰는 것 말곤 살아갈 방도가 없는 셈이다. 그렇게 살면 너무 무미건조하지 않나? 라고 묻는다면, 나는 이렇게 답할 것이다. 나의 감수성을 채우는 건 조용필만으로 충분하다!고. "충전이 필요"하다고 여길 때면 난 늘 조용필을 듣는다. 헌데, 이번에는 그가 청년이 되어 돌아왔다. 청춘을 탐하거나 흉내내지 않고, 기꺼이 청년들에게 배우고 그럼으로써 어떤 청년도 흉내 낼 수 없는 진정 특이하고 발랄한 청춘의 귀환! 나 같은 음악적 문외한까지도 "바운스 바운스"하게 만드는 이런 새로움과 열정이 어떻게 가능할까? 인터뷰에서 조용필이 한 말. "미래로 가야 하니 과거의 저를 버릴 수밖에 없었죠." "외롭다고 생각하는 건 오히려 자신 없고 열심히 하지 않는 사람들이 하는 소리다." 오, 이건 음악뿐 아니라 모든 공부의 원리가 아닌가. 그렇다. 이 천지간에 새로움이란 배움의 열정밖에 없다. 그리고 배움이란 자신과의 부단한 대결이다. 자신을 넘어 다른 존재가 되는 것, 그것이 곧 길이요 도(道)다. 다산과 연암이 지성과 글쓰기를 통해 보여 준 그 길을 조용필은 노래를 통해 내게 들려주고 있다.

이미 말했듯이, 나는 서재가 없고, 앞으로도 없을 것이다. 대신 나는 내가 다니는 모든 길을 서재로 삼고 싶다. 그리고 그 길 위에서 수많은 연암과 다산'들'을 만날 것이다. 매 순간 다르게 변주되는 조용필의 노래로 내 감수성을 충전하면서 말이다.

(「유목민과 목민관의 변주, 시공간을 뛰어넘어 '바운스'」, 『한겨레신문』, 2013. 6. 16.)

5. 감히 알려고 하라! 감히 쓰려고 하라!

빅뱅에서 블랙홀까지

약 130억 년 전 초기 우주에서 두 은하가 충돌해 하나가 되는 장면
이 일본 연구진에 포착됐다. 이 시기는 빅뱅 뒤 10억 년밖에 안 된
때로 지금까지 관측된 은하 합체로는 가장 오래된 것이다. […] 이
는 빛이 약 130억 년 걸려 도달한 것이니 130억 년 전 초기 우주에서
벌어진 천체 현상을 포착한 것이다. […] 두 개의 덩어리가 합체 중
에 있는 각각의 은하로, 서로 다른 속도로 하나의 은하를 만들어 가
고 있는 것이 확인됐다. 이는 지금까지 알려진 합체 중인 은하 중에
서 가장 오래된 것이다. (「약 130억 년 전 가장 오래된 은하 합체 관측」,
『연합뉴스』, 2019. 6. 18.)

나는 이런 뉴스를 볼 때마다 마음이 묘해진다. 근대 이전이라

면 이런 이야기는 신화에 해당한다. 약 140억 년 전에 시작된 빅뱅, 그로부터 10억 년 이후에 일어난 은하들의 합체. 태초에 우주에서 일어난 장면을 이토록 리얼하게 목격할 수 있다니. 어떤 노력도 기울이지 않아도 된다. 기도나 희생제의, 목욕재계 등도 필요없다. 그저 인터넷에 접속해서 클릭만 하면 된다. 그야말로 '천기누설'이 일상적으로 벌어지고 있는 셈이다. 정말 이래도 괜찮나?

얼마 전 블랙홀에 대한 실사에 가까운 영상이 공개되었을 때는 더욱 그랬다. 영화 〈인터스텔라〉를 통해 블랙홀의 이미지는 다소 익숙해졌지만 그건 어디까지나 영상적 상상물이었다. 이번에 등장한 영상은 과학자들이 총력을 기울여 최대한 실상에 맞게 구성한 것이라고 한다. 빅뱅 이후의 장면이 창조의 순간을 포착한 것이라면, 블랙홀은 모든 빛을 흡수해 버린다는 암흑의 절대경지다. 아마 예전이라면 블랙홀은 재앙을 상징하는 별이었으리라. 감히 그 영상을 두눈 뜨고 똑바로 본다는 건 상상조차 하지 못했으리라. 하지만 이제 인류는 우주에서 벌어지는 그 무엇이라도 다 보고자 한다. 또 그 장면들을 수시로 전세계에 송출한다. 왜? 간단하다. 알고 싶기 때문이다. 이 앎의 열망에는 조건도, 경계도 없다. 무한하고 무량하다.

이런 앎에는 기도와 제의는 필요없지만 자본은 억수로 많이 든다. 그야말로 천문학적 숫자다. 그럼에도 누구도 불평하지 않는다. 은하가 합체를 하건 말건 그따위를 알아서 뭣하냐고? 거기서 돈이 나와, 밥이 나와? 라고 하지 않는다. 그 돈으로 청년 일자리나 만들 것이지 뭔 헛발질이야? 화폐를 신처럼 떠받들면서도 그렇게 말하지 않는다. 그렇기는커녕 누구나 경이로움과 호기심 가득한 시선으로 바라본다. 왜? 알고 싶으니까. 다만 그뿐이다.

저 광대무변한 우주만 그런 것도 아니다. 존재의 심연에 대해서도 마찬가지다. 이미 2,500년 전 마음탐구에 관해 불교가 도달한 경지야 말할 나위도 없지만, 최근 뇌과학이 도달한 수준 역시 엄청나다. 앞으로 불교와 뇌과학의 콜라보가 이루어진다면, '마음우주'의 온갖 진풍경이 눈앞에 생생하게 펼쳐질 것이다. 그렇다. 우리는 알고 싶다. 미치도록 알고 싶다. 내가 누구인지, 어디로부터 와서 어디로 가는지. 이보다 더 절절한 실존적 명령이 있을까. 그러니 감히 알려고 하라. 빅뱅에서 블랙홀까지. 존재의 심연에서 뉴런의 미세한 연결망까지.

어찌 보면 지극히 당연하다. 빅뱅의 비밀을 아는 것과 생의 심연을 파악하는 것은 분리되지 않는다. 앎이란 본디 천지인의 삼중주였으므로. 그런 관점에서 스티븐 호킹의 다음 이야기를 음미해 보라.

빅뱅의 순간을 향해 시간을 거꾸로 거슬러 올라가면, 우주는 점점 더 작아지고 더 작아져서 마침내는 하나의 점이 될 것이며, 우주 전체는 작고 작은 공간이 되어 사실상 무한히 작고 무한히 밀도가 높은 하나의 블랙홀이 될 것이다. […] 여기에서도 시간 그 자체가 멈추어야 한다는 것이다. 시간을 아무리 거슬러올라가도 빅뱅 이전으로는 갈 수 없다. 빅뱅 이전에는 시간이 없었기 때문이다. 이렇게 해서 우리는 마침내 원인이 없는 무엇인가를 발견했다. 원인이 존재할 수 있는 시간 자체가 없기 때문이다. 나에게 그것은 창조자가 존재할 가능성이 없다는 뜻이다. 창조자가 존재할 시간 자체가 없기 때문이다. […] 사람들이 나에게 신이 우주를 창조한 것이냐고 물으면, 나는 질문 자체가 앞뒤가 맞지 않는다고 대답할 것이다. 빅뱅 이전에는 시간은 존재하지 않았고, 따라서 신이 우주를 만들 시간도 존재하지 않았다. […] 내게 신앙이 있느냐고? 우리는 각자가 원하는 것을 믿을 자유가 있다. 그리고 내가 볼 때 가장 단순한 설명은 신은 없다는 것이다. 누구도 우주를 창조하지 않았고 누구도 우리의 운명을 지시하지 않는다. 이를 통해서 나는 천국도, 사후세계도 존재하지 않을 것이라는 심오한 깨달음을 얻었다. 사후세계에 대한 믿음은 단지 희망사항에 불과하다고 나는 생각한다. […] 나는 인간이 죽으면 먼지로 돌아간다고 생각한다. 그러나 우리의 삶 안에, 우리의 영향력 안에, 우리가 아이들에게 물려주는 유전자 안에는 지각이 있다. 우리는 이 지각을 가지고 우주의 위대한 설계를 감상할 수 있는 한 번뿐인 삶을 살고 있으며, 나는 이를 대단히 감사히 여긴다. (스티븐 호킹, 『호킹의 빅 퀘스천에 대한 간결한 대답』, 배지은 옮김, 까치, 2019, 72~74쪽)

빅뱅에서 블랙홀, 그리고 신과 시간, 먼지와 지각으로 이어지는 호킹식의 연기법이 멋지게 펼쳐지고 있다. 신의 창조도 없고, 동시에 사후에 대한 어떤 약속도 희망도 없다. 존재란 한낱 먼지로 돌아갈 것임을 알았음에도 그는 이 한 번뿐인 삶에 무한한 감사와 지복을 느낀다. 안다는 것은 이토록 위대하다!

✿ **사족** 연암 박지원 역시『열하일기』에서 만물은 다 먼지에서 유래했다는 '만물진성설'(萬物塵成說)을 펼친 바 있다. 연암과 호킹의 멋진 조우! 앎은 이렇게 시공을 넘어 모든 것을 연결한다.^^

이번 생은 처음이라—Trans Generation을 향하여!

그런데 여기에 놀라운 비밀이 하나 있다. 알면 알수록 모르는 영역이 늘어난다는 사실. 과학자들에 따르면 우주에 대한 인류의 지식은 4%에 불과하단다. 빙산의 일각, 아니 그 "일각에 사뿐히 내려앉은 눈꽃송이 하나"(정화스님)에 지나지 않는다. 그나마도 물질의 영역에 한해서고, 비물질, 반물질에 대해서는 감도 못 잡고 있는 실정이란다.

그래서 허무하다고? 아니다. 오히려 그렇기 때문에 앎에 대한 열망은 더더욱 솟구친다. 어쩌면 앎과 무지 사이의 이 기묘한 비율은 영원히 좁혀지지 않을지도 모른다. 다시 말해 안다는 건 더 광대한 무지의 영역을 발견하는 과정일지도 모르겠다. 하지만 허무하기는커녕 흥미진진해진다. 우주와의 주사위 놀이를 하는 기분이랄까.

인생 또한 다르지 않다. '나는 누구인가? 어떻게 살아야 하는가?'를 질문하는 순간 우리는 무명의 깊은 수렁을 발견한다. 아, 나는 나를 모르는구나! 삶이 무엇인지를 모르는 채 살아왔구나! 하지만 이 '모른다'는 사실을 '아는' 것이 곧 구원이다. 앎은 무지를 알아차리는 데서부터 시작되는 법이니까. 그래서 가장 위험한 것이 질문은 없고 이미 답이 정해져 있다고 여기는 태도다. 20세기가 그랬다. 20세기는 이분법이 지배한 시대다. 선과 악, 남성과 여성, 진보와 보수, 등등. 아울러 인생은 노동, 화폐, 가족이라는 트라이앵글만 잘 지키면 된다고 여긴 시대다. 그러다 문득 디지털 문명의 도래와 함께 21세기라는 아주 낯설고 기이한 연대기에 들어서게 되었다. 길이 사라졌다! 이분법은 더 이상 통하지 않고 노동은 점차 사라져 가는 중이고 화폐와 가족이라는 척도는 더할 나위 없이 공허해지고 있다. 청년세대는 실로 황당할 것이다. 태어나 보니 스마트폰 세상이다. 그 안에는 온갖 지식과 정보가 범람하지만 정작 내가 누군지, 어떻게 살아야 하는지는 종잡을 수가 없다. 해서 이렇게 외친다. 이생망!──이번 생은 망했어~.

하지만 중년, 노년이라고 해서 나을 것도 없다. 노년층, 이른바 산업화 세대의 그 기나긴 인생역정을 돌이켜 보아도 이런 생은 처음이다. 아니, 이런 생은 상상조차 하지 못했다. 그들의 시선으로 보자면, 안과 밖, 물질과 정신, 노동과 휴식 등 분명하게 나뉘었던 가치들이 마구 뒤섞이면서 지도 자체가 사라져 버렸다. 민주화세대라 불리는 중년층도 마찬가지다. 그들 역시 노동/가족의 신성함을 굳게 믿고 살아왔는데⋯. 게다가 스마트폰이 일상을 잠식하게 되리라곤 상상조차 하지 못했다. 결국 21세기는 청년에서 중년, 노년에 이르기까지 모든 세대에게 낯설고 기이한 연대기다. 그래서 다들 이렇게 절규한다. 마치 사막에 서 있는 기분이야~.

사막은 막막하다. 사방이 막막해서 '사막'인가? 농담이다.^^ 사방이 다 뚫려 있지만 어디로 발을 내디뎌야 할지 알지 못한다. 앞서간 이들의 흔적 따위는 없다. 있다고 해도 바람이 불어와 순식간에 지워 버린다. 매번 새롭게 지도를 만들어야 한다. 1990년대 청춘들을 매료시켰던 왕가위 감독의 영화 〈동사서독〉의 주인공들이 사막을 바라보던 그 황망한 시선이 스쳐 지나간다. 하지만 어쩌겠는가. 이것이 21세기 인류한테 주어진 존재의 GPS인 것을. 서글프긴 하지만 한편 흥미롭기도 하다. 특히 청년과 중, 노년이 다 같은 처지라는 사실은 몹시 흥미진진하다. 나이, 서열, 연륜 등의 코드가 지워졌다는, 다시 말해 세대를 갈라놓는 온갖 장벽들이 무너졌다는 뜻이기 때문이다. 그렇다면 이제 서로가 서로에게 진정 벗이 될 수 있지 않을까. 사막의 한가운데서 함께 인생에 대해 묻고 답하는 길벗이. 하늘을 응시하면서 별의 탄생과 죽음을 이야기하고, 마음의 심층을 탐구하면서 존재의 블랙홀을 탐구하고, 고립과 소유가 아닌 공감과 증여라는 근원적 본성을 일깨우는 실험을 하면서 말이다.

청년/장년이 발산, 추동하는 시기라면, 중년은 결실을 맺고, 노년은 씨앗으로 수렴하는 시기다. 청년/장년이 에로스적 창조와 물질적 성취를 향한다면, 중년/노년은 그 성취를 지혜로 응축, 변환하는 시기다. 그래서 둘은 서로 크로스해야 한다. 청년은 나이 든 벗을 통해 삶의 비전을 확보하고, 노년은 청년을 통해 생과 사의 대순환을 체득해야 한다. 예컨대, 이런 식으로 말이다. "이제 막 인생을 시작해 모든 가능성이 열린, 앞날이 창창한 이들을 간간이 보게 되면 우리는 그저 가느다란 검은 선 끄트머리에 있는 점이 아니라 시작과 성숙과 쇠락, 그리고 새로운 시작으로 가득한 광대하고 다채로운 강의 일부라는 사실, 아직도 그 일부이며 우리의 죽음 역시 아이들의 젊음과 마찬가지로 그 일부라는 사실을 […] 느낄 수 있게 된다."(다이애너 애실,『어떻게 늙을까』, 노상미 옮김, 뮤진트리, 2016, 110쪽) 자연스럽게 그 과정에서 화폐가 순환할 것이다. 증식에서 증여로! 세대갈등에서 세대공감으로! 이것이야말로 21세기적 정치경제학의 비전이다.

〈감이당〉은 지난 10여 년간 이런 식의 세대공감, 트랜스 제너레이션(Trans generation) 네트워크를 실험해 왔다. 시행착오를 거듭하는 중이지만, 이 대전제만큼은 2080세대 모두 동의한다. 세대간 크로스 자체가 신체적 능동성·자율성을 대폭 확장해 주기 때문이다. 혈연과 감정, 계약과 교환이라는 관계를 벗어나 서로가 서로에게 든든한 서포터스가 되는 길, 쾌락과 중독을 벗어나 진정한 '소확행'을 구현하는 길은 단언컨대 이것밖에 없다! 개념으로 이해하려고 하면 막연할 것이다. 그냥 접속해서 체험해 보라. 그럼 단박에 알게 된다. 청년과 중년, 그리고 노년이 친구가 된다는 것이 무엇인지. 또 그게 얼마나 유쾌한 일인지.

그리고 결정적으로 이 지점에서 환기해야 할 사항 하나. 이 모든 과정의 베이스는 배움과 학습, 곧 앎의 본능이라는 사실이다. 그렇다. 이런 실험과 비전의 중심에는 책이 있다. 다른 것으로는 불가능하다. 춤, 운동, 헬스, 요가, 등산 등 다양한 레저와 활동이 있지만 그것들은 대개 비슷한 계층, 유사한 세대에 갇히게 된다. 화폐와 권위가 작동하는 영역은 더 말할 것도 없다. 우리 시대의 네트워크는 대부분 학연, 지연을 바탕으로 이뤄져 있다. 그러다 보니 대개 세대의 박스 안에 갇혀 있다. 이렇게 되면, 비슷한 추억, 엇비슷한 감상, 차이 없는 담론을 재생산할 수밖에 없다. 그런 식의 관계망은 진부할뿐더러 위태롭다. 거기에선 우정의 연대도 지적 성숙도 불가능한 까닭이다. 지성이 없는 우정은 지루하다. 우정이 없는 지성은 썰렁하다. 고로, 우정의 기쁨, 지성의 파토스는 함께 간다.

그러니 책을 통해 인맥을 재구성하라. 오직 책만이, 책에 담긴 지혜와 비전만이 세대의 장벽을 가로질러 서로를 벗으로 만들어 준다. 책의 저력을 믿고 감히 시도해 보라! 트랜스 제너레이션을 향한 소박하지만 힘찬 한 걸음을!

성혁명이 가능하려면?— 글쓰기와 성애의 기술

20세기는 혁명의 시대였다. 소비에트 혁명과 중국의 대장정을 위시하여 전세계 곳곳에서 노동과 자본을 중심으로 한 혁명이 진행되었다. 1, 2차 세계대전 이후 냉전이 본격화된 이후에도 혁명의 파도는 멈추지 않았다. 대표적인 것이 프랑스 68혁명일 것이다. 비틀스, 로큰롤, 히피, 우드스톡, 반전운동 등의 급진적 청년문화 역시 68혁명의 산물에 해당한다. 우리나라 역시 4.19혁명에 이어 5.18광주민중항쟁, 87년 6월항쟁 등등이 줄을 이었다. 소비에트의 몰락 이후엔 이념이나 대의가 아니라 기술과 자본이 혁명을 주도했다. 스마트폰이 도래하면서 혁명은 절정에 이르렀고, 바야흐로 인공지능의 시대라는 4차산업혁명이 진행중이다. 그럼 이제 혁명은 오직 기술의 영역에서만 가능한 것일까? 정신과 가치의 영역에선 더 이상 혁명은 가능하지 않은 건가? 그럴 리가 없다. 아니, 그래서는 곤란하다. 정신이 기술혁명을 따라잡지 못할 때 그 결과는 늘 갈등과 충돌이었다. 기술이 비약적으로 발전하는 만큼 그 기술을 활용하는 인식의 힘 역시 고양되어야 한다. 그래야 혁명이라는 단어에 걸맞은 삶의 혁신이 가능하지 않겠는가.

20세기의 혁명이 주로 정치경제학, 제도와 시스템의 혁신을 위주로 진행되었다면 앞으로는 영성과 구도 같은 좀더 근원적인 영역을 향하게 될 것이다. 68혁명 이후 들뢰즈/가타리, 미셸 푸코 등이 제시한 바대로 권력의 미시성, 욕망과 무의식, 가족과 일상의 변환 등이 핵심과제로 등장한 것도 같은 맥락이다. 그런 점에서 인류 최후의 혁명은 성혁명일 것이라고 예견하는 이들이 많다. 나도 그렇게 생각한다. 욕망의 핵심은 성욕이고 자본주의는 성욕을 노동과 화폐의 원동력으로 적극 활용했기 때문이다. 그 결과 부의 엄청난 집중과 증식은 이루었지만 동시에 사람들은 성애를 오직 쾌락으로만 사유하기에 이르렀다.

4장에서도 밝혔듯이, 성은 생식과 창조의 원동력이다. 하지만 자본과 쾌락이 결탁하면서 성은 점점 더 생식과 창조에서 멀어지고 있다. 예술적 창조의 원동력이라는 것도 옛말이다. 예술과 자본은 결탁을 넘어 한몸이 된 지 오래다. 예술이 온갖 상품에 미적 아우라를 부여하는 첨병 역할을 하는 까닭이다. 그럼 이제 성애는 어떻게 소모되고, 또 소비될 것인가? 이것은 실로 중차대한 문제다. 먹고 마시고 즐기는 데 쓰면 된다고? 실제로 그 방향으로 맹렬하게 나아가고 있다. 우리 시대에 잘 산다는 건 오감의 쾌락을 극대화하는 것을 의미한다. 하지만 이 방향으로 치달리면 성애는 결국 폭력과 손을 잡게 된다. 타자를 파괴하고 자신을 파괴하는! 참으로 이상하다. 현대인은 늙음을 거부하고 장수를 열망한다. 헌데, 그러기 위해선 성욕의 컨트롤이 결정적이다. 그런데 왜 이토록 성을 탕진하려 드는 걸까? 성이 생명력의 원천인 '정기신'의 핵심이라는 사실을 모르기 때문인가? 그럴 수도 있다. 현대의학은 청년은 물론이고 중년, 노년에도 섹스를 즐기라고 열렬히 부추기고 있으니 말이다. 하지만 그런 식의 탕진과 소비는 실로 위험천만하다. 윤리, 도덕의 문제를 떠나 그것이 도달하는 지점은 결국 섹스중독, 즉 변태다. 무병장수는 고사하고 삶 전체가 통째로 무너질 수 있다. 실제로 많은 이들이 그렇게 무너지고 있다. 그렇기 때문에 동서양을 막론하고 양생술은 성애의 기술을 핵심으로 삼는다. 푸코가 『성의 역사』를 쓰면서 그리스 시대의 양생술로 회귀한 것이나 『동의보감』의 양생술이 성욕의 조율을 강조하고 또 강조하는 이유도 거기에 있다. 최근에는 현대의학에서도 노섹스가 장수의 비결이라는 실험결과를 내놓은 바 있다.(『코메디 닷컴』 기사) 섹스의 절제가 아니라 아예 노섹스라니, 그것도 현대의학이 이런 연구결과를 내놓다니 좀 놀랐다. 그 정도로 상황이 심각하다는 뜻일지도 모르겠다. 물론 장수 자체가 삶의 목표일 수는 없다. 하지만 적어도 섹스에 중독된 채로 잘 살거나 오래 사는 건 불가능하다.

그러면 이제 어쩌란 말인가. 도대체 어떻게 해야 이 과도한 소모전을 멈출 수 있을까. 장렬하게 전사한 다음에 후회하는 건 늦다. 그 전에 스스로 멈출 수 있어야 한다. 멈추는 힘이야말로 진정한 능동성이다. 모든 이들이 이 '무심한 능동성'을 일찍부터 터득할 수 있다면, 그게 바로 성혁명일 것이다. 성이 쾌락과 중독, 그리고 파괴가 아닌, 사랑과 우정, 그리고 삶의 창조로 이어질 수 있는 길, 그것은 지금껏 인류가 한번도 시도해 보지 못한 혁명임에 분명하다. 그래서 영적 탐구가 필요하다. 법은 감시와 처벌을 강화할 순 있어도 그 속도와 방향을 바꾸는 일은 하지 못한다. 그래서 인류 최후의, 최고의 혁명이라는 것일 터, 그 전략전술로는 글쓰기가 역시 최고다! 농담처럼 들리겠지만, 진담이다!

이걸 이해하는 데는 사주명리학이 아주 유효하다. 사주명리학은 태어난 연월일시를 통해 운명의 지도를 읽어 내는 앎의 체계다. 그 분석의 키워드 가운데 십신(十神)이라는 영역이 있다. 열 개의 운동에너지라는 뜻이다. 예컨대, 비겁(비견+겁재)은 자존감, 식상(식신+상관)은 식욕/성욕과 재능, 끼 등을, 재성(편재+정재)은 일과 재물을 향한 욕망을, 관성(편관+정관)은 조직과 책임감을, 인성(편인+정인)은 공부와 지혜 등을 가리킨다. 그러니까 사람의 인생은 자존감-재능-재물-지위(권력)-지혜라는 싸이클을 탄다는 뜻이다. 그런데 이 흐름의 핵심은 역시 성욕이다. 특히 재능과 재물, 그리고 권력은 성욕을 그 자산으로 삼는다. 그런데 이 욕망을 제어하고 조절하는 것이 바로 인성이다. 인성은 지혜와 성찰에 대한 욕구다. 이 욕망이 작동하면 부귀도, 성욕도 난동을 부리지 않는다. 음양오행의 법칙상 서로 상극의 관계인 것. 당연히 인성을 타고난 이들은 성욕을 함부로 발산하지 않는다. 그렇다면 이 법칙을 거꾸로 이용하면 어떻게 되는가? 금지나 억압이 아니라 앎의 즐거움을 통해 성욕을 제어할 수 있다는 뜻이 된다. 조선시대 사대부들이 '존천리/거인욕'(存天理/去人欲)을 실천하기 위해 평생 독서인과 문장가로 살아간 것도 이런 맥락이다. 그러니까 성혁명은 그저 성을 자유롭게 분출하거나 프리섹스를 추인한다고 되는 문제가 아니다. 또 감시와 처벌을 강화한다고 되는 것도 아니다. 그것이 지닌 생명력을 발휘하되 그 방향을 바꾸어야 한다. 쉽게 말해 에로스에서 로고스로 변주되어야 한다. 에로스의 충동에 로고스적 비전을 부여하기! 이것이 진정한 성애의 기술이 아닐까.

실제로 나는 지난 20여 년간 지식인공동체를 운영하면서 이런 이치를 다방면에서 확인한 바 있다. 글쓰기는 두 가지 측면에서 성욕의 발산을 제어할 수 있다. 하나는 사유의 명철함. 글을 쓰려면 생각이 명료하고 맑아야 한다. 그래야 언어가 생성되고 논리가 구성되기 때문이다. 이렇게 투명한 언어, 논리적 일관성을 지향하게 되면 욕망의 불꽃은 저절로 사그라진다. 또 하나는 집중력이다. 집중을 하려면 생리구조가 수승화강의 상태가 되어야 한다. 수승화강은 평정의 다른 이름이다. 당연히 성욕의 항진을 멈추게 할 수 있다. 동시에 글쓰기에는 어떤 노동이나 운동보다 고강도의 에너지가 소모된다. 욕망을 잠시 억누르는 것이 아니라 아예 다른 방향으로 투여한다는 뜻이다. 그다음, 글이 생산될 때의 성취감은 짜릿한 쾌락과는 클라스가 다르다. 가치를 창조하는 기쁨의 파동은 온

몸을 촉촉이 적셔 준다. 이런 과정을 경험해 본 이들은 결코 쾌락에 중독되지 않는다. 청년들이 중독에서 벗어나는 길, 중년이 성에 대한 망상에서 벗어나는 길도 여기에 있다. 아니, 이 방법 말고는 달리 없다.

덧붙이면, 인류의 위대한 멘토들——소크라테스, 예수, 붓다, 공자 등등——이 다 남성이었음에도 현자가 될 수 있었던 비밀을 이제야 알게 되었다. 그들은 모두 욕망의 심연에서 그 욕망을 지혜의 원동력으로 바꾸는 성애의 기술을 발휘한 것이다. 종교인류학자 카렌 암스트롱이 3천여 년 전 '축의 시대'의 현자들을 다시 21세기에 소환하게 된 이유도 거기에 있으리라. 근원적인 것, 무량한 것과의 만남이 이루어지면 욕망의 방향이 바뀔 것이다. 그 방향에 고도의 강밀도를 부여하는 일상적 실천, 그것은 오직 글쓰기뿐이다. 믿기지 않는다고? 속는 셈치고 한번 시도해 보시라. 에로스를 로고스로 변환하는 인류 최후의, 또 최고의 혁명을!

21세기 문명의 비전—소유에서 증여로

소크라테스, 붓다, 공자, 노자——공통점은? 백수! 또 하나는 지혜의 전령사. 또 하나는? 헤아릴 수 없이 많은 일자리를 창출했다는 사실. 놀랍게도 저분들은 동시대인이다. 철학자 칼 야스퍼스가 명명한 이른바 '축의 시대'에 각 문명권에서 동시다발로 등장하셨다.

호모 사피엔스의 브레인이 전지구적으로 연결되어 있음을 증명해 주는 극적인 사례에 해당한다. 그들이 설파한 지혜는 앎과 비움, 연기, 윤리, 무위 등 한마디로 모두 무형의 것이었다. 하지만 그것들은 이후 인류에겐 없어서는 안 되는 '일용할 양식'이 되었다. 문명의 토대가 되고 비전이 되고 문화의 내용과 형식, 법과 도덕 등 모든 유형의 제도들이 그들의 가치로부터 만들어졌다. 그러니 얼마나 많은 일자리를 창출했겠는가. 지혜가 '밥 멕여' 준다는 이치가 바로 이것이다.

갠지스 강의 모래알보다 더 많은 복덕을 쌓는다 해도『금강경』사구게를 수지독송하는 것과는 비교할 수 없다.

『금강경』을 대표하는 구절이다. 갠지스 강의 모래알이라니, 그야말로 무량겁에 해당하는 숫자다. 그것보다 많은 복덕을 쌓는 것도 언감생심인데, 그것도『금강경』사구게를 수지독송하는 것에 비하면 하찮은 일에 불과하다는 것. 뻥이 너무 심한 거 아닌가 싶지만, 곰곰이 음미해 보면 깊은 뜻이 담겨 있다. 복덕은 아무리 많아도 물질의 한계를 벗어나지 못한다. 깨달음은 무형의 파동이다. 물질적 활동과는 차원도, 클래스도 다르다. 그러니 비교 자체가 불가능하다! 소크라테스의 자기 배려, 공자의 인, 노자의 무위자연역시 다 마찬가지다. 그것은 물질적 성취를 훌쩍 뛰어넘는다. 그래서 시공을 넘어 지금까지 무수한 중생들을 '멕여살리고' 있는 것이다. 중생들은 눈앞에 있는 물질만 바라보느라 그 원천에 무엇이 있는지를 보지 못할 뿐.

이후 역사의 변전과 굴절 속에서 숱한 부침을 겪었지만 그럼에도 여전히 저 스승들의 가르침은 굳건히 살아남았다. 아니, 앞으로는 더더욱 시대적 비전이 될 전망이다. 소크라테스 없는 서양을 상상할 수 없고, 공자·노자·부처 없는 동양은 더더욱 상상할 수 없다. 그것은 마치 물과 공기, 그리고 밥처럼 대기를 가득 채우고 있다. 전자파처럼 미립자처럼 그렇게 존재한다. 한계도 없고 헤아릴 수도 없고 가늠할 수도 없다. 그러므로 문명의 비전은 이제 더 이상 소유와 증식을 향해 나아가지 않을 것이다. 아니, 그래서는 정말 곤란하다.

디지털은 흐름이고 파동이다. 주체나 자아가 들어설 여지가 없다. 그러면 소유와 축적은 무의미하다. 공유를 통한 새로운 흐름과 생성의 프로세스가 필요할 뿐. 그래서 존재 자체가 증여가 되는 상황이 펼쳐진다. 저 현자들이 하는 공통적 이야기가 있다. 카렌 암스트롱의 말을 빌리면 자비와 공감이 그것이다. 그것만이 전 지구를, 나아가 전 우주를 연결할 수 있다는 것이다. 그것만이 자연의 법칙이자 신의 뜻이라는 것이다. 그렇다면 인간도 그 길을 가야 한다. 그게 가장 거룩하고 통쾌한 일이니까. 이미 미래학자들이 '소유의 종말'을 외친 지는 꽤나 오래되었다. 4차산업혁명의 도래와 함께 공유경제가 정치경제학의 중요한 프레임으로 떠오른 것도 같은 이치다. 소유에서 증여로! 고립에서 공감으로! 문명의 비전은 이렇게 나아가게 될 것이다. 다만 그것을 각자의 현장에서 어떻게 구현할 것인가? 문제는 거기에 있다.

그래서 읽고 써야 한다. 특히 고전의 바다를 유영해야 한다. 고전이란 무엇인가? 존재와 세계에 대한 근원적 탐구다. 하여, 고전의 세계를 탐사하다 보면 반드시 저 현자들을 만나게 되어 있다. 왜냐하면 동서양 지성사의 모든 영역이 저 현자들의 사상적 그물망 안에 있기 때문이다. 어느 시대, 어느 저자를 탐구하더라도 마찬가지다. 니체를 읽어도 기독교와 소크라테스, 그리스 비극을 알아야 하고, 연암을 읽어도 양명과 주자, 그리고 공자를 만나게 되어 있다. 정치경제학이나 자연과학, 예술, 인류학 다 마찬가지다. 그 어떤 앎의 여정도 '축의 시대' 현자들로 이어진다. 그들이 설파한 자비와 공감이라는 메시지와 필연코 마주치게 된다. 그 지혜의 파동에 접속하는 것이 곧 읽기와 쓰기다.

그러면 카렌 암스트롱의 말—"우리는 한 번도 축의 시대의 통찰을 넘어선 적이 없다"(암스트롱, 『축의 시대』, 7쪽)에 동의하게 될 것이다. 그리고 위기의 시대마다 그래 왔고, 지금 이 시대에도 왜 '축의 시대를 돌아보며 길을 찾아야 하는'지도 알게 될 것이다. 단순히 부를 분배하고 물질을 나누는 것으로는 부족하다. 삶과 삶이 그 자체로 연결되는 길을 찾아야 한다. 그러면 알게 되리라. 갠지스 강의 모래알보다 많은 복덕을 쌓는다 해도 『금강경』 사구게를 늘 수지독송하는 것과는 비교할 수 없다는 그 오묘한 이치를. 그러니 감히 현자들의 사유를 향한 지적 여정을 시작하라! 그들의 지혜를 길어올려 문명의 비전, 일상의 윤리로 적극 활용하라! 고전을 읽고, 낭송하고, 토론하고, 리-라이팅을 해야 하는 이유가 거기에 있다.

디지털 노마드―글쓰기는 미래다!

4차산업혁명에 대한 온갖 정의들이 있지만 나는 감히 이렇게 규정하고 싶다. 백수가 백세 사는 세상! (이에 대해서는 『조선에서 백수로 살기』를 참조.) 백수가 대세라는 건 충분히 이해될 것이다. 앞으로 노동에 대한 전통적인 의미는 사라질 것이다. 이제 시장의 유연성은 불가피하다. 그렇다면 누구든 평생 한 번은 백수의 시기를 거쳐야 한다는 것. 즉 인생의 주기 중 언젠가는, 혹은 수시로 직업 없는 상태에 돌입해야 한다. 나아가 노동과 노동 아닌 것의 경계도 사라지고 있다. 당장 돈이 되진 않지만 뭔가를 배우는 시기는 노동인가? 학습인가? 놀이인가? 아마 그 모든 것이라고 해야 맞으리라. 앞으로 어떤 변화가 올지 모르지만 이런 식의 유동성이 더더욱 심화될 것만은 분명하다. 이런 흐름에 적응하려면 무엇보다 자의식을 버리고 경쾌하게 사는 법을 익혀야 한다.

또 하나, 바야흐로 백세인생이 시작되었다는 사실이다. 이 말은 무슨 뜻인가? 정규직에 취업해도, 또 중도하차하지 않아도, 정년을 무사히 마친 다음에도 아주 긴 시간을 직업이 없는 상태로 지내야 한다는 뜻이다. 결국 백수는 특별한 상태가 아니라 누구든 거쳐야 하는 보편적 코스가 되었다. 당연히 노동을 중심으로 삶을 기획하는 방식에서 벗어나야 한다. 노동은 하나의 요소일 뿐이다. 대신 관계와 취향, 여가와 휴식, 성찰과 지혜 등이 삶의 전면에 나서게 되었다. 어찌 보면 인류 역사상 처음으로 먹고 사는 문제에 매달리지 않아도 삶을 영위할 수 있게 된 것이다. 당연히 육체노동 역시 현저히 줄어들고 있다. 그럼 뭐가 달라지는가? 시간이 남는다. 또 정신활동의 영역이 대폭 늘어나게 된다. 정신활동이란 앞에서 말한 여행, 놀이, 유흥, 레저, 감각적 즐거움을 위한 각종 아이디어 등도 포함되고, 이성이나 논리, 지성과 영성 같은 심오한 활동도 포함된다. 현재는 전자 쪽으로 심하게 치우쳐 있지만, 앞으로는 자연스럽게 후자로 방향을 전환하게 될 것이다. '즐거움엔 끝이 없다'고 하지만 실상은 그렇지 않다. 무작정 노는 일만큼 지겨운 것도 없고, 즐거움도 극에 이르면 끔찍하게 공허해지는 법이다. 그건 윤리가 아닌, 생리적 법칙이다. 그러면 자연히 존재의 무게중심을 후자의 방향으로 옮기게 될 것이다.

자, 여기에 더해 바야흐로 정보화사회다. 정보가 세상을 지배하는 시대라는 뜻이다. 여기서 정보는 일차적으로 산업의 동력이다. 그와 더불어 정신활동을 위한 모든 정보 역시 다 접근 가능하다. 전세계 모든 지적·영적 스승들의 이야기를 다 접할 수 있다. 인도의 자이나교는 고행으로 유명한 종교다. 평생 목욕을 하지 않고 남이 흘리는 밥만 먹어야 하고, 벌레들을 죽일까 봐 옷도 거의 입지 않는다. 그냥 듣기에는 기행을 일삼는 종교 같지만 인도에서는 가장 영향력이 높은 가르침이라고 한다. 최근 인도의 청년들이 자이나교로 출가하는 경우가 급증한다는 소식이다. 경쟁과 스트레스에 지친 청년들이 그 멍에를 벗어던지는 길을 자이나교에서 찾고 있는 것이다. 참 의아했다. 고행과 기행으로 가득한 종교가 어떻게 청년들과 접속할 수 있었을까? 답은 바로 유튜브다. "자이나교에 관한 스토리는 짧은 영화로 만들고, 소셜미디어를 통해 공유됩니다. […] 짧은 이야기를 1분이나 2분만에 보는 것은 실제로 젊은이들에게 많은 영향을 미칩니다." 이야기는 계속된다.

> "이런 동영상들은 영광스럽게 세상을 포기하고, 심지어 때때로 수도승을 슈퍼히어로로 묘사합니다. 이런 잘 만들어진 동영상은 대개 왓츠앱을 통해서 돌아다닙니다. 자이나교 수도승인 무니 진바트살야 비제이 마하라즈사헤브는 과거 수년 동안 자이나교 NGO가 만든 영화가 젊은이들이 종교에 접근하는 아주 결정적인 역할을 하였다고 말합니다. 그 자신도 수백만 뷰의 유튜브 동영상 몇 편을 발행했습니다. 만약 젊은이들에게 다가서고 싶다면 그들을 여기로 데려

오려고 할 것이 아니라 그들이 있는 곳으로 가는 것이 더 쉽습니다. 유튜브는 젊은이들이 가장 많은 시간을 보내는 곳이어서 최선의 선택이었습니다."(「20세 인도여성, 맨발로 목욕하지 않는 삶을 선택한 이유」,『서울신문』, 2019. 7. 8.)

놀라운 세상이다. 자이나교가 이럴진대 불교, 이슬람, 기독교 등 다른 익숙한 종교들이야 말할 것도 없다. 어디 종교뿐이랴. 공자의 사상, 사마천의 『사기』, 플라톤, 니체, 스피노자 등등. 유튜브는 지성사의 대양이다. 20세기만 해도 최고 교육을 받고 이 방면에 박사코스를 밟는 이들에게만 허용된 지식들이 모든 이들에게 오픈된 것이다. 그리고 완전 공짜다!^^ 세상에나~ 이게 소유의 종말, 공유경제의 산물이 아니고 뭐란 말인가? 혁명, 혁신, 그 무엇으로도 이 감격을 다 표현하기는 어렵다.

자, 그럼 이 복된 시대에 백수들은 무엇을 해야 할까? 당연히 이 지성의 바다를 유영해야 한다. 이것은 지극히 당연하고도 마땅한 일이다. 노동과 화폐에 지배당하지 않는 시간, 육체적 정력을 필요로 하지 않는 활동의 무대를 열어젖혀야 한다. 시공의 새로운 지평을 향해 나아가야 한다. 이 길을 가는 자들이야말로 진정 디지털 노마드다. 디지털 노마드는 다양하게 뻗은 정보의 길에서 지성과 영성을 향한 새로운 속도와 리듬을 구현하는 존재다. 글쓰기가 그 실천이자 전략이다. 글쓰기는 내가 그 길에 들어섰음을 증명하는 최고의 방편이다. 언어를 창조하고 스토리를 구성하고 사건을 편집하고…. 어떤 활동보다 역동적이다.

이전에 글쓰기는 정착민들의 것이었다. 크고 우아한 서재를 가진 자들, 지식을 잔뜩 짊어지고 있는 자들, 천재성으로 무장하고 창백한 자의식으로 넘치는 이들의 몫이었다. 이제는 다르다. 서재도 지식도 자의식도 필요하지 않다. 그 모든 것은 스마트폰에 다 들어 있다. 그저 필요할 때 참조만 하면 된다. 이게 바로 디지털 노마드다.

디지털 노마드는 노트북과 스마트폰만 있으면 언제, 어디서든 글을 쓸 수 있다. 이 또한 기적이다. 물론 스마트폰으로 영상과 음악, 미술과 디자인 등 수많은 작업이 가능하다. 하지만 그 모든 것 중에 글쓰기보다 더 간결하고 명쾌한 작업이 있을까? 그런 점에서 나는 예술이 좀 별로다. 이렇게 기술이 첨단화된 시대에도 예술은 여전히 너무 많은 비용과 시설, 공정과정을 필요로 한다는 점에서 그렇다. 『주역』의 원리는 한마디로 정리하면 간(簡)과 이(易). 간단하고 쉬워야 한다는 뜻이다. 그래야 우주의 법칙에 부합한다. 그래야 뭇생명을 낳고 기를 수 있다. 그래야 무수한 변이와 생성이 가능하다. 복잡하고 화려한 건 지엽말단이다. 20세기가 낳은 최고의 법칙, $E=mc^2$을 보라. 얼마나 아름다운가? 얼마나 지고한가? 인생도 거기에 가까워야 한다. 그래서 글쓰기다. 글쓰기는 오래된 양식이다. 하지만 지극히 단순하다. 기교나 테크닉이 필요하지 않다.

그래서 미래다. '오래된 미래'로서의 글쓰기! 그러니 부디 알려고 하라! 부디 쓰려고 하라!

☆ 사족 서두에서 한 살짜리 꼬마 겸제에서 시작했으니 다시 겸제로 마무리해야겠다. 겸제는 토요일마다 엄마 아빠와 같이 〈감이당〉 수업을 듣는다. 토성(토요대중지성)은 장년들의 자립을 위한 과정으로 일명 '장자스쿨'이다. 〈감이당〉에서 2년 이상 공부해야 입학할 수 있다. 학인들은 각자 하나의 고전을 선택해서 1년 동안 리-라이팅을 시도해야 한다. 올해 학인들이 선택한 고전은 니체, 양명, 들뢰즈/가타리, 장자, 금강경, 조르바, 루쉰, 모비딕 등이다. 겸제는 그 모든 수업에 함께한다. 이곳저곳 돌아다니기는 하지만 학인들이 발표를 할 때는 조용히 잘 듣는다.

그러다 내가 코멘트를 할 때면 옹알이를 폭발한다. 진지하고 엄숙하게 듣던 학인들이 갑자기 웃음을 터뜨린다. 졸지에 튜터로서의 나의 권위도 치명상을 입는다.^^ 대신 발표 준비로 경직된 학인들의 스트레스를 한방에 날려 준다. 한 학기가 지날 때쯤 겸제는 모든 멤버들의 친구가 되었다. 배움은 이렇듯 사람과 세상을 연결한다.

2부
실전편

대중지성의 향연

* 〈감이당〉에선 지난 몇 년간 글쓰기 강의를 단기적으로 개설한 바 있다. 대중지성 프로그램이 1년이라는 긴 호흡으로 읽고 쓰고 낭송하는 과정이라면, 이 단기강좌들은 8주에서 10주 정도로 호흡이 짧은 편이다. 1년이라는 시간을 온전히 투여하기 어려운 이들, 하지만 글쓰기에 입문하고 싶은 이들을 위한 초보과정에 해당한다.

그 중에서 칼럼, 리뷰, 에세이, 여행기에 대한 강의록을 녹취해서 '실전편'을 구성했다. 매 과정마다 30명에서 40명 정도의 회원들이 참가하였고, 8명에서 10명 단위로 조를 나눈 다음 튜터들의 지도하에 매주 정해진 스텝을 찬찬히 밟아 가는 식이다. 녹취록의 양이 워낙 많고 방대해서 거의 10분의 1 수준으로 줄였다. 그 과정에서 비약이나 중언부언, 횡설수설 등이 불가피했다. 현장의 생동감이라 여기고 이해해 주기 바란다.

각 편마다 시작 부분에는 〈감이당〉 홈페이지에 공지되었던 '강의안내문'을 첨부했다. 강의를 개설하는 취지 및 강의 진행방식을 알아야 본문을 이해하기 쉬워서다. 혹 필요하다면 다른 글쓰기 현장에서 적절하게 활용해도 무방하다. 그리고 각 편의 끝에 '예시문'을 하나씩 실었다. 강의 마지막 날 발표한 글 가운데 다같이 음미해 볼 만한 글을 선택했다. 미흡하면 미흡한 대로 예리하면 예리한 대로 좋은 참조가 되리라 생각한다.

1. 칼럼 쓰기 : 1,800자의 우주

지성이란 곧 '읽기/말하기/쓰기'입니다. 그 중에서 '쓰기'는 지성의 최종심급입니다. 책을 만나고(읽기) 타자와 접속하면서(말하기) 이전과는 '다른 나'를 창조해 내는 과정이기 때문입니다. 거기에는 존재의 내공과 궤적이 고스란히 담겨 있습니다.

고로, 글쓰기만큼 '인간적'이고, 글쓰기만큼 '역동적'인 실천은 없습니다.

첫번째 시즌은 '칼럼 쓰기'로 시작합니다. '칼럼적 글쓰기'란 분량은 짧고 메시지는 강렬해야 합니다. 단 한 글자도 낭비하거나 에둘러 가선 안 됩니다.

키워드는 '몸·병·시대'입니다. 살아 있는 한 누구나 아프고, 누구나 괴롭습니다. 따라서, 아픔과 괴로움은 존재와 시대의 거울입니다. 하여, 개인과 사회, 몸과 우주, 질병과 시대를 단숨에 관통하는 사유의 모험, 그 과정으로서의 글쓰기를 시도해 보고자 합니다.

(* 본 강좌는 글쓰기 기초 강좌로 '왕초보' 학인을 환영합니다.)

1강 : 초식1— 발원하라! 집중하라! (고미숙)

2강 : 생각의 편린들을 메모형식으로 **발표**한다

      (교재의 1장과 6장을 바탕으로 튜터의 지도하에 조별토론으로 진행)

3강 : 초식2— 사계절의 리듬을 타라! (고미숙)

4강 : 글의 순서를 잡고 전체 개요를 600자 정도로 **정리**한다

      (교재의 5장, 7장, 8장을 참조할 것. 튜터의 지도하에 조별토론으로 진행)

5강 : 초식3— 일상의 모든 것을 활용하라 (고미숙)

6강 : 에피소드와 인용문을 배치하여 **1,200자 이상으로** 정리한다

      (교재의 2장, 3장, 4장을 참조할 것. 튜터의 지도하에 조별토론으로 진행)

7강 : 초식4— 절차탁마, 자의식과의 전투 (고미숙)

8강 : 칼럼의 완성1 : **발표/토론**

      (2,000자 정도로 넉넉하게 작성할 것! 튜터의 지도하에 조별토론으로 진행)

9강 : 칼럼의 완성2 : 수정, 또 수정!

      (1,800자로 완성! 튜터의 지도하에 조별토론으로 진행)

10강 : 종합토론 : 글쓰기와 양생, 그리고 삶의 기술에 대하여 (고미숙)

* 완성된 칼럼은 mvq에 등재됩니다.

교재 : 『고미숙의 몸과 인문학』(북드라망)

초식1—발원하라! 집중하라!

글쓰기 강의에 오신 것을 환영합니다. 첫번째 형식은 칼럼 쓰기인데, 원고 양은 1,800자. 딱 한 장 분량이죠. 너무 짧은 형식이라 시간이 없어요, 아는 게 없어요, 라는 핑계가 불가능하죠.(웃음) 1,800자에서 시작해서 3,500자, 8,000자, 10,000자. 그러다가 A4 10장 정도를 자유롭게 쓸 수 있으면 책을 낼 수 있습니다. 거기까지 가려면 기본기를 튼튼히 하는 게 뭣보다 중요합니다.

가장 먼저 익혀야 할 초식은 발원과 집중입니다. 발원, 집중, 이런 단어는 굉장히 종교적이고 윤리적인 표현인데, 이게 무슨 글쓰기 기술이지? 라고 생각할 수 있어요. 그게 바로 글쓰기에 대한 오해입니다. 이제 수없이 듣게 되겠지만 글을 쓰려면 내공이 필요해요. 내공은 욕망과 능력의 함수라고 할 수 있죠. 간절히 바라는 마음이 욕망이라면, 그것을 지속하는 힘이 능력이겠죠.

제가 처음 글이라는 것을 쓰던 때가 생각나는데요. 대학 졸업 후에 이리저리 방황하다가 대학원엘 갔는데, 첫 학기에 저희 어머니가 보증을 잘못 서서 완전히 빚더미에 올라앉은 거예요. 완전 최악이었죠. 근데 그것보다 더 끔찍했던 게 저의 무지함이었어요. 그 시절의 대학원, 특히 국문과는 지성의 파토스가 엄청나게 뿜어지던 시기였죠. 선생님들은 말할 것도 없고 선배들의 카리스마에 압도당할 지경이었으니까요. 첫 리포트를 발표하던 날의 풍경이 지금도 선합니다. 그 교실의 배치며 그 분위기 하며…. 덜덜 떨면서 거우 발표를 했는데, 완전 박살이 났죠. 그러고 나서 완전 멘붕에 빠져서 거의 한 달 동안 불면의 밤을 보낸 거 같아요. 솔직히 우리 집이 파산한 것보다 더 힘들었어요.

정말 골수에 사무친다, 는 게 이런 거구나. 연애할 때 이렇게 사무친 적이 있었나? 짝사랑하다 차였을 땐 오히려 '아, 속 시원하다. 이제 해방이다', 이런 체험은 했어도 이런 사무침은 정말 처음이었죠. 정말 그때로서는 내가 글쓰기를 제대로 하는 날이 올까 싶을 정도로 아득했지만, 그래도 이상하게 포기할 생각은 들지 않았어요. 그게 참 신기하긴 합니다. 되새겨 보면 이렇게 생각했던 거 같아요. 뭐 어차피 평생을 할 건데 10년 뒤에 내가 쫌 제대로 된 글을 쓸 수 있으면 그것만으로도 좋겠다. 그때가 20대였으니까 10년 뒤에는 30대, 20년 뒤에도 40대잖아요. 40대에 저자가 되는 것도 괜찮아, 이런 식으로요. 그러니까 정말로 원한다면 저절로 속도조절을 할 수 있다는 거죠. 그래서 저는 글쓰기가 참 좋은 수행이라고 생각합니다.

그다음, 인생을 살아가려면 누구든 자율성과 능동성을 발휘하는 길을 반드시 확보해야 돼요. 다른 길도 있긴 하겠지만 가장 보편적인 것은 역시 글쓰기라고 할 수 있죠. 그리고 어차피 산다는 건 갖가지 고난을 겪는 거잖아요? 피할 수 없을 바에야 아예 부딪혀서 겪어 버리는 게 낫죠. 그렇게 생각하면 글을 쓰면서 겪는 괴로움 혹은 외로움은 굉장한 액땜이 됩니다. 많은 재앙들을 막아 줍니다.(웃음) 이걸 안 겪는다고 편안하게 사는 게 절대 아니에요. 평탄하면 평탄한 대로 또 불안에 시달리더라구요. 이 오묘한 이치를 잘 되새겨들 보세요.

해서, 글쓰기를 통해 삶의 기예를 닦는 계기로 삼아 보자, 뭐 이런 말입니다. 그래서 발원과 집중입니다. 지금부터 일주일 동안 그렇게 살아보는 거예요. 보통 숙제를 어떻게 하십니까? 뺀질뺀질 놀다가 마지막에 후다닥하죠. 특히 방학 숙제할 때 일기를 그렇게 쓰죠. 날씨는 기억이 안 나니까 친구 거 다 베끼고.(웃음) 그런 경험 다 있죠? 제가 중1 여름방학 때, 우리나라에 50년 만에 찾아온 태풍과 홍수로 마을이 다 떠내려갔어요. 마을과 마을 사이에 있었던 학교도 치명타를 입었죠. 저희 집도 피난을 가고 난리였는데, 그 와중에 '오, 방학 숙제 안 해도 되나?' 그런 생각이 떠오르더라구요.(웃음) 근데, 동네 스피커에서 방송이 나오는데, 학교가 엉망진창이 되었으니 와서 복구작업에 참여하라는 거예요. 해서 갔더니 운동장 한가운데 트럭이 떡! 있더라고요. 교실에 들어찬 온갖 진흙들을 트럭으로 실어 나르는 거야, 여중생들이. 지금 외국인 노동자도 그런 노동은 안 할 걸요? 그래도 정말 죽어라고 복구작업을 했죠. 숙제를 안 해도 된다는 기대감으로.(웃음) 근데, 웬걸! 개학날 선생님 왈, 이틀 시간을 줄 테니 다 제출하라는 거예요. 오마이갓! 그때의 당혹감이 지금도 생생합니다. '역시 숙제는 미루면 안 되는

구나!'를 깨닫게 되었죠.

감이당 학인들도 에세이 발표 때면 금요일 밤 10시까지 올려라, 시간을 어기면 가혹한 응징(벌금^^)이 기다린다고 해도 정말 근근이 올리거나 3분, 10분을 어기는 분들이 꼭 있어요. 마감에 임박해서 후다닥 하는 거죠. 왜 이런 데드라인을 설정하냐면 이게 없으면 우리 몸은 절대 수렴을 못 해요. 원고는 반드시 마감이 있습니다, 아니 있어야 돼요. 그래야 집중이 가능하니까요. 이게 제대로 이루어지려면 어떻게 해야 돼요? 금요일 밤 10시까지면 금요일 밤 9시부터 하면 안 되겠죠? 글의 퀄리티는 둘째 치고, 불안, 초조, 스트레스를 자초하는 길입니다. 그러고 나선 온갖 핑계를 대기 시작합니다. 갑자기 사고가 났다, 허리를 다쳤다, 기분이 꿀꿀했다 등등. 심지어 몇 년 동안 에세이 발표 때만 되면 꼭 허리가 아픈 분들도 있었어요. 상습범이죠.(웃음)

이런 핑곗거리를 완전히 없애기 위해서 1,800자로 시작하는 거예요. 1,800자는 한 장인데 이걸 무려 10주에 걸쳐 쓴다는 거예요. 핑계 대기가 민망하겠죠? 글쓰기를 배운다는 건 뭐야, 인생에 핑계 따위는 없다는 것, 변명은 필요없어!, 그것만 깨달아도 너끈히 살아갈 수 있습니다. 그러면 지금부터 해야 할 미션이 뭐냐? 키워드가 '몸·병·시대'니까, 쉽게 말하면 몸과 인문학인 셈이죠. 이걸 단서로 '몸과 정치', '몸과 교육', '몸과 여성' 등등에 대한 생각을 하고 그 생각의 편린들을 자유롭게 메모를 해오시는 겁니다. 너무 쉽죠? 그래도 너무 막막해! 이런 분들은 교재 『고미숙의 몸과 인문학』을 참고하시면 됩니다.

이 책은 제가 『동아일보』에 1년 동안 연재했던 칼럼 모음인데요. 신문에 1,800자를 쓰는 건 엄청난 양이에요. 제가 처음 신문 연재를 한 것이 20년 전엔가 『한겨레신문』에 동서양 고전에 대한 칼럼을 쓰는 거였어요. 원고량이 6.5매, 그럼 1,300자 정도죠. 지면의 한 귀퉁이를 차지하는 그런 정도죠. 처음엔 정말 기가 막히고 코가 막혔죠.(웃음) 하지만 일단 연재를 시작하는 순간 그 안에 정말로 많은 내용이 들어간다는 걸 알았어요. 덕분에 문장연습을 많이 했죠. 접속사, 종결어미에 그렇게 신경을 많이 쓴 적도 없는 거 같아요. 글자 하나가 얼마나 중요한 건지도 체험했구요. 또 하나는 일간지는 마감을 칼같이 지켜야 돼요. 월간지, 계간지는 나름 여유가 있지만 일간지는 분초를 다투는 거라 얄짤이 없어요. 그것도 저한테는 큰 수련이었죠. 덕분에 원고마감을 잘 지키는 '보기 드문 저자'가 되었는데, 이게 너무 당연한 거 같지만 출판사 말을 들어 보면 정말 희귀한 사례라고 합니다. 여러분도 나중에 책을 쓰게 되면 제발 약속을 잘 지키는 저자가 되길 바랍니다. 그것만으로도 출판계에선 크나큰 명성을 얻을 수 있어요.(웃음)

그래서 몸과 인문학에 대한 생각의 편린들을 자유롭게 메모하라, 가 첫번째 미션이에요. 자유롭게 해오는 거니까 생각의 단편들을 가지고 오시면 돼요. 그걸 가지고 토론을 하다 보면 하나의 주제로 압축이 됩니다.

그다음, 당연한 말이지만 집중한다는 건 일주일 내내 하는 거예요. 그래야 숙제가 아니게 되는 거죠. 일상을 살아가면서 늘 그 주제에 집중하는 거, 선방에서 화두를 드는 거랑 비슷한 게 아닐까 싶은데요. 그러면 막 눈에 보입니다. 지하철에 성형광고가 얼마나 많은지, 왜 광고에 나오는 연예인들은 저렇게 야한 포즈를 취하는지, 요즘이라면 먹방은 왜 이리도 넘치는지, 저렇게 먹어도 비위가 멀쩡할까 등등. 그런 것들이 바로 일상과 세계를 재발견하는 거예요. 그렇게 하다 보면 뭔가 반짝! 하고 떠오르는 것들이 있어요. 그때 잽싸게! 메모를 하세요. 아무거나 상관없어요. 당연히 잡다하겠죠. 그걸 정리해서 오시면 됩니다. 이게 바로 집중력이에요.

저는 이렇게 했습니다. 첫 학기, 첫 발표를 너무 엉망으로 해서 한 달 정도를 못 잤다고 그랬잖아요? 해서 그다음 학기부터는 발표순서가 정해지면 그 주제를 한 학기 내내 마음속에 담고 다녔어요. 발원을 하는 거죠. 해서 '화두를 든다'는 말을 쪼금 이해를 하게 되었죠. 그리고 매일 대학원 도서관에 가서 그 주제에 대해 생각나는 대로 아무거나 썼어요. 나는 반드시 발표를 할 거다, 근데 나는 지금 완전 바닥이다, 아는 게 단 1도 없어, 그러니까 매일 한 거죠. 다른 사람은 일주일 전에 해도 폼나게 되는데 저는 학기 초부터 했죠. 그래야 겨우 리포트처럼 보이는 글을 작성할 수 있으니까. 실력은 금방 안 늘지만 대신 집중력은 꽤 늡니다. 그리고 이점이 또 있어요. 사람들이 저를 엄청 성실한 사람이라고 생각하게 되었죠. 늘 도서관에서 살다시피 했으니까요. 그냥 앉아서 멍 때리면서 머리를 쥐어뜯고 있었는데도 이런 명성을 얻게 된 거죠.(웃음)

또 하나가, 한 2년 정도는 세미나에서 질문을 한 번도 못 했어요. 토론을 따라가기엔 너무 아는 게 없었거든요. 진짜 질문 한 번 해보는 게 소원이었어요. 제가 할 수 있는 일은 그냥 출석하는 거. 그래서 모든 세미나에 한 번도 빠지지 않고 출석했어요. 그게 저의 존재감을 알리는 유일한 방법이었죠. 한 3년쯤 되니까 그때서야 토론에 끼어들 수 있게 되더라구요. 현장을 지키는 게 얼마나 중요한지를 온몸으로 알게 된 거죠. 처음엔 누구나 서투릅니다. 못해도 괜찮아요. 하지만 간절히 발원하기, 즉 '몸과 인문학'이라는 테마를 화두처럼 들고 다니기, 그리고 항심을 갖고 집중하기, 즉 현장을 놓치지 않는 것, 이것은 꼭 실천하셔야 됩니다. 자, 그럼 오늘은 여기까지.

초식2―사계절의 리듬을 타라

두번째 강의를 시작할까요? 지난주에 '몸과 인문학', '몸, 병, 시대', 이런 낱말들에 집중하라는 미션을 줬죠. 이렇게 바운더리를 설정한 이유는 그게 없으면 생각이나 글이 사방으로 흩어지기 때문이에요. 제일 쓰기 어려운 원고청탁이 '자유롭게 쓰세요'예요.

그런 글은 일단 시작점을 잡을 수가 없어요. 막막하기 그지없죠. 붓 가는 대로 쓴다는 말이 있지만, 그건 대개의 경우 무질서를 향해 치달리게 됩니다. 물리학에는 엔트로피 법칙이라는 게 있어요. 사물들은 늘 무질서를 향해 달려간다는 겁니다. 태양도 계속 폭발 중이라고 하잖아요? 집도 조금만 방치하면 여기저기 허물어집니다. 매일 청소를 하지 않으면 순식간에 쓰레기더미가 되어 버리죠. 우리의 생각도 그렇습니다. 자꾸만 흩어지려는 속성을 지니고 있기 때문에 여기에 저항하지 않으면 막 휩쓸려 갑니다.

그래서 두번째로 해야 되는 작업이 뭐냐. 일주일 동안 메모한 내용들에 질서를 부여하는 거죠. 산만하게 흩어진 아이디어들, 거기에 리듬을 부여하는 겁니다. 기준은 간단해요. 바로 봄-여름-가을-겨울, 사계절입니다. 우리라는 존재가 이 리듬 안에서 살고 있기 때문에 우리의 모든 활동도 여기에서 시작해야 합니다. 좀 어색하면 기승전결이라고 해도 됩니다.

봄은 뭐예요? 봄은 일어나는 기운이죠. 기승전결도 마찬가지죠. 기(起)는 일어난다는 뜻이에요. 봄은 그래서 그 역동성으로 사람들을 확 사로잡아요. 그래서 칼럼도 맨앞에 아주 다이내믹한 기운이 들어가야 됩니다. 근데 1,800자 안에 몇 글자 정도를 내가 봄에 할당할까? 이것도 본인이 조율해야 됩니다. 초보자일 때는 대체로 가운데 부분, 승(承)하고 전(轉)에 좀더 양을 배분해야겠죠? 승은 기에서 제기한 문제를 확 펼쳐야 하고, 전은 말 그대로 전환이 일어나야 합니다. 그게 가을의 결실이죠. 결(結)은 전체 논지를 압축하면서 응축해야 합니다. 겨울이 되면 모든 만물이 씨앗으로 돌아가듯이 말이죠. 이게 리듬을 타는 겁니다. 기준은? 봄-여름-가을-겨울. 기승전결이라고 해도 좋고, 발단 – 전개 – 절정 – 대단원이라고 해도 상관없어요. 뭐가 됐건 리듬을 타야 합니다. 글쓰기만 그런 게 아니고 삶이 온통 그래요. 한평생도 그렇고 일 년도 그렇고, 하루도 그렇죠. 시작, 중간, 변화, 마무리, 세상만사는 다 이렇게 이어진다는 겁니다. 이렇게 리듬을 탈 수 있어야 엔트로피 법칙에 저항해서 정신줄 잡고 살 수 있죠.

자, 그럼 한 스텝씩 다시 한번 짚어 봅시다. 기(起)는 역동적 에너지를 뿜어내는 봄의 기운인데, 봄에 새싹이 돋아날 때 보면 다 비슷해 보이지만 똑같은 건 하나도 없어요. 하나하나 다 고유함을 갖고 있죠. 풀꽃 하나마다 생명 에너지가 충만하기 때문에 그게 그냥 한 무더기로 일반화되지 않아요. 나랑 만나는 순간 강렬한 임팩트를 연출하거든요. 그와 마찬가지로 우리가 평소에는 어떻게 사냐면 통념과 상식이라고 하는 그 언 땅에서 살고 있는 거예요. 통념과 상식은 견고하고 고집스럽죠. 그건 비옥한 땅이 아니고 얼어붙은 땅이에요. 그걸 어디서 알 수 있냐면 주고 받는 말들이 거의 비슷해요. 거기서는 나의 고유한 생명력을 일으킬 수가 없어요. 나의 고유한 씨앗을 발아시키려면 어떻게 해야 하는가? 이 언 땅을 뚫고 나가야 돼요. 상식과 통념이라는 이 경직된 땅, 아주 빈곤한 땅을 뚫어야지 나의 언어가 창조되는 거예요. 문제제기의 핵심은 바로 거기에 있어요. 거창하고 비장한 문제제기 이런 건 필요없어요. 이 풀꽃 하나가 보여 주는 생명력, 그거 하나면 충분해요. 좀 실감이 오나요? 문제제기 자체가 사람들에게 확 생기를 일으켜야 돼요. 진부하다, 이런 평을 들으면 이미 끝난 거죠. 확 갈아엎고 다시 시작해야죠.(웃음)

그래서 그다음 단계가 뭐죠? 새싹이 발아하고 나면 꽃샘추위가 와서 흩어 버리잖아요. 청년기에도 꽃샘추위가 있죠. 모든 문화, 문명권에는 통과의례라는 게 있어요. 아주 가혹한 통과의례. 우리 시대 청년들한텐 대입이 통과의례인데 대입준비를 엄마가 거의 다 해주잖아요. 고3이 되면 엄마들이 왜 스탠바이 하고 있죠? 마치 군주제 시대의 시종들처럼.(웃음) 옛날에는 공부하려면 도회지로 나가야 하고 나가서 자취하고 이러면서 자기 힘으로 살 수밖에 없었죠. 지금은 1일 생활권이라 멀리 떨어져 있어도 엄마의 배후조종이 다 가능합니다. 그러다 보니 청년들이 봄의 새싹으로 피어나는 것이 아니라 부모가 만든 안락한 통념의 대지 안에서 그냥 웅크리고 있는 거야, 그래서 피지를 못하는 거죠. 이런 점을 염두에 두시면 승(承)에서 뭘 해야 되는지 아실 겁니다. 여름엔 활짝 펼쳐야죠. 그러려면 문제를 정면으로 마주하는 힘이 필요한데 대충 보고 대충 해서는 글이 진행이 안 됩니다. 예를 들면, 자기가 수술을 하고도 어디 수술했는지 모르는 사람이 많아요. 그것처럼 그냥 내가 아팠어, 그래서 고통스러웠어, 혹은 마음에 깊은 상처가 있는데, 그게 어디서부터 왔는지 어떻게 나를 구속하고 있는지 도무지 설명을 못 하겠어, 이러면 지금 씨앗이 웅크린 채 말라비틀어지고 있는 거예요. 땅을 뚫고 나와서 꽃샘추위랑 맞짱을 떠야 하는데 그걸 안 하고 있는 셈이죠. 그걸 인정한다면 지금이라도 문제를 클로즈업해서 미세한 디테일을 포착하셔야 됩니다.

그다음 전(轉)에 가면 그야말로 전환이 일어나야 합니다. 반전 혹은 도약이라고도 할 수 있죠. 여기가 칼럼의 핵심 포인트예요. 통념을 확 깨면서 치고 나가야죠. 기(起)가 시작이라면, 승(承)은 전개, 그러니까 여기까지는 연속적인 흐름이잖아요. 봄 여름처럼 자연스럽게 이어지죠. 하지만 그다음 전(轉)에서는 흐름에 급격한 변화가 일어나야 합니다. 여름의 절정에서 가을로 교체되는 시기처럼요. 그걸 우주의 대혁명, 금화교역(金火交易)이라고 합니다. 그러니까 자연은 해마다 혁명을 하는 거죠. 그래야 우주가 제대로 돌아가니까요. 그래야 또 결(結), 즉 겨울의 씨앗이 가능합니다. 결은 늘 열려 있어야 해요. 명료한 답이 있을 수가 없어요. 오히려 새로운 문제를 제기하면서 마쳐야 합니다. 그래서 네버엔딩이죠. 다시 말하면, 제기된 문제가 결론에 와서 훨씬 심화된 혹은 아주 새로운 문제로 구성되어야 합니다. 그게 제일 좋은 결이에요.

한 편의 글을 완성하고 나면 더 많은 테마들이 막 솟구쳐야 됩니다. 그게 글을 제대로 썼다는 뜻이에요. 만약 완결된 방식으로 썼다면 이제 다음 글을 쓰기가 어렵겠죠. 인생의 모든 게 테마고 모든 게 글쓰기의 주젠데, 그게 없다는 건 뭐냐면 문제제기도 어디서 꾸어 온 거고, 그다음 이어지는 바도 상식과 통념 안에서 맴돌았다는 뜻이에요. 겨울에는 씨앗으로 돌아가는 거죠. 씨앗이 되면 유형적인 건 없어요. 빈 허공이 남는 거죠. 빈 허공은 새로운 문제를 잉태하는 현장입니다. 그래야 또다시 생명이 탄생하니까요. 글쓰기의 이치도 마찬가지입니다. 이를테면, 처음에 '내가 왜 이렇게 아프지?'라고 하는 데서 시작했다고 쳐요, 이게 한 리듬을 밟았어, 그러고 나면 '인간은 왜 아픈가?', 이런 새로운 질문을 만나는 거죠. 새로운 문제가 생겨나고, 그다음에 생명이란 모름지기 '아파야 산다'. 이걸 깨닫게 됐어, 그럼 '생노병사가 다 아픔의 변주구나'. 그러면 '병과 치유, 생과 사가 둘로 나눌 수 없는 것이로구나'. 이런 식으로 계속 흘러가는 거예요. 그러다 보면 인생의 거의 모든 문제를 만나게 됩니다.

교재인 『고미숙의 몸과 인문학』을 참조하라는 건 문제제기나 전개방식을 참조하라는 뜻이지 내용을 답습하라는 뜻은 아닙니다. 생각의 단서로만 삼아야지 내용을 흉내내면 안 됩니다. 그건 자기 글이 아니에요. 그럼 어떻게 하라는 거냐? 지난주에 말씀드렸듯이 발원과 집중으로 자기만의 생각을 길어올려야 합니다. 그다음엔 거기에 봄-여름-가을-겨울의 리듬을 부여하면 되죠. 이렇게 정리하니까 너무 쉽네요? 그죠?(웃음)

일단 다음 주는 1,800자의 1/3에 해당하는 600자로 딱 정리를 해오는 겁니다. 600자 안에 기승전결이 다 들어가야 돼요. 이제는 파편적인 단어들의 병치가 아니라 가능한 한 완성된 문장으로 작성해 오셔야 합니다. 일종의 압축파일을 만들어 보는 거죠. 그걸 풀면 완성된 원고가 될 수 있는, 그런 압축파일!

사람마다 치고 나가는 힘이 뛰어난 사람이 있고, 뒷심이 튼실한 사람이 있죠. 문제제기는 막 화려한데, 그게 끝이야, 뒤로 갈수록 그저 그래, 뭐가 안 나와. 이런 스타일이 있는가 하면, 문제제기는 평이한데, 뒤로 갈수록 뭔가 긴 여운이 있어, 이런 스타일도 있죠. 한 페이지 안에도 그게 다 드러나요. 그래서 문체가 곧 얼굴이다! 이런 말도 나온 겁니다. 얼굴은 소중하죠? 얼굴을 가꾸듯이, 문장을 갈고 닦아 보세요.(웃음)

우리는 병들고 정신줄 놓치는 걸 엄청 두려워하는데 그걸 예방할 방법은 없어요. 돈으로도 약으로도 되지 않습니다. 그저 계속 몸과 마음을 훈련하는 것 말고는 달리 길이 없어요. 그 훈련의 핵심이 이거라는 거죠. 리듬을 타는 것. 오늘 해야 할 일들의 차서를 잡아서 그 리듬에 맞춰 해나가는 것. 리듬을 타지 못하면 모든 게 어그러집니다. 관계도 활동도. 그러면 심신이 엄청 스트레스를 받죠. 그게 번뇌를 일으키고 질병을 유발하고. 그러다 보면 자포자기 상태에 빠지게 됩니다. 엔트로피 법칙에 항복해 버리는 거죠. 글쓰기는 거기에 저항하는 최고의 실천입니다. 자, 그럼 다음 시간에.

초식3—일상의 모든 것을 활용하라

벌써 세번째 강의네요. 지난주엔 조별로 발표하고 토론하셨죠. 남의 글 읽고 남이 말하는 거 코멘트하고 비평할 때는 참 쉬웠죠? 근데 참 신기하게도 남의 잘못이나 허점을 보는 건 쉬운데 자기의 허점은 잘 안 보여요. 희한한 일입니다.(웃음) 그래서 글쓰기는 절대 혼자 하면 안 됩니다. 반드시 내 글을 읽고 솔직하게 논평을 해주는 친구가 있어야 해요. 글쓰기 자체가 누군가에게 말 걸기 아닙니까? 독자를 전제하지 않는 글쓰기는 형용모순이에요. 그런 점에서 글쓰기는 그 자체로 네트워크라고 할 수 있죠.

실제로 글을 쓴다는 건 인생과 세계를 마주하는 거예요. 좀 거창해 보이지만 참 평범한 말이에요. 산다는 건 결국 누군가를 만나고 이 세상에 대해 알아 가는 과정이잖아요? 글쓰기는 그걸 언어와 문자로 하는 것뿐입니다. 해서, 글쓰기에서 제일 중요한 건 사람에 대한 관심이죠. 또 세상에 대한 지적 호기심으로 충만해야 합니다. 그게 안되면 글이 제대로 나오기가 어려워요. 자신 안에서, 자의식의 굴레 안에서 맴돌기 십상입니다.

자, 지난번엔 칼럼의 개요를 600자로 정리해 오라고 했죠. 일종의 골조를 짜는 겁니다. 집을 짓건 도로를 개설하건 기본 설계도가 있어야 합니다. 설계도 없이 뭘 짓는다는 건 있을 수 없어요. 그 다음 단계는 뭐냐면 이 골조에다가 육체를 입히는 거예요. 피와 살을 입히는 거예요. 칼럼이고 에세이고, 책이고 다 마찬가지예요. 저도 책을 낼 때 목차를 짜는 일에 가장 주력을 합니다. 어떤 경우에는 자료를 정리하고 그때그때 떠오르는 생각들을 메모하면서 동시에 계속 목차를 짜요. 전체 구도를 잡아 놓아야 제대로 시작을 할 수 있거든요. 그래서 목차를 딱 보면, 이게 책이 될지 안 될지 바로 알 수가 있어요. 〈너의 목소리가 보여〉라는 예능프로를 보면 이 사람이 음치인가 능력자인가를 아는 데 딱 1초면 되더라고요. 딱 한 마디 부르면 다 아는 거야. 처음엔 좀 못해도 그다음 소절부턴 잘할 거야, 이건 불가능합니다. 목차도 마찬가지예요. 목차가 제대로 짜여지지 않았는데, 좋은 글이 나오기는 어렵죠. 어려운 정도가 아니라, 아예 시작도 할 수가 없어요.

그래서 이게 미진하다고 생각하면 계속 시간을 더 투여해서 골조를 짜시고, 그다음에 해야 되는 일은 이게 살아 움직이게 해야 되잖아요. 그럼 살을 어떻게 입힐 것인가가 관건인데, 그걸 위해서는 '일상의 모든 것, 주워들은 것, 책에서 본 것, 관찰한 것, 이런 것을 다 활용하라'가 핵심입니다. 문제는 그것을 어떻게 잘 배열하고 적재적소에 쓰는가에 달려 있는 거죠. 이런 원리를 가장 잘 표현한 게 연암 박지원의 「소단적치인」이라는 글이에요. 한번 같이 감상해 볼까요.

글을 잘 짓는 자는 아마 병법을 알 것이다. 비유컨대 글자는 군사요,

글 뜻은 장수다. 제목이란 적국이요, 고사(故事)의 인용이란 전장의 진지를 구축하는 것이요, 글자를 묶어서 구(句)를 만들고 구를 모아서 장(章)을 이루는 것은 대오를 이루어 행군하는 것과 같다. 운(韻)에 맞추어 읊고 멋진 표현으로써 빛을 내는 것은 징과 북을 울리고 깃발을 휘날리는 것과 같으며, 앞뒤의 조응(照應)이란 봉화를 올리는 것이요, 비유란 기습 공격하는 기병이요, 억양반복(抑揚反覆)이란 맞붙어 싸워 서로 죽이는 것이요, 파제(破題)한 다음 마무리하는 것은 먼저 성벽에 올라가 적을 사로잡는 것이요, […] **용병을 잘하는 자에게는 버릴 병졸이 없고, 글을 잘 짓는 자에게는 따로 가려 쓸 글자가 없다.** 진실로 좋은 장수를 만나면 호미자루나 창자루를 들어도 굳세고 사나운 병졸이 되고, 헝겊을 찢어 장대 끝에 매달더라도 사뭇 정채(精彩)를 띤 깃발이 된다. 만약 이치에 맞다면, 집에서 늘 쓰는 말도 오히려 학교에서 가르칠 수 있고 동요나 속담도 『이아』(爾雅)에 속할 수 있을 것이다. 그러므로 글이 능숙하지 못한 것은 글자 탓이 아닌 것이다. 대저 자구(字句)가 우아한지 속된지나 평하고 편장(篇章)의 우열이나 논하는 자들은 모두 변통의 임기응변과 승리의 임시방편을 모르는 자들이다. 비유하자면 용맹하지 못한 장수가 마음에 미리 정해 놓은 계책이 없는 것과 같아서 […] **그러므로 글 짓는 자는 그 걱정이 항상 스스로 갈 길을 잃고 요령을 얻지 못하는 데에 있는 것이다.** 무릇 갈 길이 밝지 못하면 한 글자도 하필(下筆)하기가 어려워져서 항상 더디고 깔끄러움을 고민하게 되고, 요령을 얻지 못하면 두루 얽어매기를 아무리 튼튼히 해도 오히려 허술함을 걱정하게 된다 […] [그러므로 글을 잘 쓰는 것은—인용자] **때에 있는 것이요, 법에 있지는 아니한 것이다.** (박지원, 『연암집』上, 신호열·김명호 옮김, 돌베개, 2007, 129~133쪽. 강조는 인용자)

번역문으로 봐도 명문장이죠. 우아한 글자를 모아 놓는다고 명문장이 되는 건 아니다, 글자를 탓하지 말고 어떻게 활용하고 배열할지를 고심하라, 중요한 건 길을 잃고 요령부득에 빠지지 않는 것이다, 글쓰기에 특별한 왕도는 없다, 문제는 타이밍이다 등등. 글쓰기를 병법에 빗대어 표현하고 있는데, 읽을 때마다 감탄이 절로 나오는 글입니다. 이 정도면 글쓰기에 대한 최고의 문장이라는 생각이 들지 않나요? 이 중에서 특히 오늘 주목해야 할 대목은 무슨 글자건 잘 활용해서 적절하게 배치를 잘 하면 된다, 는 것입니다. 고상하냐, 통속적이냐, 전거가 있는 낱말인가 저잣거리의 비속한 표현인가, 이런 구별은 별 의미가 없다는 거죠. 뭐가 됐건 적재적소에 쓰면 그게 최고라는 겁니다.

『고미숙의 몸과 인문학』을 참조해 보시면 알겠지만 저는 드라마나 예능프로의 에피소드를 많이 활용해요. 제가 드라마를 많이 인용하니까 제가 주구장창 드라마만 보는 '드라마 폐인'인 줄 아는 분도 있어요. 현대인의 희노애락을 가장 적나라하게 표현한 게 드라마기 때문에 이걸 가지고 통념을 뒤집기가 굉장히 좋은 거예요. 많은 사람들이 이미 알고 있는 스토리라 어렵다거나 거부감이 없다는 게 이점이죠. 하지만 평소에 감상하던 포인트와는 전혀 다르게 홀라당 뒤집어서 분석을 하니까 깜짝 놀라는 거죠. 충격과 반전의 효과라고나 할까요?(웃음) 예를 들면, 멜로의 권태/야동의 변태, 이런 식으로 대비를 해서 근대적 성욕의 배치라는 좀 어려운 주제를 아주 쉽게 전달할 수가 있죠.(웃음)

아무튼 주변에 있는 모든 것을 다 적재적소에 활용할 줄 알아야 합니다. 그래서 다음 번에는 무조건 마무리를 해야 되는데 2,000자 정도로 살을 입혀서 오세요. 이제는 제목부터 기승전결의 모든 단계가 다 들어가야 되는데 일단은 좀 넉넉하게 쓰는 게 낫겠죠. 많이 쓰고 덜어내는 게 쉬우니까. 정교하게 다듬는 건 그다음에 하는 걸로. 칼럼 쓰기를 이렇게 디테일하게 배우는 글쓰기 공장은 여기밖에 없어요.(웃음)

초식4─절차탁마, 자의식과의 전투

벌써 마지막 강의네요. 기승전결의 리듬을 강조했더니, 그와 관련한 개그가 생겼더라고요. 문제제기가 안되는 사람은 기(起)에서 '기고 있다', 기승(起承)에서 멈춰 있으면 '기승을 떨고' 있다, 뭐 이런 식으로.(웃음) 전(轉)은 부침개 전으로 이해하면 딱이죠. 전 부치기의 핵심이 뭡니까? 잘 뒤집어야 돼요. 너무 세게 뒤집으면 공중에서 안 내려와요. 그리고 잘못 뒤집으면 다 깨져.(웃음) 저의 부침개 실력이 좀 그렇습니다. 뒤집다가 부침개를 다 깨 버리죠. 적당한 높이에서 딱 알맞게 힘을 줘서 돌려야 하는데 매번 그걸 놓치는 겁니다. 글도 마찬가지예요. 승 단계에서 충분히 이해를 했어, 이걸 이 사람이 어떻게 끌고 가려고 하지? 근데 전에서 내가 뻔히 아는 내용이야. 그럼 그다음에 안 읽죠. 뒤집기에 실패한 거죠. 부침개 다 깨지고 흩어지고.(웃음) 형체를 알아볼 수가 없어. 뭘 쓰려고 했는지 도무지 모르겠어, 이렇게 되죠. 그리고 기/승/전에서 스탑한 채 도무지 마무리를 안 하는 분들도 있어요. 미완성을 즐기는 건가요? 안 됩니다. 결은 결단을 내는 겁니다. 마무리는 단순히 전 다음에 오는 스텝이 아니고 기승전 전체를 관통해야 합니다. 그래서 수미쌍관법이 좋습니다. 왜냐면 내가 처음에 뭘 쓰려고 했는지를 다시 환기해 주는 거죠. 이걸 제대로 안 하면 어떻게 될까? 인생이 결딴납니다.(웃음) 이런 식의 개그가 횡행하는데, 이것도 재밌기는 합니다. 새로운 방식의 언어가 창조된 거잖아요. 암튼 제발 기지 마시고, 기승 떨지 마시고, 전 제대로 부치시고(웃음), 쌈박하게 결단내시기 바랍니다.

처음에 구상과 전체 틀을 짤 때는 자유롭고 아주 카오스적이어야 해요. 천지창조를 해도 이래요. 뭐든지 섞일 수 있는 유동성이 있어야 합니다. 독창성이 거기서 확보가 돼요. 그런데 그다음에 작업을 구체화할 때는 논리적이고 유기적인 완결성이 필요하죠.

모든 일이 다 그렇습니다. 독창성과 논리성. 처음에는 유연하게 풍부하게, 마칠 때는 예리하게 단호하게. 말은 쉬운데 좀 어렵죠? 그래서 이 문장을 준비했습니다. 같이 음미해 볼까요?

짓는 자가 어찌 감히 짓겠는가? 그것을 짓도록 만드는 자가 짓는 자로 하여금 짓게 하는 것이다. 그가 누구인가? 바로 천지만물이다. 천지만물은 천지만물의 본성이 있고, 천지만물의 형상이 있고, 천지만물의 색이 있고, 천지만물의 소리가 있다. 통틀어 살펴보면 천지만물은 하나의 천지만물이지만, 나누어 말하면 천지만물은 각각의 천지만물이다. 바람 부는 숲에 떨어진 꽃은 비처럼 어지럽게 흩어져 쌓이지만, 이를 잘 구별해서 보면 붉은 꽃은 붉고 흰 꽃은 희다. 저 천상의 음악 역시 우레처럼 웅장하게 울리지만, 자세히 들어 보면 현악은 현악이고 관악은 관악이다. 저마다의 색이 각자의 고유한 색이요, 저마다의 음이 각자의 고유한 음이다. 한 부분의 온전한 시가 자연 가운데 원고로 나와 있는데, 이는 팔괘를 그어 문자를 만들기 전에 이미 갖추어진 것이다. […]

그러므로 사람에 가탁하여 시가 되려 할 때, 물 흐르듯 귓구멍과 눈구멍을 따라 들어가 단전 위에서 맴돌다가 줄줄이 잇달아 입과 손끝을 따라 흘러나오는 것이지, 짓는 사람이 간여한 것이 아니다. […] 그러므로 작자라는 것은 천지만물의 역관이요, 천지만물의 화가라 할 수 있다. […]

시를 짓는 것이 이것과 무엇이 다르겠는가? 논하건대 만물은 만 가지 물건이라 진실로 하나로 할 수 없으니, 하나의 하늘이라 해도 하루도 서로 같은 하늘은 없고, 하나의 땅이라 해도 한 곳도 서로 같은 땅은 없다. 천만 사람에게는 천만 가지의 다른 이름이 있고, 삼백 일(日)에는 또한 삼백 가지의 다른 일[事]이 있는 것과 마찬가지다. (이옥,『낭송 이옥』, 채운 풀어 읽음, 북드라망, 2015, 32~34쪽)

굉장히 파격적인 창작론이에요. 이옥은 18세기 정조시대의 문인인데 연암과 다산이라는 두 별에 가려서 대중적 인지도는 떨어지지만 정말 개성적인 글을 많이 썼어요. (이에 대해서는 채운,『글쓰기와 반시대성, 이옥을 읽는다』[북드라망, 2013]를 참조할 것) 왜 그렇게 특이한 글만을 쓰는가에 대한 자문자답을 하는 거예요. 이옥에 따르면, 내가 지은 게 아니고 천지만물이 나를 의탁해서 쓴다는 거예요. 천지의 리듬과 접속을 하면 어떻게 되냐, 물 흐르는 듯이 귓구멍과 콧구멍, 눈구멍을 따라 들어가 단전에서 맴돌다가, 줄줄이 입과 손끝을 따라 흘러나온다는 거죠. 그러니 자기도 어쩔 수 없다는 거죠. 이게 하나고, 또 하나는 만물은 만 가지 물건이라 하나도 같은 게 없다, 하루도 서로 같은 게 없고 한 곳도 서로 같은 게 없고 사람도 다 다르다, 이거죠. 그래서 사람마다 다 다르게 쓸 수밖에 없다는 겁니다. 이 다름이 바로 독창성이에요. 그러니까 진부하게 쓴다는 건 뭐냐면 전혀 나의 신체적 울림이나 차이를 발휘하지 않았다는 뜻이에요. 이 점을 꼭 유념하시고요.

이제 마지막으로 절차탁마를 해야 할 시점인데, 이때 가장 방해가 되는 것이 자의식입니다. 자의식이 있으면 사는 게 참 힘들어요. 자의식은 자기에 대한 의식인데, 타인이 나를 어떻게 보는가, 나를 어떻게 평가하는가, 하는 인정욕망이 거기 담겨 있죠. 모든 트라우마, 상처의 온상이기도 합니다. 저도 진짜 자의식의 화신이었기 때문에 그 점을 너무 잘 압니다. 근데 자의식의 포인트는 사람마다 다 다른 것 같아요. 그래서 자기 자신하고만 전투를 해야 돼요. 저한테 뭐 요리 못한다고 아무리 욕해 보세요. 절대 상처가 될 수 없어요. 돈이 없다, 취직을 못 했다, 이런 게 저한테 어떻게 상처가 되겠어요? 근데, 앞에서 말했지만 발표를 엉망으로 했을 때는 딱 죽고 싶은 거죠. 영혼에 돌팔매를 당한 것 같은 느낌이랄까. 자아가 송두리째 부정당한 것 같은 기분이 드는 거죠. 누구나 이런 순간이 있는데, 그래서 자신과의 전투를 벌여야 됩니다. 그걸 통과해야 되는 거죠. 그래야 글을 완성하고 발표할 수 있어요.

일단 2,000자 정도로 초고를 완성하라고 했죠. 그걸 1,800자로 압축하는 겁니다. 그냥 200자를 줄이는 게 아니라, 줄이면서 다른 문장들도 다 조금씩 변형해야 합니다. 말 그대로 갈고 쪼고 다듬고 문지르고 해야 합니다. 제목도 마찬가지예요. 본문을 수정해 가면서 제목을 다시 다듬어야 합니다. 제목은 글자 수 안에 안 들어가니까 그건 염려하지 마시고. 제목을 달 때는 전체를 관통하는 키워드면서 동시에 임팩트가 강한 언어를 찾아야 합니다. 보통 인터넷 제목이나 유행어를 많이 차용하는데, 그것도 때로 효과적일 수 있지만 자기가 새롭게 창안해 내는 게 제일 좋습니다. 물론 튜터나 조원들을 적극 활용하세요. 그들이 첫번째 독자니까 그들이 재밌다고 하면 일단 통과는 된 겁니다. 동료들의 조언을 귀담아 듣는 것도 능력이에요. 그걸 두려워하거나 거부한다면 그건 자의식의 감옥에 갇힌 겁니다.

글을 발표했을 때 사람들이 뭐라고 할까. 무슨 멘트를 받을까 등등 그 생각에 사로잡혀서 정작 글쓰는 데 집중을 못 하는 분들도 있어요. 그건 뭐냐면 결국 인정받고 칭찬받고 싶은 거죠. 누구나 그런 게 있는데 이게 지나치면 곤란합니다. 초기의 증상은 다 그래요. 칭찬받고 싶어요. 힘들게 썼으니까 인정받고 싶고…. 하지만 거기에 집착하면 글은 절대 안 늘어요. 남의 시선이 아니라 자기한테 집중하세요. 나의 생각, 나의 말, 나의 단어 등등. 이게 곧 나의 정신의 지도거든요. 인식이 확장되고 자유를 얻는 게 중요하지, 인정받고 안 받고는 아주 부차적인 문제예요. 남들이 좀 시시하게 평가한다 해도 내가 '와, 이전보다 훨씬 풍부한 사유와 언어들이 생겼어'라고 느끼면 그걸로 충분합니다. 저도 그런 경험을 많이 했습니다. 너무 바닥에서 시작하다 보니 쪼끔이라도 늘면 너무 뿌듯한 거 있죠. 선생님이나 선배들은 거의 눈치채지 못했지만.(웃음) 중요한 건 나의 확충, 그리고 자유라는 겁니다. 그걸 명심하면서 계속 수정하고 또 수정하세요. 이리 다듬고 저리 다듬고, 이 접속사를 쓸까 말까, 종결어미를 어떻게 다양하게 쓸까 이런 걸 고민할 때 모국어 실력이 풍부해집니다. 그리고 평범한 단어도 어떤 문장에 담느냐에 따라 아주 달라진다는 걸 체험할 수도 있고, 이전에 전혀 쓰지 않던 신선한 언어들을 길어 올리는 경험도 하시고요.

그래서 1,800자라는 숫자를 꼭 지키는 겁니다. 그렇게 글자 수가 정해져야 절차탁마를 하게 되죠. 거기에 나의 생각을 온전히 담으려면 다듬고 다듬고 해야 되겠죠. 그때 정말 집중력이 높아집니다. 그렇게 해서 1,800자가 딱 맞춰지면 자기도 모르게 탄성이 나오게 됩니다. 와, 내가 1,800자의 우주를 탄생시켰구나! 모두들 이 창조의 기쁨과 행운을 누리시길.

생명의 선, 데드라인

김재의(3조)

몇 년 전, 매달 한 번씩 시나리오를 계속 수정하는 작업을 한 적이 있었다. 그때 데드라인을 지키며 글을 쓰는 나에게 한 동료가 말했다. '데드라인을 지키는 것보다는 퀄리티가 더 중요하다. 퀄리티가 안 좋으면 어차피 투자가 안된다.' 그 후 고민이 되었다. 데드라인에 맞춰 써낸다고 해도 퀄리티가 좋지 않다면 의미가 없는 것일까? 데드라인을 넘겨서라도 퀄리티를 높여야 하는 걸까? 그렇다면 데드라인은 무슨 의미일까?

시나리오는 영화의 토대이자 뼈대이고 영화제작의 맨 처음 작업이다. 그래서 퀄리티를 위해 아주 많은 시간을 투자한다. 그런데 만약 데드라인이 없다면 마냥 계속 작업을 하게 된다.

또한, 영화처럼 여러 스태프들이 함께 일하는 현장에서는 누군가 시간을 지키지 않는다면 도미노처럼 그 다음 공정이 계속해서 밀린다. 그러다 보면 어떤 파트는 개봉 날짜에 쫓겨 졸속 작업을 해야 한다. 충분히 자신의 창의성을 발휘할 수 있는 시간을 갖지 못하는 것이다. 영화에 참여하는 스태프라면 누구나 자기 작업이 졸속으로 되는 걸 원하지 않는다. 그래서 이런 일이 자꾸 발생하면 점점 불만이 쌓이고 결국 창작 의욕이 떨어진다. 당연히 영화의 퀄리티도 떨어지게 된다.

그리고 시간 약속이 중요한 것은 창작 데드라인만이 아니다. 계약서의 임금 지급 날짜도 데드라인이다. 그런데 한국 영화계에서는 이것이 잘 지켜지지 않는 경우가 많다. 지급금이 들어와야 할 날짜에 돈은 아예 들어오지도 않고, 제작사 대표와 연락조차 안 되기도 하고, 지불하기로 약속한 금액보다 적은 금액이 들어오기도 한다. 영화계 스태프들의 임금 지급 문제는 만성적 문제가 되어 왔다.

이처럼 데드라인이 지켜지지 않으면 누군가는 계속되는 밤샘 작업에 과로가 쌓이고 병을 얻게 되고, 생계비에 문제가 생기면서 생활이 힘들어진다. 즉 누군가는 원하지 않는 희생을 치러야 한다. 그리고 그 사람이 나 자신일 수도 있다. 그래서 작업 현장에서 데드라인을 지킨다는 것은 함께하는 사람들이 서로의 건강과 생활을 지켜준다는 의미이기도 하다.

물론 영화처럼 큰 자본과 많은 사람들이 함께 작업하는 현장에서는 예상치 못한 여러 사건들이 자주 발생한다. 하지만 이때 역시 건강한 생명력이 있어야 유연한 태도로 융통성을 발휘하고 협의를 할 수 있다.

따라서 데드라인을 지킨다는 것은 생명력을 지킨다는 것이고, 창작을 계속할 수 있는 힘을 갖는다는 것이다. '지키지 않으면 죽는다'고 해서 데드(dead) 라인(line) 아닌가. 데드라인을 지킨다는 것은 생명력이 있다는 것이다.

우리가 시간 약속을 지킨다는 것은 시간의 주인이 된다는 것을 말한다. 끊임없이 흐르고 변화하는 시간에 자신을 능동적으로 상응시키는 것이다. 그러기 위해서는 먼저 자기를 잘 알아야 한다. 자신이 할 수 있는 역량을 잘 파악하고 약속을 잡아야 한다. 그리고 사용할 수 있는 시간들을 잘 배치해야 한다. 이렇게 시간과 자기 자신을 잘 운영하는 것은 삶의 기본기이다.

영화, 드라마를 통틀어 데드라인을 어기지 않는 작가로 가장 유명한 사람은 드라마 작가 김수현이다. 그녀는 일흔이 넘어서도 자기 고유의 작품을 썼다. 작품에 대한 호불호를 떠나 그녀는 창작자로서 생명력을 가진 사람이다.

사실, 데드라인을 지킨다고 반드시 좋은 퀄리티의 작품이 나오는 것은 아니다. 또한 데드라인을 지키지 않아도 좋은 퀄리티의 작품이 나올 수도 있다. 하지만 데드라인을 지킨다는 것은 창작을 계속할 수 있는 생명력을 얻는 일이다. 창작 과정이 주는 기쁨을 얻기 위한 토대를 만드는 것이다. 그리고 데드라인을 지키면서 꾸준히 창작해 나갈 때, 좋은 퀄리티는 그 생명력 풍성한 토양에서 길러 낸 하나의 열매가 될 것이다.

2. 리뷰의 달인-되기: 텍스트와의 '활발발'한 케미

글쓰기 시즌2의 미션은 '**리뷰**의 달인'입니다.

리뷰는 텍스트에 대한 글쓰기입니다. 하여, 텍스트를 선택하는 **것**에서부터 시작됩니다.

어떤 텍스트를 만나느냐도 중요하지만, 더 중요한 건 '어떻게!' 만나느냐입니다.

그 만남의 향방에 따라 몸의 파동이, 삶의 동선이, 운명의 변곡점이 바뀔 수도 있습니다.

좋은 만남을 **원**한다면? 읽고 또 읽고… **마**치 음**식**을 먹을 때처럼 '씹고 또 씹어야' 합니다.

그렇게 내 몸에 흡수된 내**용**을 가열**차**게 토해 내는 **것**, 그**것**이 **리뷰**입니다.

텍스트와 몸, 텍스트와 **마음**의 '**활발발**'한 케미!

그**리**고 그**것**은 즉각 삶의 기예로 전환되어야 합니다. 타자와 접속할 때, 우정과 사랑을 나눌 때,

함께 길을 나설 때, 그 모**든** 과정에서 우**리**는 이런 '케미'를 **발**휘해야 합니다.

리뷰의 글쓰기를 삶의 기예로 변환하는 쿵푸와 수행, 그**것**이 바로 '**리뷰**의 달인-되기'입니다.

이 유쾌한 도전과 모험에 여러분을 **초**대합니다~

1강 리뷰란 **무엇**인가?—**마주침**의 유물론! (고미숙)

2강 읽는다는 **것**—**무심**하게 접속한다 (고미숙)

3강 다시, 읽는다는 **것**—사심으로(^^) 접속한다 (고미숙)

4강 쓴다는 **것**—새로운 텍스트를 토해 **낸**다 (고미숙)

5강 리뷰 쓰기 1—**차**서를 잡아라! (4,500자 정도로 기승전결 갖추기)

6강 리뷰 쓰기 2—강밀도를 부여하라! (거품과 잉여 덜어내기)

7강 리뷰 쓰기 3—절차탁마 : 수정 및 압축(3,800자)

8강 완성 및 **발**표 (고미숙)

* 글쓰기 분량은 **3,800자**(A4 **용**지 2장 정도)입니다.

* 기본교재 :『고전 톡톡』(북드라망)

* **리뷰**할 텍스트 : 다음 중에서 한 권을 선택하면 됩니다.

    1.『한국의 근대성 소설**집**』(북드라망)에 나오는 소설 세 편

    2. '낭송Q' 시**리**즈(총 28권)

    3. 달인 시**리**즈(『공부의 달인』,『연애의 달인』,『돈의 달인』,『언어의 달인』,『예술의 달인』)

    4. 근대성 **3**부작(『**계몽**의 시대』,『연애의 시대』,『위생의 시대』)

리뷰란 무엇인가?―마주침의 유물론

반갑습니다. 일요일 오전에 여기까지 '자원방래'해 주셔서 감사합니다. 참 대단한 인연이죠. 이렇게 우리를 만나게 해주는 게 책과 글이라는 거죠. 책이 아니면 어떻게 이렇게 모일 수가 있겠어요? 책이 세상을 연결한다는 걸 새삼 실감하는 현장입니다.

책은 글이고, 글은 결국 말로 이어지죠. 언어는 생각할수록 신기합니다. 오장육부에 있는 것 같지도 않고, 머릿속에 있는 것도 아니고, 피부에 있는 것 같지도 않고 대체 어디에 있죠, 언어가? 뇌에 요렇게 모여 있다가 이렇게 튀어나오나요? 그리고 외국어를 배우면 언어가 우리 신체라는 걸 느껴요. 억양과 인토네이션을 들으면 바로 그 나라를 짐작할 수 있어요. 우리야 당연히 콩글리쉬고 베트남, 중국, 멕시코 다 '그들 식의' 영어를 하더라구요. 피부색보다 더 리얼하게 그 사람의 국적을 알려 주는 표지예요. 그때 확실히 알게 되었죠. 언어는 피부보다 깊다!는 것을.

그래서 언어를 다루는 기술이 꼭 필요한 거죠. 실제로 학교에 가서 배운다는 건 다 책을 읽고 언어를 배우는 거죠. 그다음에 글을 쓰는 거예요. 이거를 우리가 지성 혹은 로고스라고 말하죠. 읽고 쓰고 말하고, 이것입니다. 그럼 결국 뭐냐. 언어의 길을 내가 컨트롤하면서 새로운 길을 열 수 있는가. 여기에 인생이 달려 있다고 볼 수 있죠. 담론은 언어의 구조이자 배열이거든요. 개념을 창조함과 동시에 기존의 개념의 배치를 바꾸는 거예요. 이 담론이 세상을 이끌어가는 힘이자 권력의 원천입니다. 그래서 새로운 담론이 구성되지 않으면 절대 혁신은 불가능해요. 물질적 진화나 양적 증식만으론 불가능합니다. 개인의 인생도 마찬가지예요. 내가 뭘 열심히 하고 돈을 많이 벌고 재능을 많이 익히고 할 수는 있어요. 근데 담론이 창조가 안 되면 인생의 주인은 될 수 없어요. 내 인생의 의미를 내가 부여할 수가 없으니까요. 그럼 길이 열리지가 않아요. 이미 세팅된 남의 무대에서 열심히 내 에너지를 소비하는 거예요. 그 대가로 화폐를 얻는 겁니다. 화폐는 소비를 가능하게 해주죠. 하지만 거기에서 언어는 생겨나지 않습니다. 화폐와 소비를 기준으로 살다 보면 어느 순간 딱 방전이 되죠. 그때부터 물어요. 뭘 묻는 거예요? 자기 인생의 의미를 묻습니다. 어떻게 살아야 돼요? 왜 이렇게 마음이 헛헛하죠? 등등.

예전에는 책이 참 드물었죠. 번역해서 유통되는 데도 굉장히 많은 시간이 필요했고요. 그래서 제의나 기도 등을 통한 영성 탐구를 많이 한 겁니다. 물론 그것도 일종의 공부였어요. 정한수 떠놓고 천지신명께 비는 것, 성황당 앞에 돌 얹어 놓고 기도하는 것. 왜냐면 그 순간에 발원과 집중을 하잖아요. 간절히 뭔가를 원하는 순간, 사람은 자기를 비우게 되어 있어요. 그 발원과 비움이 진리로 가는 길이에요. 하지만 지금은 책이 아주 많아졌죠. 책을 보는 것도 일종의 수행이에요. 책을 보려면 집중해야 돼요. 명상을 해보면,

'마음이 잠시도 가만있지 않는구나, 사방팔방 날뛰고 있구나.' 이런 걸 깨닫게 되죠. 책을 읽어도 똑같은 깨달음이 일어나요. 읽어보세요. 다 읽었는데 하나도 생각이 안 나고. 그러지 않나요?(웃음) 그뿐 아니라 책 속에서 자신에 대해 엄청 많이 알게 돼요. 잘 따져보면 책에 담긴 내용이 다 나에 대한 것이에요. 나랑 무관한 건 하나도 없죠. 그걸 느끼게 되면, 세상에 이렇게 많은 길이 있구나!, 하는 것도 깨닫게 되죠.

산다는 건 계속 누군가를 만나는 겁니다. 하루든 일생이든 일년이든 아침에 눈 뜨면 마주치는 거죠. 밥을 먹고 사람을 만나고 그다음에 주변의 수많은 사물과 연결되고, 날씨, 습도 같은 자연조건을 만나고 각종 사건을 만나요. 리뷰를 쓴다는 것도 마찬가지입니다. 일단 리뷰는 칼럼이 아니죠. 칼럼은 사회적 이슈가 될 만한 주제를 설정해라, 이게 미션인데 리뷰는 '어떤 책을 만날 것인가'가 핵심이죠. 마주침 자체가 제일 중요합니다. 마주치면 변화가 일어나요. 그것을 에피쿠로스 같은 철학자는 클리나멘이라고 했습니다. 허공에서 원자들이 폭포처럼 쏟아지고 있다, 그런데 원자가 직진운동을 하면 세상은 하나도 바뀌질 않겠죠. 동일한 방식으로 돌고 돌 테니까요. 반대로 원자가 막 제멋대로 간다고 하면 물질의 구성 자체가 안 되겠죠. 그럼 어떻게? 직진을 하는 듯하면서 살짝 옆으로 미끄러진다, 이렇게 본 거예요. 그 살짝 미끄러지는 데서 온 세계의 변화가 가능하다는 겁니다. 동양에서도 이 비슷한 표현

이 있어요.──'호리의 차이가 천 리의 어긋남을 빚는다!'

그래서 일단 리뷰를 쓴다는 건 내가 어떤 텍스트를 만나서 클리나멘을 이루는 겁니다. 이런 마주침은 한편으론 되게 우연적으로 일어나요. 미세한 차이로 인해 일어나니까 우리는 우연이라고 생각하지만 나중에 보면 그게 결정적인 변곡점이 된다는 거죠. 여러분이 여기 온 것도 어떻게 보면 굉장히 우발적이고 사소한 동기가 작용했거나 아니면 아예 별 동기가 없을 수도 있어요. 한마디로 가지각색일 겁니다. 뭐가 됐든 거기에서 클리나멘을 일으켜 보세요. 해서, 리뷰란 일종의, '마주침의 유물론'을 터득하는 과정이라고 할 수 있어요.

그냥 책을 고르라고 하면 너무 방만해질 수 있으니까 범위를 정해 줬죠. 조건이 아주 중요합니다. 왜냐면 내가 자유로워지는 건 조건 안에서 자유로워지는 거예요. 그러니까 범위를 정해 주는 거죠. 그럼 처음에 어떻게 해야 됩니까? 전체 목록을 스케치해야 돼요. 제목만으로 스케치를 할 수도 있고, 빠른 속도로 속독을 할 수도 있고 아니면 그것에 관련된 리뷰를 읽으면서 할 수도 있고. 이 과정 자체가 읽기 훈련이기도 하고, 지식을 쌓는 과정이기도 하죠. 덕분에 생전 처음 보는 텍스트와도 관계를 맺을 거 아닙니까? 예를 들면『아함경』이라든지,『노자』,『주역』등등. 그다음에 오늘이라는 요 시간성 안에서 결정해야 됩니다. 지금 결정하면 마지막까지 가는 거죠. 낙장불입입니다.(웃음)

지금 이 시공간적 조건 안에서 나의 문제의식이나 나의 감성, 기타 어떤 종류의 지표가 작용할 겁니다. 그런 것들이 이렇게 저렇게 융합이 되어서 뭔가 결정이 되겠죠. 이런 걸 우연이면서 필연이라고 하는 거예요. 고귀하고 신성한 만남이 아니어도 돼요.(웃음) 하지만 그 상황에 집중은 해야 됩니다. 제 인생을 바꾼 클리나멘은 『열하일기, 웃음과 역설의 유쾌한 시공간』이라는 책과의 마주침인데, 2003년에 그걸 쓰면서 고전평론가가 되었죠. 당시는 출판계에 고전을 리라이팅한다는 개념이 없던 때였어요. 출판사에서 기획을 한 건데, 어찌 보면 시절인연이 딱 맞아떨어져서 당시로서는 굉장히 센세이셔널했어요. 그럼 『열하일기』를 대체 어떻게 만났나, 궁금해지잖아요. 정말 뜬금없이! 만났어요. 2002년인가 역시나 뜬금없는(!) 이유로 문학잡지를 만드는 일에 참여하게 되었어요. 창간호 특집으로 세계적인 대문호들의 글쓰기를 분석해 보자, 그래서 중국의 루쉰, 유럽의 카프카, 일본의 나쓰메 소세키, 그럼 한국인도 있어야 하지 않나 해서 연암 박지원이 대표 주자로 뽑힌 거예요. 근데 저는 한문학 전공도 아니고 연암 전공은 더더욱 아니에요. 저는 조선후기 사설시조, 잡가 같은 딴따라 장르를 전공했어요. 하지만 그런 차이는 별로 중요하지 않죠. 조선시대 연구자는 너밖에 없네, 그러니 니가 해라, 이렇게 해서 맡은 거예요. 그때부터 난생처음 생짜로 『열하일기』를 읽기 시작했죠. 그러니까 지금 여러분하고 비슷한 상황인 거죠.

조금 부담스럽긴 했지만 잡지에 실으려면 A4로 8장 정도만 쓰면 되니까 수락을 했죠. 그때부터 『열하일기』를 통독하기 시작했습니다. 근데, 참 신기했어요. 한 번 읽고 두 번 읽고, 그 8장을 쓰기 위해서 『열하일기』를 7~8번은 읽은 것 같아요. 왜 그랬는지는 잘 모르겠어요. 그냥 완전히 빠져들었어요. 그때의 마주침이 아직도 생생합니다. 그게 제 인생을 바꿔 줄 거라곤 생각도 못 했고요.

그러니까 마주친다는 게 거창한 문제의식이나 목표설정이 필요한 게 아니고, 정말 느닷없이, 우연히, 주어진 시공간적인 조건 안에서 자기의 의식, 무의식을 포함한 어떤 내적인 힘이 한 권의 책과 마주치게 해줍니다. 그러니 자신을 믿고 다음 주까지 책을 선택하고, 그 선택의 과정을 메모해 보세요. 그걸 가지고 다음 주에 조별로 발표할 때는 구두로 하세요. 자유롭게, 분방하게. 처음엔 좀 산만해도 괜찮습니다. 거기서 시작해서 차츰 수렴을 해나가면 되니까요.

기본기를 배울 때는 기본기에 집중하세요. 텍스트를 결정하는 순간 그것과 함께 8주 정도를 살아야 돼요. 말 그대로 '같이 사는' 겁니다. 진짜로 텍스트와 몸을 '섞어야' 됩니다. 8주면 엄청 긴 시간입니다. 2달 동안 A4 두 장 정도를 쓰는 거예요. 그러니까 차근차근 한 스텝, 한 스텝을 아주 치밀하게, 밀도 있게 체험을 한다, 요게 포인트거든요. 오늘은 여기까지.

읽는다는 것—무심하게 접속한다

지난주 미션은 다 수행하셨죠? 책은 대상이면서 에너지의 흐름이면서 사물이죠. 책을 그냥 고정된 물체라고 보기 어렵잖아요. 물질과 비물질이 공존하는 게 책이죠. 이 안에 있는 정보는 에너지잖아요. 그리고 흘러가면서 굉장히 유동적인 기운을 만드는데 과연 어느 지점에서 마주칠 것인가, 이것이 문제인 거죠. 한마디로 여러분은 어떤 책과의 마주침에서 사건을 만들어 가는 과정을 겪고 있는 겁니다. 이 과정 자체의 서사는 살아 있어야 됩니다. 뭐가 됐건.

그러니까 지금 책을 읽으면 제일 먼저 주제와 내용 등을 중심으로 볼 텐데, 사실 어떻게 만나느냐에 따라 내용이 계속 바뀌는 게 책이에요. 특히 많이 바뀌는 게 고전이에요. 고전은 이런 다차원의 변형태를 갖고 있지 않으면 고전이 되지 않아요. 누가 읽어도 똑같은 내용이야, 그런 걸 뭐라고 해요? 교과서라고 해요. 그래서 교과서는 다 지겨워하는 거예요. 근데 같은 책으로 리뷰를 했는데 다 비슷비슷하게 썼다, 그럼 뭐겠어요? 서로 마음이 잘 '통'한 게 아니고 어디서 이미 외운 거라는 거죠. 그럴 때 진부하다고 말하는 겁니다. 절대로 같을 수가 없어요. 똑같은 책을 읽어도. 언어는 피부보다 더 신체적이라고 했죠. 어떤 언어든 내 신체를 통과하면서 뉘앙스, 문법 구조, 배치 등등이 바뀌어 버린다니까요.

그래서 스스로 사유하는 훈련을 해야 합니다. 18세기가 낳은 개성 넘치는 문장가 이옥이라는 분이 있는데 그 사람이 주자의 문장을 '힘센 계집종, 늙은 암소, 쌀, 소금, 돼지' 등에 비유했어요. 그러고 나서 마지막에 덧붙인 말이 '주자의 글을 서리가 읽으면 장부정리에 익숙해진다'였어요. 재미있죠? 주자의 글을 읽으면 서리는 중간관리에 해당하니까 실무처리, 장부정리를 아주 잘하게 된다, 요즘 식으로 말하면 공무원들이 서류를 잘 작성하게 된다, PPT 자료를 잘 만들게 된다, 이런 뜻이거든요. 그러니까 이게 뭐냐, 좋은 책을 읽으면 이해 여부에 상관없이 적어도 자기가 하는 일에 집중하는 힘이 생긴다는 거예요. 집중력이란 다른 게 아니고 자기가 마주치는 모든 사건과 사물을 소중히 여길 수 있는 능력이에요. 이게 수행이고 수련이거든요.

책을 읽고 글을 쓰라고 하면 '공부를 생업으로 할 생각이 없는데 그걸 왜 읽어요?' 이런 식으로 반문하는 분들이 더러 있어요. 이게 공부가 뭔지 모르는 겁니다. 내가 육체노동을 하든 공무원이 되든 혹은 택배를 하든 공부하지 않는 삶은 불가능합니다. 그렇지 않으면 누구도 소외에서 벗어날 수 없어요. 자기 삶의 의미를 부여할 수 없는데 어떻게 자존감이 생깁니까? 자존감이 있어야 자기가 만나는 사람들을 진실하게 대할 수 있어요. 진실한 태도를 만들어 내는 그 힘, 그게 바로 집중력이고 책을 읽어야 되는 이유라는 거예요. 그러니까 그 힘과 지혜는 언제든지 꺼내 쓸 수 있어야 합니다. 즉, 책을 읽는다는 것, 글을 쓴다는 건 일생을 살아가면서 늘 꺼

내 쓸 수 있는 최고의 자산을 확보하는 거예요.

그렇게 되면 이게 바로 밥벌이가 됩니다. 글을 써서 밥을 버는 것도 되고, 다른 노동을 하는 데도 그 노동에 집중할 수 있는 힘을 가지면 거기서 또 밥이 생기는 거죠. 이런 순환, 밥과 글과 책의 순환. 이거를 잘 염두에 두시고요. 그러면 지난주에 텍스트를 선택했잖아요. 선택을 했고, 왜 선택했는가에 대한 이야기를 기록해서 말로 전달해야 됩니다. 가능하면 자기가 메모한 거를 참조하되 술술 이야기를 할 수 있어야 돼요. 더듬더듬, 대충대충 말하지 말고요. 말은 물처럼 파동처럼 흘러갑니다. 그러면 양생적으로도 우리 안에 물의 기운이 자양됩니다. 온몸에 물이 잘 흘러야 생기가 넘치겠죠? 또 거꾸로 신장에서 물을 펌프질해 줘야 말이 술술 나옵니다. 그래서 말을 잘하는 사람을 청산유수에 비유하는 거구요.

자 그러면 이제 책을 선택했어요. 그 책을 다음 한 주 동안 읽습니다. 이때 읽는다는 것은 그냥 내가 이전에 하던 독서와 달라야 되죠. 나는 이제 이 책을 가지고 뭘 해야 해요? 글을 창조해야 돼요. 그러면 이것이 이제 질료이자 창조의 원천이 되는 거예요. 그래서 이 텍스트하고 나의 신체 사이에 능동적 케미가 일어나야 돼요. 화학적 변용이 일어나야 해요. 그걸 불교용어로는 '활발발'이라고 합니다. '활발'보다 훨씬 어감이 세죠? 그럼 어떻게 '활발발한 케미'를 연출할 것인가? 이번 주에 읽는 거랑 다음 주에 읽는 것이 좀 다른 방식이어야 합니다.

이번 주에는 '무심하게' 읽어야 돼요. 이 말이 참 황당하죠? 무심하게~ 그럼 다음 주에는? 사심을 듬뿍 가지고~ 그렇게 읽어야 합니다. 바다에 가서 물고기를 잡는다고 생각해 보세요. 지금은 뭐냐면 그물을 넓게 펴세요. 아주 넓게 쳐야 돼요. 내가 지금 어떤 마음에 갇혀 있으면 그물이 좁아지겠죠. 문제의식이나 주제, 취향 등은 다음 주로 넘기시고, 일단 이 책을 만났어, 만났으니 제일 먼저 해야 되는 게 이 타자에게 귀를 기울여야 돼요. 우리가 대화할 때도 그렇게 하는 거예요. 일단 처음엔 그 사람이 자기를 자연스럽게 드러낼 수 있게 해주는 거, 그게 최고의 배려고, 진정한 마주침이죠. 책도 마찬가지입니다. 책이 길지 않으면 한 번 두 번 세 번 읽는데 그때마다 새로운 뭔가를 발견하게 될 겁니다. 그걸 다 메모를 하세요. 전체 개요, 핵심 포인트, 나를 불편하게 하는 것, 나를 감동시키는 것 등등. 내 시선이 딱! 고정되어 있으면 그런 게 절대 안 보여요. 그걸 내려놓고 무심하게 읽는 연습을 하는 거예요.

신영복 선생님이 『담론』에서 이렇게 말씀하셨죠. 감방 생활 20년이 대학이었다고, 그 대학의 커리는 하나가 '고전'이고 다른 하나는 '사람', 곧 잡범들이라는 거죠. 여러분은 이런 생각은 안 하시잖아요. 내가 만나는 사람이 나의 대학이라고. 하지만 그렇게 생각하는 순간 만남이 아주 달라집니다. 이 사람이 무슨 얘기를 어떻게 드러낼지는 나한테 달린 거예요. 수많은 텍스트가 있겠죠, 이 사람한테. 그걸 무심히 볼 수 있어야 접점이 생기겠죠. 『담론』에 나오는 이야기 중 기억에 남는 게 감방에서 누군가의 이름을 듣고 거기 있는 양심수 하나가 '뉘 집 장남이 잡혀 들어왔구먼', 이랬다는 거예요. 그 순간 그 잡범이 자기가 집안의 장남이라는 걸 자각하게 된 거죠. 그래서 밤새 잠을 못 자고 뒤척이는 일이 있었답니다. 갑자기 여동생이 떠오르고 부모님이 떠오르고 그래서. 그 말 한마디가 자기의 조건에 대한 새로운 자각을 일으킨 겁니다. 또 재밌는 사건이 한 목사님이 들어왔는데 건빵을 사식으로 받았어요. 처음에는 건빵을 나눠 먹다가 나중엔 밤에 몰래 먹는 거예요. 근데 사람들이 다 아는 거예요. 건빵을 소리 안 나게 녹여서 먹습니다, 침으로 녹이는 거죠. 근데 사람들이 또 아는 거예요. 몇 개 이상은 절대 녹여 먹을 수 없다는 걸. 그래서 빈정이 완전 상한 거죠. 그래서 밤에 화장실을 가면서 그 목사님을 밟고 지나가요. 그럼 싸움이 일어나죠. 이건 사실 건빵 때문에 일어난 건데 건빵 때문이라고 안 하고 가다가 밟아서 그랬다, 그러면서 한바탕 난장을 치릅니다. 이런 이야기들을 통해 인생을 통찰하는 거죠. 얼마나 재밌습니까? 이게 특별한 기술이 있는 게 아니고 내가 마주친 대상이나 사건들을 그야말로 무심하게 바라보면 됩니다. 책을 그렇게 사용하시는 거예요.

그런데 리뷰의 대상은 책이잖아요. 당연히 저자가 있을 거 아닙니까? 그럼 역시 당연히 저자가 누굴까가 궁금해지죠. 보통은 책날개에 있는 저자소개만 대충 보고 그다음엔 거의 기억을 못 하는 게 일반적입니다. 근데 내가 리뷰를 써야겠다, 이렇게 되면 이 저자가 누군가를 유념해서 보게 돼요. 자연스레 저자에 대해서 알고 싶다는 마음이 일어나요. 그러면 저자에 대한 인생 전체 스케치를 하게 되죠. 그러면 이 사람의 캐릭터와 이 사람이 이 책을 쓰기까지의 과정, 혹은 그 시대의 풍경 등을 머리에 떠올려 봅니다. 인생의 어느 길목에서 이 책을 썼을까, 그리고 그가 살았던 시대는 또 어떠했을까, 등등. 다 세이브를 해놓으세요. 늘 메모를 하고 저장을 해두어야 됩니다. 안 그러면 다 잊어버려요. 우리 뇌는 숭숭 뚫려 있어서 다 샌다고 하거든요. 이건 뭐 뇌과학이 아니라 그냥 다 아는 사실이죠? 늘 체험하고 있으니까.(웃음)

그런 책 읽기를 시도해 보세요. 그러면 굉장히 건질 수 있는 자산이 많아요. 그물을 넓게 치고 깊게 치면 어떻게 돼요? 내가 건져 올릴 고기가 참 많겠죠. 근데 그물을 하나의 방향으로만 쳐 버리면 거기에 걸리는 것만 건져 올리잖아요. 그러면 뭐야, 내가 원래 생각했던 것을 다시 확인하는 데서 그치겠죠. 자아가 견고해진다는 게 그런 거죠. 책을 읽고 글을 쓴다는 건 그런 자아에서 탈주하는 거라는 점 잊지 마세요.

제 이야기를 좀 하면 어릴 때 거의 말이 없었는데, 중학교 2학년 때 옆짝이 동네 골목에서 주워들은 온갖 음담패설을 다 들려주는 바람에 그 재미에 푹 빠지면서 제 말문이 터졌어요. 말문이 터지니까 주변에 친구가 정말 많았죠. 말의 힘이 참 대단합니다. 고

등학교에 가서는 또 편지를 어마어마하게 썼었어요. 매일 같은 교실에서 공부하는 친구들끼리요. 방학 때 시골에 가 있으면 편지가 매일 와요. 그럼 제가 매일 답장을 써요. 방학이 끝나기 전에 학교로 돌아갔더니 그 친구가 다시 시골로 돌아가라는 거예요. 매일 편지 쓰고 편지 받는 낙으로 살았는데 왜 왔냐며.(웃음) 말문이 터지면 글도 늘고, 당연히 친구도 느는 거죠. 한마디로 창조적 에너지가 솟구치게 됩니다. 리뷰를 통해서 새로운 어휘, 새로운 문장, 저자, 또 그가 살았던 시대 등등을 만나고, 그렇게 되면서 내 세계가 확장되는 그런 경험을 꼭 하시기 바랍니다.

다시, 읽는다는 것―사심으로 접속한다

세번째 강의 시작할까요? 지난주에 책을 선택했고, 이번 주에 읽었죠. 자 이제 세 번 이상 읽은 분 손 들어 보세요. 아, 겨우 한두 명, 이런!(웃음) 리뷰를 쓰려면 최소한 세 번은 읽어야 합니다. 그게 어렵다면 그건 시간을 조절하는 능력의 부재예요. 천재지변도 이삼 일이면 상황이 종료가 돼요. 더 중요한 건 천재지변에 준하는 일이나 내가 이번 주에 하기로 한 일이나 속도만 다를 뿐 거의 비슷한 등급이라는 거. 산다는 건 늘 어떤 약속을 지키는 것의 연속이에요. 그렇게 살다가 그날 주어진 일을 하다가 죽는 거예요. 특별한 삶, 특이한 죽음 같은 건 없습니다.

큰일이 생기면 잠깐은 혼비백산할 순 있어요. 근데 하루도 엄청 길거든요. 하루 내내 정신을 잃을 수는 없어요. 우리 몸은 곧 항상성을 복원합니다. 해서 일주일 내내 책을 읽을 시간이 없었다, 그거는 책을 읽는 일을 우선 순위에 두지 않은 거예요, 책과 일상이 어울리지를 못한 겁니다. 보통 사람들은 사건이 벌어지거나 병이 들거나 하면 바로 제일 중요한 것들부터 내팽개쳐요. 책은 안 읽는데 뭘 하냐면 술을 먹거나 쇼핑, 게임을 한다고. 참 신기한 거지. 일부러 술 마시고 싶어서 사건을 불러들인 건 아닌가? 정화스님 말씀 중에 교집합이 없는 사건은 없다는 그 말이 참 사무치더라고요. 나에게 온 사건 중에 내가 빠져 있는 채로 이루어지는 건 없고, 반드시 교집합이 있다는 거죠. 어떤 사건도 내 안에 있는 세포와의 상호작용이 없이 일어나는 일은 없다는 겁니다. 우리 몸이 그만큼 무수한 인연조건들의 조합이라는 거예요.

자, 그래서 한 권의 책이 나에게로 왔어요. 튜터들한테 책을 선택한 유래를 쭉 들었는데, 제일 웃긴 게 모든 목록에 있는 걸 다 읽고 그다음에도 결정이 안 돼서 제비뽑기로 했다는 분이었어요.(웃음) 또 누구는 제목이 마음에 들어서 골랐고, 또 누구는 친구한테 찍어 달라고 한 분도 있구요. 어쨌든 그것도 일종의 무의식의 소통 작용이에요. 뭐든 일단 인연을 소중히 해야 돼요. 우연이 필연이 되면 운명이라고 했죠.

그럼 책과 인연을 짓는 게 뭐겠어요? 읽는 거죠. 그런데 어떤 책도 한 번 읽어서 그 책과 찐한 접속이 일어나기는 어려워요. 제가 『임꺽정』을 리라이팅할 때 그랬거든요. 『열하일기』도 그랬지만 『임꺽정』도 2008년에 느닷없이 다가왔어요. 사계절출판사에서 요즘 시대 젊은이들에 맞춰 좀 새로운 해석을 해달라고 해서 그 열 권을 읽기 시작했어요. 근데 그 해가 쓰촨성 지진이 일어나고 베이징 올림픽이 있었고, 거기다 엄청나게 더웠어요. 2008년이면 무자년인데, 남대문에 화재가 나고 촛불집회가 100일 가까이 일어나고…. 그야말로 '핫한' 해였죠. 그래서 1권서부터 읽기 시작했는데 진짜 처음 읽을 때에는 홍명희 작가의 특이한 어법 때문에 애를 좀 먹었죠. 특히 1권에 『조선왕조실록』을 장식하는 사대부 문인들의 고유명사가 너무 많이 쏟아지는 바람에 참 힘들었어요. 그런 마음으로 끝냈으면 그저 스쳐 지나가는 인연이었겠죠. 불편한 기억으로 남는.

그래서 첫번째는 그냥 쭉 스케치를 하는 방식으로 읽어야 해요. 다 이해하면서 읽겠다고 하면 지쳐 버립니다. 중도에 포기할 확률도 높구요. 모르는 건 쓱쓱쓱쓱 넘어가면 됩니다. 그러면서 전체 지도를 주욱 훑어 보는 것이 중요합니다. 당연히 다시 읽어야 해요. 전체 흐름이 잡히면 한결 수월하죠. 그러면 이제 고유명사, 각종 사건들의 디테일이 보이기 시작해요. 영화도 그렇지 않습니까? 처음 보면 줄거리 따라가느라 디테일이니 미장센, 소품 등은 대부분 놓치게 됩니다. 영화로 글을 쓰려면 최소한 3~5번은 다시 봐야 해요. 책도 그런 거죠. 그러면 이 감흥에 힘입어 다시 세번째로 읽는 겁니다. 아니, 저절로 그렇게 돼요. 저 역시 세번째 읽으면서 완전 반해 버렸어요. 『임꺽정』에 나오는 단어, 문장, 단락, 사건 등등 텍스트의 모든 장면이 저의 오장육부와 뒤섞이면서 케미가 일어나기 시작했죠. 원래 짧은 강의안 하나 쓰고 끝나는 거였는데, 제가 참지를 못하고 이야기를 마구마구 토해 내기 시작했죠.

그해 겨울에 〈감이당〉에서 강의를 열었는데 거의 1백 명쯤이 들으러 오셨어요. 깜짝 놀랐죠. 『임꺽정』의 명망에 새삼 감탄을 했습니다. 그 정도면 인연이 제법 찐해진 거죠? 그러니 자연스레 『임꺽정』에 대한 책을 내게 된 거죠. 근데, 그게 다가 아니었어요. 임꺽정과 칠두령을 백수로 규정하면서 이후 '백수의 정치경제학'(세바시 강연), 『조선에서 백수로 살기』 등으로 이어지고 작년부터는 〈감이당〉과 〈남산강학원〉 합작으로 청년백수들을 위한 '청공스쿨'까지 열게 되었죠. 그야말로 작은 우연이 필연이 되는 과정을 생생하게 겪었답니다. 아니, 지금도 겪는 중이에요. 암튼 그래서 아무리 짧은 책도 세 번은 읽어야 돼요. 뭐든 삼세판이죠. 씨름도 그렇고 바둑도 그렇고. 하나 둘 셋, 이 3이라는 숫자가 담고 있는 변화의 묘미가 있어요.

자, 근데 지난주에는 무심하게 읽으라고 했죠. 사심을 버리고 어떤 기대나 통념, 전제를 버리고 읽으라는 뜻이었죠. 또 무심해야 집중이 잘 됩니다. 그 자체가 훈련이에요. 현대인은 자의식이 너무 비대해서 뭘 하든 자기식으로 합리화하려는 속성이 강합니다. 그런 식이면 아무리 책을 읽어도 자만심만 커지겠죠. 이걸 꼭 유의하시기 바랍니다. 비울수록 새로운 영역을 발견하게 된다는 것, 지적 정보건 사유의 방식이건 저자의 생애에 대한 것이건 이전에 몰랐던 것을 알게 될 때의 기쁨을 누리는 것, 이 또한 훈련이 필요하다는 것.

그렇게 발견한 것들을 가지고 오늘 서로 이야기를 나눈다, 여기까지가 미션이죠. 그러면 이번 주엔 뭘 해야 되느냐, 이제부터는 사심을 듬뿍 갖고 읽어야 합니다. 이건 잘 하실 수 있죠? 늘 사심이 가득하시니까.(웃음) 지난주의 읽기가 그물을 넓게 친 거라면 지금부터는 구체적인 목표와 경계를 갖고 그물을 다시 치는 겁니다. 이제는 고기를 잡아서 요리를 해야 돼요. 요리하는 데 필요한 물고기를 잡아야죠. 또 거기에 필요한 만큼을 건져 올려야죠. 그래서 남으면 나눠주거나 다른 요리할 때 또 쓰면 되고.

근데 책을 읽는다는 것은 뭐냐면 나의 전제를 깨는 거예요. 읽었는데 내가 원래 생각하던 거랑 똑같아, 그럼 아주 허무하죠. 저는 80년대에 청춘을 보낸 터라 『임꺽정』이라고 하면 민초들의 반란, 저항, 혁명 뭐 이런 걸 상상했던 거 같아요. 근데 세 번을 읽으면서 완전히 고정관념이 깨졌어요. 내가 노력을 한 게 아닌데 깨졌어요. 뭐냐? 여기에는 이념이 없어요. 꺽정이나 칠두령 그 누구도 어떤 세상을 세우겠다, 뭘 뒤집어엎겠다, 하는 전통적인 방식의 혁명, 저항 이런 게 없어요. 그러니까 거기서 깜짝 놀란 거죠. 그런데 80년대엔 왜 그렇게 읽었지? 역사, 계급, 저항 같은 시대적인 렌즈가 그토록 강력했던 거죠. 거기다 하필 또 그때 제가 의역학을 막 배울 땐데 여기에 사주명리학 얘기가 그렇게 많이 나와요. 참 이게 놀라운 인연 아닙니까? 꺽정이의 친척이자 스승인 갖바치가 사주명리학의 도인인 거예요. 그냥 잠깐 등장하는 카메오가 아니라 작품 전체를 이끌어 가는 핵심인물입니다. 그의 말이나 예언이 열 권 전체에 복선으로 주욱 깔려 있어요. 그럼 80년대에는 이걸 어떻게 해석했나 하고 봤어요. 아니나 다를까 민초들의 의식적 한계, 봉건시대의 미신 등등으로 해석했더라구요. 지금 돌이켜 보면 이 또한 계몽적 동일성의 폭력이죠. 서구과학을 기준으로 현대를 가장 진보된 것으로 설정하고 그 이전 시대는 다 열등하다는 식으로 해석하는. 재밌는 건 꺽정이가 중년에 청석골이 좀 한가할 때 종로통에 와 가지고 마누라를 네 명이나 거느리는 대목이 나와요. 늦바람이 폭발한 거죠.(웃음) 나중에 본처인 운총이가 알아가지고 청석골에서 득달같이 달려와서, 정말이지 세상 어디서도 보기 드문 '부부격투기'를 연출합니다.(웃음) 그럼 이건 어떻게 해석해야 하지? 80년대엔 이런 스토리는 거의 주목을 받지 못한 거 같아요. 오로지 관군과 싸우고 저항하고 그러다 패배하고…, 이런 식으로만 읽은 거죠.

그러니까 21세기 청년들과 『임꺽정』은 만날 수가 없는 거죠. 그럼 어떻게 해야 하나? 이제 다른 식으로 읽어야 됩니다. 그걸 좀

고상한 철학으로 말하면 텍스트의 흐름을 '절단, 채취'한다고 말합니다. 여러분이 해야 될 일이 바로 그거예요. 이 넓은 어장에서 나만의 고유한 렌즈를 장착하고 거기에 포커스를 맞춰서 다시 건져 올려야 해요. 그래서 사심을 듬뿍 담으라는 겁니다. 처음엔 무심하게 읽었죠? 그렇게 읽다 보니 새로운 문제의식이 생겼어. 반드시 생겨야 합니다.(웃음) 그 새로운 문제의식으로 다시 책을 읽는 거예요. 그러면 책의 의미와 파동이 전혀 다르게 구성됩니다. 감이 오죠? 안 오면 오게 해야죠.(웃음) 정 안 되면 책을 들고 다니고 아니면 베고 자기라도 하세요. 그래야 왕성한 '케미'가 일어나겠죠. 신체와 접속한다는 건 말 그대로입니다. 비유가 아니고. 정말 책과 계속 교감을 시도해야 해요. 그럼 각자의 사심을 충분히 발휘하시길. 이상~.

쓴다는 것─새로운 텍스트를 토해 낸다!

리뷰는 독서가 아니고 쓰기가 핵심이죠. 그래서 쓰기의 관점에서 독서를 다시 규정하는 거죠. 독서라는 행위에는 여러 가지가 있어요. 읽다 집어치우는 거, 취미 삼아 읽는 거, 내 논리를 정당화하기 위해서 발췌하는 거, 오만 가지 방법이 있는데 지금 여러분이 하는 독서는 쓰기를 생산하기 위한 독서라는 거예요. 책이라는 텍스트를 읽고 또 읽어서 신체적 케미를 일으키고 그걸 바탕으로 다시 새로운 텍스트, 또 하나의 텍스트를 토해 내는 과정인 거죠. 신체적 케미가 일어나면 언어와 문장들이 웅성웅성대면서 토해 내지 않고는 못 배깁니다. 지금 다 그런 상태인 거죠? 믿습니다!(웃음)

지금 벌써 시작한 지 4주나 되었죠. 그 사이에 절기도 바뀌고 날씨도 바뀌고 했잖아요? 이 시간적 변화가 중요합니다. 당연히 일상의 패턴이나 컨디션 등등도 바뀌었어요. 그런 변화 속에서 책을 만나는 거예요. 그 과정을 잘 알아차리세요. 보통 책 한 권을 쓰려면 1년 정도의 시간이 필요합니다. 그러면 1년 안에 수많은 날짜와 속도 그리고 삶의 리듬이 이 안에 들어가 있을 거 아니에요. 그리고 어디서 썼느냐도 되게 중요해요. 왜냐면 말과 글도 어떤 장소성을 지니거든요. 쉽게 말해 그 장소에 있어야 떠오르는 생각과 말이 있어요. 유명한 예가 니체의 『차라투스트라는 이렇게 말했다』는 스위스의 질스마리아라는 호숫가를 거닐 때 주로 떠오른 착상이라고 합니다. 니체 덕분에 그 호숫가는 불멸의 명성을 누리게 되었죠.(웃음) 짧은 글을 쓸 때도 마찬가지예요. 저도 수유역 4번 출구를 나가다 문득 떠오른 단어로 한 편의 글을 쓴 적도 있어요. 그래서 막상 생각과 낱말들이 움직이기 시작하면 시간의 양은 별 문제가 아니라는 걸 알게 돼요. 양이 아니고 진짜 마주침의 밀도거든요. 그러니까 글을 쓰다가 뭔가 돌파가 안 돼, 그럴 때는 산책을 하든지 청소를 하든지 리듬을 바꿔 주는 게 좋습니다. 그냥 노트북만 붙들고 한숨만 들이쉬고 내쉬다 웹서핑이나 하지 마시고.(웃음)

이제부터 중요한 거는 기승전결인데, 칼럼 쓰기와 다른 건 리뷰는 양이 두 페이지가 넘기 때문에 소제목이 들어가야 합니다. 교재인 『고전톡톡』에 있는 제목들을 유심히 보세요. 좋은 참조가 될 겁니다. 하나씩 짚어 보면, 기(起)에서는 굳이 소제목을 달지 않아도 돼요. 처음 여는 단계에선 에피소드건 장면 제시건 아니면 논리적 명제건 짧고 강렬하게 던져 놓고, 그다음 승/전/결에서는 제목을 다는 게 좋겠죠. 그래야 논리가 진행되는 경로를 알 수 있으니까. 그러면 소제목이 3개쯤 되겠죠. 또 소제목들이 전체 제목과 연관이 되어야겠죠? 이게 참 지당하고 지당한 말인데, 잘 안 되나 봐요. 전체 제목은 제목대로, 소제목은 소제목대로 각개약진하는 경우가 많아요.(웃음) 여기서 이러시면 안 됩니다. 반드시 유기적으로 연결되어야 합니다.

예를 들면, 『고전 톡톡』에 실린 체르니셰프스키의 『무엇을 할 것인가?』에 대한 리뷰(「사랑과 혁명은 어떻게 조우하는가」)는 제가 직접 개별 지도를 한 글인데, 소제목들이 ''지하실'에서의 삶', '이기적 유물론자의 사랑법', '무소의 뿔처럼 혼자서 가라', 이렇게 되어 있어요. 이 제목을 달기까지 아마 골백번도 더 고쳤을 거예요. 이 소설은 진짜 혁명적인 작품이에요. 청춘남녀의 사랑법이 혁명의 진수라는 걸 정말 생생하게 담고 있는 소설인데, 앞부분에서 아주 강렬했던 대목이 뭐냐면 여주인공의 엄마는 딸을 감시하는 게 하루의 큰 임무예요. 자기 딸이 귀족이 아닌 시시한 '놈'한테 넘어가면 큰일이니까. 근데 정작 남자주인공과 딸이 사랑에 빠졌다는 걸 짐작조차 못 했어요. 왜? 두 연인이 너무 태평하고 편안해서. 보통은 사랑에 빠지면 감정조절이 안 되고 그래서 건강도 안 좋아지고 주변관계도 엉망이 되고 그러잖아요. 그래서 뭐 비밀이라고 하는데 다들 알죠.(웃음) 근데, 진짜 사랑은 이렇게 평온하다는 거죠. 아무튼 그렇게 귀족놈팽이가 아닌 혁명을 꿈꾸는 지식인과 사랑에 빠진 딸이 연인의 도움으로 지하실 같은 저택에서 빠져나와 마차를 집어타고 튀어 버립니다. 엄마한테 안녕을 고하고서. 그때 엄마가 한 말도 참 충격적이죠. "저년이 날 털어갔어." 무슨 뜻인지 아시겠어요? 엄마한테 이 딸은 투자상품이었던 거죠. 그러니까 딸이 튀는 바람에 엄마는 쫄딱 망한 겁니다.(웃음) ''지하실'에서의 삶'은 바로 이런 상황을 표현한 거죠. 이렇게 해서 청춘남녀의 사랑이 시작되었는데, 처음도 흥미진진하지만 이후 진행되는 스토리도 상상을 초월합니다. 판타지물이라는 뜻이 아니라, 우리의 고정관념을 완전 뒤집어 엎는 반전의 연속이에요. 그게 앞서 말한 글의 소제목인 '이기적 유물론자의 사랑법', '무소의 뿔처럼 혼자서 가라'에 담겨 있습니다. 이기적, 유물론자, 무소의 뿔, 이런 단어들은 보통 사랑이라는 낱말과는 잘 안 어울려요. 그런데, 이 작품 안에서는 아주 멋지게 공존을 합니다. 그래서 혁명적이라는 겁니다. 이런 식의 사랑법은 지금도 요원하죠. 어떤 점에선 19세기 러시아보다 더 후퇴한 감도 있어요. 나중에 혹시 이 작품을 만나게 되면 꼭 읽어 보시기 바라고요. 위의 소제목들은 그것이 진행되는 방식을 간결하게 압축한 겁니다. 그러니까 전체를 관통하는 키워드가 설정이 되어야 각 소제목들을 주욱 관통할 수가 있죠. 그 점을 꼭 유의하셔야 합니다.

리뷰는 독후감이 아니라 새로운 창조물이에요. 원책, 원작품에 붙어 있는 부록이나 이런 게 아니고 전혀 별개의 창조물인 겁니다. 물론 원텍스트에 대한 정보를 주는 역할을 하기도 하지만 정말 중요한 건 고전을 읽는 나의 태도와 감응력을 표현하는 겁니다. 내가 이 책과 어떻게 만났는가, 만나서 신체가 어떻게 변용되었는가를 말해 주는 거예요. 그 점 잊지 마시고요. 물론 비판적으로 읽어도 돼요. 근데 비판을 할 때는 논거가 뚜렷해야 해요. 그렇지 않고 그저 감상적 차원에서 물고 늘어지면 리뷰가 아닌 인신공격이 돼 버려요. 괜히 욕하는 연습만 하는 거예요. 그런 식의 글쓰기는 양생에 일단 해로워요. 그래서 지금은 뭐든 배우는 자세로 리뷰를 하는 게 좋습니다. 물론 내가 아직 동의할 수 없거나 납득되지 않는 부분이 있을 수 있죠. 그런 거에 대해서는 열린 자세로 문제제기를 할 수 있어요. 그런 게 결론 부분에 들어가면 더 생기가 넘치겠죠? 새로운 질문이 생성된 셈이니까 또 다른 글의 씨앗이 될 수도 있구요.

이제 3주에 걸쳐 리뷰를 작성할 텐데, 다음 주는 일단 4,800자 정도로 넉넉하게 써오는 겁니다. 3,800자가 목표치니까 한페이지 분량을 더 쓰는 거죠. 떠오르는 생각들을 일단 다 망라해 보는 거예요. 물론 기승전결 어디에 배열을 할 것인가를 유념해야겠죠. 이게 첫째 미션이라면, 두번째 미션은 그 내용들을 4,000자 정도까지 줄여야 돼요. 세번째는 정말로 문장과 오탈자, 그리고 문법적·논리적 비문을 수정하는 데 총력을 기울여야 합니다.

기승전결이라는 차서를 잡고 절차탁마하는 건 모든 글쓰기의 기본적인 코스예요. 저도 그렇게 쓰고 있어요. 저도 이 강의 마치면『루쉰, 길 없는 대지』의 마지막 장을 써야 되는데 지금 전체를 7개의 챕터로 만들어 놓고 듬성듬성하게 부분작업을 하는 중이에요. 정말 엉성하기 짝이 없죠. 그 듬성듬성한 부분들을 제대로 이으려면 계속 더 읽어야 돼요. 루쉰 평전이나 루쉰의 작품을. 한 문장을 쓰기 위해 100페이지쯤을 독파해야 되는 경우도 있어요. 그래야 자신감 있게 한 문장을 쓸 수가 있거든요. 연보를 보고 어설프게 엮으면 문장이 영 이상합니다. 암튼 이런 식으로 일단 전체 논지를 꿰는 데 주력을 하고 그다음에 마감 일자가 다가오면 그때부터는 오로지 글자 수 맞추는 거에만 집중합니다. 그땐 더 이상 책을 보면 안 돼요. 오직 글의 완성만 생각해야 돼요. 버리고 다듬고 보태고… 등등. 여러분도 이 과정을 꼭 겪으셔야 합니다.

리뷰란 '마주침의 유물론'을 배우는 거라고 했죠. 텍스트와 좋은 인연을 짓는 훈련을 하고 나면, 사람을 만날 때도, 사건을 만날 때도 그렇게 할 수 있습니다. 믿습니까?(웃음) 그럼 마지막 발표 시간에 꼭 만나요~

위생에서 양생으로—고미숙의 『위생의 시대』

정승운(2조)

낯선 이들이 가득한 지하철, 일진이 사납게도 내 앞에서 계속 기침하는 저 낯선 남자가 슈퍼바이러스를 내뿜을 것만 같아 자리를 옮긴다. 바빠서 손을 씻지 못했는데 길에서 우연히 만난 지인이 악수를 청한다. '사실 내 손은 몹시 더럽답니다.' 악마의 속삭임을 들으며 죄책감 가득한 악수를 하고 나 역시 손을 씻을 때까지 손을 쓰지 못한다. 그 사람도 틀림없이 손을 씻지 않았을 것이기 때문이다. 아무리 씻어도 곧 세균으로 오염되는 손, 이론적으로 손이 깨끗한 시점은 순간일 뿐이다. 누군가 내가 지저분(?)하게 먹고 있는, 다시 말해 개인접시에 덜지 않고 독점한 라면을 '한입만'을 외치며 먹는다. '어쩜 저리 위생관념이 없나.' 신기하지만 내색하지 않고 그 사람이 오염시킨 내 라면에서 적당히 손을 뗀다. 내가 이렇게 깔끔을 떠는 이유는 면역력이 약해 잔병을 달고 살기 때문이다. 나의 건강은 위생관념이 부족한 사람들 때문에 늘 위기일발처럼 느껴졌다. 누군가에게 전염되어 혹은 온 세상에 득시글한 세균 때문에 병에 걸리고 싶지는 않았던 것이다.

『위생의 시대』는 이런 나의 청결강박증이 부질없는 것이며 심지어 건강을 위해 그다지 좋은 일이 아니었다고 말한다. 더구나 병원을 전적으로 의지하며 위생을 강조했던 나의 개인적 성향이 사실은 개화기 이후 받아들인 서양의 위생담론을 내재화한 결과라고 말한다.

내 마음속의 위생담론

병리학은 모든 질병의 원인을 세균과 박테리아 등 미생물로 보는 관점이다. 저자는 전통적으로 질병이란 음양의 조화가 깨어진 상태이며 치료란 환자의 신체를 둘러싼 여러 가지 조건들의 깨어진 균형을 회복시키는 것이었지만, 병리학의 도래 후 오직 세균을 병의 원인으로 보면서 삶과 분리된 객관적 질병체계가 만들어졌다고 정리한다. 이에 따라 신체와 질병은 더 이상 자연과의 연관하에서 파악되지 않고, 건강은 의료체계에 의해 객관적으로 관리되고 통제될 수 있는 대상이 된다. 1882년 코흐가 결핵균을 발견하고, 1921년 백신이 완성되어 결핵의 예방이 가능해지자, 결핵이 미생물에 의한 것이라는 입장이 확고해졌으며 오래된 의학전통이 무너졌다. 현미경, 백신 등 과학기술의 발달과 함께 근대의학은 보이지 않는 것을 인정하지 않고 실체가 확인된 것만을 질병으로 혹은 질병의 원인으로 취급한다. 병리학은 병의 원인을 미생물이라는 구체적 대상으로 규정하였기 때문에 병리학적 믿음하에서는 자연히 청결과 위생에 대한 강박증이 생산된다.

질병의 원인이 세균이라면 세균이 존재할 수 있는 모든 것이 때로는 위험한 존재가 될 수 있다. 안전하고 건강한 삶을 위해서는 섞이고 혼란스러운 상태는 좋지 않으며 사람들은 균과의 사투를 벌이듯 자신과 주변을 청결히 해야 하는 동시에 최대한 거리를 두고 분리되어야 한다. 병리학적 믿음이 굳건한 현대사회에서 위생은 선진문명으로 추앙받고 청결과 거리두기는 현대인의 매너로 강조된다. 위생을 강조하는 내 마음에도 위생이 건강과 직결된다는 강한 믿음이 내재되어 있다. 지극히 당연한 매너인 줄 알고 행했던 거리두기는 사람들 간에 눈에 보이지 않는 장벽을 만들어 간다. 최소한의 만남과 최소한의 소통이 다양한 균으로부터 나를 지킬 수 있는 최적의 조건이기 때문이다. 이런 상황에서는 남이 쓴 변기가 더러워서 쓰지 못하고 호텔 매트리스를 교체하지 않으면 잠을 못 자는 마음을 이해할 수 있다. 바로 자신 외엔 모두가 더러워 보이는 병리학적 마음가짐의 발현인 것이다.

위생의 시대에 양생을 외치다

문제는 병리학적 마음가짐이 과연 나의 건강을 지켜 줄 수 있느냐는 것이다. 위생을 철저히 하고 병원에서 제공하는 건강 지표들을 관리하며 혼자 살면 질병 없이 살아야 하지만 실상은 그렇지 않다.

병은 늘 새롭게 생겨나며 너무 깨끗하면 면역력은 더 떨어져 아토피 같은 면역력 결핍 질병이 발병한다. 1인가구가 늘어나는 것만큼 고독, 우울증 환자가 급증한다.

저자는 고립될수록 건강을 잃게 된다고 말한다. 책에서 뇌 과학자들에 따르면 뇌의 한 부분인 '변연계'는 인간의 내부와 외부의 정보를 통합하는 동시에, 신체가 외부세계에 가장 적합해지도록 생리기능을 조절한다. 인체는 곧 외부와 소통하는 창이며, 인간은 집합적 관계 속에서만 행복을 누릴 수 있다는 것이다. 누구도 혼자서 자기 몸의 생리기능을 조절할 수 없다. 다른 사람들과 함께 있을 때 나도 그 사람을 조절하고 그 사람도 나를 조절해 준다. 눈에 보이지 않지만 우리를 둘러싼 모든 곳에 수많은 조절과 조화가 가득하며 이러한 조절과 조화는 신체가 우주만물과 소통할 수 있도록 한다는 것이다. 따라서 병에 걸리지 않기 위해 스스로를 격리하는 행위는 나의 신체 기능을 떨어뜨리고 나의 생명력을 떨어뜨리는 행위가 된다.

전통 한의학에서는 위생이 아닌 양생을 의술의 원리로 삼았다. "인체는 우주와 소통하는 창이 된다. 천지자연, 또 사계절의 절기, 60갑자 등 우주의 운행과 얼마나 소통할 수 있느냐가 신체의 능력이다."(고미숙, 『위생의 시대』, 북드라망, 2014, 86쪽) 병은 소통이 막힌 상태이며 병을 다스리기 위해서는 병증을 제거하는 것이 아니라 내 삶의 어느 부분이 막혀 있는지를 돌아보고 성찰해야 한다는 것이다. 생각만 하면 울화가 치미는 누군가가 있다면, 익숙하지 않은 타인에 대한 거부반응이 빈번하다면 불통하는 신체이며 생명력은 떨어진다. 아닌 게 아니라 기분이 늘 나쁘다면 혹은 한 가지 감정에만 치우쳐 있다면 건강하고 행복하기는 어렵다. 일상에서 관계에 막힘이 없을 때, 실타래처럼 꼬였던 일들이 별일 아닌 것처럼 느껴질 때, 내 삶과 몸에 대해 알아 가며 자유를 느낄 때, 내 몸은 좀 더 양생에 가까워진다. 하지만 무비판적으로 서양의학을 받아들이는 과정에서 우리는 양생의 지혜를 잃어버렸고 전통의학은 미신이나 미개한 것으로 치부되어 버렸다. 나의 생리기능을 조절해 주고 기운을 돋우며 생명력을 높이는 수많은 존재들은 병균으로 나를 위협하는 존재로 취급되곤 한다. 지금도 많은 사람들이 양생이나 기, 혈 등의 용어 자체에 거부 반응을 일으킨다. 병리학적 메커니즘과 위생담론은 사회 전반에 강력히 작동하고 있으며 개개인에게 강하게 내재되어 있다. 병리학과 임상의학에 입각하여 환자를 돌보는 현대의 병원은 개인의 소통과 삶에 관심이 없다. 세상에 똑같은 얼굴이 없듯이 똑같은 병도 없으며 자신의 삶과 몸에 무관심하고 개인의 건강을 의사와 의료 기기에 전적으로 맡긴다면 양생은 어렵다. 청결과 거리두기의 위생보다는 소통과 조화의 양생이 필요한 것이다.

질병으로 변주되는 삶

"질병을 고친다는 건 곧 일상을 재구성하는 것이다. 그렇지 않고는 감정의 흐름을 바꿀 수 없고, 감정의 흐름이 바뀌지 않는 한, 그 거처인 장기가 지속적으로 스트레스를 받는다는 뜻이 되기 때문이다. 거꾸로 생각하면, 병이란 바로 환자의 생활과 습관, 정서적 활동의 산물이라 할 수 있다. 그런 점에서 질병이란 몸이 보내는 일종의 메시지에 해당하는 셈이다. 생각을 고쳐먹으라는 혹은 일상과 관계를 다르게 구성하라는. 그런 점에서 질병과 몸은 적대적이지 않다. 오히려 삶을 다르게 살도록 추동해 주는 스승이요, 친구인 것이다. (고미숙, 『위생의 시대』, 171쪽)

질병이 삶의 자연스러운 부분이며 친구이자 스승이 된다니. 병과도 친구가 되는 소통능력, 이토록 긍정적인 마음가짐이면 세상 무서울 것이 없을 것 같다. 위생관념이 부족한(?) 사람들을 원망하며 거리두기와 청결을 건강의 최우선 조건으로 삼는다면 소통하는 신체가 되기는 어려울 것이다. 누구도 질병과 죽음으로부터 자유로울 수 없으며 중요한 것은 병에 걸리지 않는 것이 아니라 병을 통해 자신의 삶을 변주하는 것이다. 병을 적대하는 것에서 벗어나 몸의 메시지에 귀를 기울이고 병과 공존하며 전혀 다른 삶의 리듬을 터득하는 '양생의 지혜'가 필요한 시점이다.

3. 에세이-하라: 자기 삶의 철학자-되기

글쓰기 시즌 **3**이 도래했습니다. 종목은 에세이! 미션은 '자기 삶의 철학자-되기'!

철학이 없는 삶은 없습니다. 살아 있는 한 누구나 철학을 합니다. 철학이란 특별한 '분과학'이 아니라 인**식**과 사유, 행동의 총칭입니다.

하지만 사람들은 믿지 않습니다. 철학과 삶이 분리될 수 없음을. 자신이 곧 자기 삶의 철학자임을. 그 결과 정신과 영혼, 언어와 사유를 돌보는 데 한없이 게을러**집**니다. 게으름은 **무**지를 낳고, **무**지는 충동과 허무를 낳습니다.

에세이는 이 '허**무**의 수레바퀴'에서 탈주하기 위한 실존적 결단의 **일**환입니다.

(그래서 '에세이 쓰기'가 아니라 '에세이-하라'인 **것**입니다.)

그러므로 에세이는 자신과의 대결에서 시작합니다.

나는 누구인가? 나는 어떤 세**상**에 살고 있는가? 나는 **무엇**으로 존재하는가?—이런 질문들로 자기 자신과 맞짱을 뜨고 싶다면! 자기 삶을 근**원**적으로 탐색하고 싶다면!

그**리**하여 자기 삶의 철학자가 되고 싶다면! 누구든 환영합니다!!!

1강 철학이란 **무엇**인가?—존재, 인식, 윤리 (고미숙)

2강 나는 누구인가?—인**식**과 사유 (고미숙)

3강 욕망과 인식을 둘러싼 **집**중토론

4강 나는 **무엇**으로 존재하는가?—욕망과 행동 (고미숙)

5강 어떻게 살 **것**인가?—**윤리**와 비전 (고미숙)

6강 행동과 **윤리**에 대한 **집**중토론

7강 **차**서를 부여하라!(기승전결을 갖춘 초고)

8강 **차**이를 생성하라!(독창성과 임팩트 부여하기)

9강 절차탁**마**!(최후의 순간까지, 최후의 한 글자까지!)

10강 완성! 그리고 **발**표와 토론(한 명씩 지정토론)

* 글쓰기 분량은 4,500자(A4 **용**지로 2장 반 정도)

* 기본교재 : 강신주 외, 『나는 누구인가』(21세기북스)

　　　　고미숙, 『"바보야, 문제는 돈이 아니라니까"』(북드라망)

　　　　신근영, 『칼 구스타프 융, 언제나 다시금 **새**로워지는 삶』(북드라망)

　　　　김해완, 『**리**좀, 나의 삶 나의 글』(북드라망)

　　　　신영복, 『담론』(돌베개)

철학이란 무엇인가? : 존재, 인식, 윤리

반갑습니다. 첫번째 강의를 시작할까요. 에세이는 철학적인 글을 쓰는 건데, 그럼 철학이란 무엇인가? 이런 질문이 생기겠죠. 아주 간단해요. 인생과 세계에 대한 탐구예요. 나는 누구인가? 이 세상은 언제 창조되었지? 죽으면 어떻게 되지? 등등 이런 질문을 하지 않는 사람은 없습니다. 호모 사피엔스의 후예가 된 이후, 이런 질문에서 벗어난 적은 없습니다. 해서 인간은 원초적으로 철학적 존재입니다. 근데 현대인들은 철학을 특별한 전문가나 학자들의 영역이라고 치부하고 있어요. 질병과 몸을 의사라는 전문가 집단에게 맡긴 것과 마찬가지로요. 그러면서 자신의 삶에서는 철학을 치워 버렸죠. 질문이 사라진 건 아닌데, 그 질문을 끈질기게 파헤치려 하지 않는 거죠. 누군가 그런 질문을 던질라치면 '개똥철학'이라며 웃어넘기고요.(웃음) 철학을 하냐 안 하냐가 아니라 인간이 본원적으로 철학적 존재라는 걸 망각했어요.

고민은 많이 하죠. 취직, 연애, 쇼핑, 게임, 가족 등등. 그 중에서 존재의 본질이 뭐지, 세계가 어떻게 구성되어 있지를 고민하는 시간이 하루에 몇 시간, 아니 몇 분이나 되세요? 전혀 안 하시죠. 대신 전문가들이 하는 걸 구경을 해요. 구경하고 적당히 들으면서 감상적 논평을 하죠. 그런 걸 일러 소외라고 합니다. 철학이 인간의 본성임을 망각한 데서 온 소외. 그래서 이번 글쓰기 강의 제목을

'에세이 쓰기'가 아니라 '에세이-하라'라고 한 것도 그걸 염두에 둔 겁니다. 그냥 에세이라는 장르적 글쓰기를 하는 게 아니라, 에세이를 쓰면서 철학을 하라, 스스로 철학하는 존재임을 자각하라, 뭐 이런 의미가 담겨 있습니다.

나는 누구인가, 이게 철학의 첫번째 질문이에요. 흔히 존재론이라고 하는 영역입니다. 그런데 이 질문을 던지는 순간, 내가 사는 세상에 대한 질문이 솟아납니다. 거의 동시적으로. 이 세계는 도대체 어떻게 구성되어 있지? 이 세계의 본질은 뭐지? 이런 거죠. 그 이전에 대체 어디까지가 세계인지를 알 수가 없죠. 오래전에는 삼천대천세계, 무량겁의 세월 등으로 표현했는데, 지금은 지구, 태양계, 은하계… 이런 식으로 펼쳐지죠. 근데, 은하계가 한 천억 개가 있다잖아요. 이해가 되세요? 가늠이 전혀 안 되죠. 과학적 측량의 결과라곤 하지만, 결국 신화나 종교적 언어랑 차이가 없죠. 그냥 무한대라고 할 수밖에요. 시간도 마찬가지. 인도에선 겁이라는 시간단위를 쓰는데, 글쎄 그게 세상에서 제일 높다는 수미산이라는 산에 천 년에 한 번씩 선녀가 내려와서 그 얇디 얇은 드레스로 이렇게 한 번 스윽~ 스치고 올라가서 또 천 년에 한 번 스윽 스치고 이렇게 해서 수미산이 없어질 때까지랍니다. 그게 얼마큼일까를 생각하는 순간 어지러워 죽고 싶어지죠.(웃음)

결국 공간이건 시간이건 무한대죠. 그 무한의 시공 속에서 우리가 인식할 수 있는 영역은 어디까지일까. 그래서 인식론이라고 합니다. 우리라는 존재는 유한한데 우리가 살아가는 시공은 무한하고, 그럼 이 유한한 몸으로 무한을 어떻게 인식할 수 있지? 그 인식은 과연 참인가? 가상인가? 이런 질문들이 나올 수 있겠죠. 동서양 철학사가 온통 이런 이야기로 가득 차 있어요.

『동의보감』 배우고서 처음에 느낀 건 우주가 순환하니까 역사도 순환을 할 텐데 자본주의는 왜 역사를 직선적으로 사유할까? 그런 생각을 했죠. 직선이라고 간주하니까 계속 고고고~ 하는 거죠. 그래서 저성장, 불황, 이런 걸 못 견디는 거죠. 발전에 대한 환상도 거기서 나오는 거구요. 농업문명시대에는 성장론이라는 게 없었겠죠? 우주가 봄-여름-가을-겨울로 순환하는데 역사가 어떻게 성장, 발전만 할 수 있겠나, 생성하면 소멸하고, 상승하면 하락하고, 하락하면 다시 솟아오르고. 이런 식으로 생각했죠. 그렇다고 동일하게 반복된다는 건 아니고 순환하면서 변주된다고 보는 게 맞겠죠. 역사가 직선이라고 생각하면 인생도 그렇게 설정하게 돼요. 계속 발전, 성장하지 못하면 못 견디는 거죠. 20세기가 그랬던 거 같아요. 오직 목표를 향해서, 오직 증식을 향해서! 그게 아닌 삶은 실패다, 이렇게 설정을 하고, 잠시도 자신을 놓아두질 못한 거죠. 그게 아니라 순환이라고 생각하면 훨씬 여유가 있어요. 청춘-장년-중년-노년, 이런 리듬으로 순환한다고 생각하면 삶의 방식이나 패턴이 아주 달라집니다. 꼭 저 높은 곳을 향해 달려가야 하나? 혹은 이 정도 했으면 이제 쉬었다 가도 되지 않나? 등등. 이게 바로 시공에 대한 인식과 존재에 대한 탐구가 연결되는 지점이죠.

아무튼 인간은 오랫동안 이 질문을 멈추지 않았습니다. 지금은 워낙 책이 많으니까 이런 질문이 생기면 바로 도서관이나 인터넷 검색을 하겠지만 예전에는 그 질문을 품고 길 위에 나왔죠. 동서양 모두 길 위에 순례자들이 그렇게 많았던 건 바로 이런 이유에서입니다. 당연히 스승을 찾아 다닙니다. 3천 년 전 북인도에서 싯다르타 왕자가 출가했을 때도, 사문이라고 하는 수행자들이 길이나 숲에 수두룩했더라구요. 별의별 자세로 요가를 하는 사람들도 많았고요. 역사책을 보면 주로 제국의 흥망성쇠가 주를 이루는 탓에 온통 전쟁과 정복에 급급한 것 같지만 실제로 역사의 이면을 들여다 보면 전쟁, 약탈, 혼돈이 심한 시대일수록 진리를 찾아 헤매는 순례자들이 쏟아져 나왔습니다. 당연한 일이죠. 진리를 탐구하는 것이 인간의 본성이니까요. 나는 누구인가? 등을 질문하지 않고 살기는 어렵습니다. 물론 수많은 답들이 있긴 하죠. 성씨, 가문, 종족, 국민, 인종, 요즘이라면 스펙 등등. 하지만 그걸로 해소되기란 불가능합니다. 왜냐면 그런 정체성이 본질인가도 의심스럽지만, 그렇게 명료한 정체성을 가지고 있다 해도 그런 식으로 살지를 않거든요. 예컨대, 브라만이 다 같은 브라만도 아니고, 로마 귀족이라고 다 같은 팔자도 아니에요. 그러니 답답하죠. 각자의 삶을 이끄는 동력이 대체 무엇일까? 본질이라는 게 있기나 할까? 그래서 '고유한 본질이 있다, 없다'를 가지고 수많은 논쟁과 논란이 이어진 거죠. 또 저 하늘의 끝에는 무엇이 있을까, 또 세계를 이루는 본질이 무엇일까, 이런 걸 상상하지 않는 어린아이는 없습니다. 현대 물리학은 우주의 시공에는 11차원이 있다, 이렇게 찾아내지 않았습니까? 인도의 겁이라는 숫자만큼이나 황당하죠. 4차원도 벅찬데, 거기에 또 7개의 차원이 더해진다니, 돌아 버릴 지경이죠?(웃음) 이걸 안다고 해서 지금 당장 삶이 바뀌는 것도 아닙니다. 정말이지 쌀이 나옵니까? 돈이 나옵니까? 하지만 그 어떤 것도 알고 싶다는 마음보다 더 큰 것은 없어요. 그게 호모 사피엔스의 운명이자 특권이니까요.

그다음에 나오는 질문이 뭐냐면 그래서 어떻게 살아야 하지? 즉 윤리학이에요. 윤리의 기준은 '나는 무엇을 원하는가?' '나는 무엇을 할 수 있는가?'예요. 전자를 욕망이라고 한다면 후자는 능력이죠. 욕망과 능력의 함수가 나의 행동을 결정합니다. 욕망과 능력이 딱 맞으면 좋겠지만 대부분은 어긋나 있죠. 원하는 것과 할 수 있는 것이 정반대인 경우도 있고요. 그 간극 속에서 우리는 갈등과 괴로움, 번뇌를 겪습니다. 그럼 어떻게 해야 이 괴로움에서 벗어날 수 있을까? 이런 문제로 늘 고민하게 되죠. 거기에서 또 무수한 윤리학적 테제들이 나올 수 있습니다.

아무튼 철학이라고 하면 존재, 인식, 윤리, 이 세 가지 영역을 포괄한다는 걸 염두에 두고 에세이에 도전해 보시기 바랍니다. 동양적 사유의 목적은 깨달음이거든요. 깨달아야 무지로부터 탈출하고 괴로움에서 벗어난다고 보는 거죠. 근데 괴로움에서 벗어나는 것은 이 육체적 한계를 벗어나야 한다, 그래서 그걸 해탈이라 합니다. 해탈이라고 하면 엄청 신비로운 말처럼 들리지만 간단히 말해, 생로병사라는 애착에서 벗어나는 것을 의미합니다. 그 애착이 분노를 낳고 다시 어리석음에 빠지고. 그래서 '탐진치'(貪瞋癡)를 삼독(三毒)이라고 합니다. 존재를 다 잠식해 버릴 정도로 해롭다는 거죠. '속에서 천불이 난다'는 말도 있잖아요? 그러면 잠도 못 자고 쉬지도 못하죠. 이거를 한 10년만 계속하면 병에 걸리지 않을 방도가 없겠죠. 그래서 불을 꺼라, 이게 열반이고 해탈이라는 겁니다. 정화스님 말씀으로는 '별별해탈'이라는 말이 있대요. 완전한 깨달음에 이른 다음에 해탈하는 게 아니고 욕망의 불꽃을 조금씩 끌 때마다 해탈이 된다는 거예요. 날마다 그런 해탈을 이루는 것이 수행이겠죠. 수행을 하지 않으면 욕망과 능력의 간극, 그 사이에서 오는 '탐진치'의 불꽃을 제어할 방도가 없으니까요.

그래서 동양의 철학은 종교하고 구별이 사실 안 돼요. 동양은 철학이 곧 종교예요. 인격신 대신 천지를 준칙으로 삼는 거죠. 그런 점에서 철저히 무신론이에요. 그에 반해 서양은 인간과 자연을 뛰어넘는 초월자를 인격신으로 설정하고 있죠. 여기에서 두 사상 사이에 큰 차이가 생깁니다. 당연히 존재와 인식, 윤리에서도 상당히 다른 점이 많겠죠. 이런 점을 염두에 두고 자기만의 철학을 탐구해 가시기 바랍니다. 오늘 강의의 핵심은 철학은 인간의 원초적

동력이다, 모든 존재는 깨달음을 향해 나아가는 순례자다, 이렇게 정리할 수 있겠습니다. 이상~

나는 누구인가? : 인식과 사유

일주일 동안 좀 철학자로 살아 보셨어요? 뭔 개똥 같은 소리야? 철학이 밥 멕여 주나? 이런 말들 많이 하죠. 대개 우스갯소리로 하는 거지만 그 저변에는 자신에 대한 경멸과 철학에 대한 불신이 있는 거예요. 일종의 태만이기도 하고 오만이기도 한데, 가장 큰 문제는 사유하는 것을 쓸데없는 짓으로 여기는 태도입니다. 현대인은 공무원 시험, 임용고시, 사법고시 같은 어려운 일들은 기꺼이 해냅니다. 물질적 이익을 위해서는 몸을 사리지 않는 거죠. 하지만 정신의 확충이나 인식의 자유에 대해선 대체로 무관심해요. 자기에 대한 사유, 삶에 대한 탐구는 내팽개치는 거죠. 그렇지 않습니까?

철학은 있어도 그만, 없어도 그만인 추상의 영역이 아니고 바로 내 행동과 일상과 관계, 나아가 삶 전체를 규정하는 키라고 할 수 있어요. 지성사를 훑어보면 철학자들은 거의 다 가난했어요. 가난했는데 너무 만족스럽다고 했어요. 왜? 물질이 주는 만족은 짧고 일시적이며 건강에 해롭다는 사실을 알게 된 거죠. 그에 비하면 정신의 영역을 확장하는 일이 너무 너무 '맛있'었던 거예요. 불경을 보면 진짜 맛있다고 나와요. 가뭄 끝에 오는 단비처럼. 그래서 진리는 감로수인 거죠.

자 그럼 오늘은 교재 중에서 『"바보야, 문제는 돈이 아니라니까"』 읽으셨어요? 이 책의 앞부분에 나오지만, 80년대에는 모든 대학생을 철학자로 만들었어요. 세계를 보는 눈을 바꿔야 행동이 나오니까요. 감정이나 유행에 휩쓸려서 뭘 하게 되면 금방 식어 버려요. 오래갈 수가 없어요. 세상이든 인생이든 뭔가를 바꾸려면, 관점이나 인식의 전환이 있어야 해요. 그때 대학생이나 노동자들은 다 철학자였어요. 드라마나 영화를 보면 최루탄과 짱돌만 난무한 거같지만 실제론 모든 현장이 철학적 토론의 장이었어요. 마르크스 자체가 유물론과 변증법을 구축한 철학자였고요. "전세계 프롤레타리아여 단결하라! 잃을 것은 쇠사슬이요, 얻을 것은 전세계다." 「공산당 선언」 마지막에 나오는 이 문구를 들으면 막 가슴이 떨렸죠. 내용을 떠나 문장 구성이 너무 멋지잖아요?(웃음) 이게 바로 언어를 창조하면 세계가 창조되는 이치예요. 그러니까 인식을 바꾸는 거부터가 혁명인 거죠.

사방에서 이런 토론을 하니까 저처럼 운동권이 아니어도 철학의 세례를 받게 된 거죠. 당시 대학생들은 학교가 곧 공동체였어요. 학생회관에 가서 철학을 연마하고 거리에서 시위하고 그다음엔 술집이 또 토론의 장이죠. 대학생들을 키워 준 건 8할이 학교 앞 술집이었어요. 이모집, 고모집, 골목집 등등.(웃음) 저는 그때 주로 도서관에서 종교 관련 책을 파고 있었죠. 『바가바드 기타』, 『칠층

탑』, 『그리스도 최후의 유혹』 등등. 인식의 수준이 시대상황과 좀 어긋나 있었던 셈이죠.

1987년에 대학원 박사과정에 들어갔는데 그때부터 그 시절 유행하던 철학책을 본격적으로 읽기 시작했어요. 그래서 좀 늦깎이로 유물론과 변증법을 접하게 되었죠. 일단 그 인식의 체계를 받아들이자 정말 경이로웠죠. 세계가 그런 식으로 운동한다고 믿게 된 거예요. 하지만 제가 하는 공부는 한국고전문학, 유물론이나 변증법과는 거리가 좀 멀었죠. 그래도 어쨌거나 그걸 연결해 보려고 몸부림을 쳤죠. 사설시조의 미의식과 중간계급, 잡가의 미의식과 세기말의 혼돈 등등. 지금 생각하면 유치해도 너무 유치해서 돌아보기도 민망한 수준이지만.(웃음) 그런 식으로라도 역사에 참여하고 싶었던 거죠. 근데, 그 와중에 소비에트가 망해 버렸어요. 그리고 유럽에서는 68년 혁명 이후 이미 마르크스주의가 퇴조를 겪은 뒤였고, 공산당에 대한 실망과 환멸도 깊어졌죠. 20세기 후반이면 유럽에선 이미 전혀 다른 인식과 혁명이 기획되고 있었는데, 우린 그걸 알 수가 없었죠. 돌이켜 보면 그 당시 지성사적 측면에서 유럽과 한국 사이에는 거의 20여 년의 격차가 있었던 셈이죠.

90년대 초반 포스트모더니즘의 도래와 함께 마르크스주의도 역사에 대한 거대한 판타지라는 게 판명되었지만, 80년대까지만 해도 한국의 청년들에겐 그보다 더 멋진 비전이 없었던 거죠. 근데, 제가 특히 마르크스의 글에서 감동받았던 건 문체의 역동성이었어요. 철학이라고 하면 우리는 막 깝깝하고 사변적이고 추상적인 언어를 연상하는데, 와~ 마르크스의 문체는 정말 싱싱하게 살아 숨쉬고 있었어요. 특히 『프랑스 혁명사 3부작』이 그랬던 거 같아요. 아, 이런 글을 써보고 싶다, 그런 욕망을 불러일으켰죠. 아마 이념이나 대의보다 그런 역동성이 민주화의 동력이 되지 않았나 싶어요.

아무튼 그런 파토스가 넘치던 때라 그때는 노조가 합법화되면 저는 모든 노동자가 철학을 할 거라고 굳게 믿었죠. 안기부의 탄압, 장시간 노동, 임금체불 등의 열악한 조건에도 읽고 쓰고 토론을 했으니까. 근데 이걸 질문하는 민주화 세대가 하나도 없다는 게 저는 너무 신기합니다. 노조가 합법화되고 시설이 이렇게 좋아지고 노동자의 권위가 이렇게 올라갔는데 왜 노조는 철학공부를 안 할까? 여러분은 이해가 되세요? 그리고 전교조가 합법화되면 진짜로 참교육이 실현될 줄 알았죠. 참교육은커녕 공교육이 사교육화되어 버렸죠. 교육이 서비스가 되면서 학생들은 거의 좀비가 되었고, 교실에선 배움의 즐거움이란 찾아볼 수가 없게 되었죠.

민주주의도 과연 그런 점에서 진보하고 있는가? 라는 의심이 듭니다. 정치와 경제가 발전하면 인간의 본성도 더 고양되는가? 모두 자기 삶의 주인이 될 수 있는가? 정치인들이 늘 말하는 국민만 본다는 게 국민의 어떤 속성인지, 거기에 삶의 고귀함이라는 전제가 있기나 한 건지, 오히려 대중의 속물근성을 더더욱 부추기고 있는 건 아닌지, 뭐 이런 생각이 듭니다. 더구나 앞으로 정치는 심리적 영역과 생태적 영역이 부각될 텐데, 과연 지금 한국정치의 수준으로 그것과 경제 발전 사이를 조율할 수 있을까? 그런 질문들을 가지고 제가 제 나름의 철학을 시도해 본 게 『"바보야, 문제는 돈이 아니라니까"』입니다. 부제가 '몸과 우주의 정치경제학'인데, 이런 이상한(?) 부제를 달게 된 건 정치경제학의 기준을 발전과 성장이 아닌 생명과 자연으로 이동하자는 취지가 담겨 있죠. 여러분도 이런 질문들을 한번 붙들고 씨름해 보세요. 그러다 보면 자기 나름의 인식과 사유의 지도가 그려집니다.

제가 즐겨 보는 〈슈퍼맨이 돌아왔다〉라는 프로그램에 승재라는 아이가 나와요. 걔는 아침에 일어나면 인형들한테 다 인사를 해요. 그리고 엄마인형한테는 존댓말을 써요. "공룡들아, 잘 잤니?" "펭귄아, 잘 잤니?" 이러다가 "펭귄 엄마, 잘 주무셨습니까?" 그리고 밖에 나가면 사람이건 강아지건 무조건 다 인사를 해요, 받아줄 때까지. 놀이터에 가면 아빠 손을 놓고 만나는 모든 친구들한테 "친구야 같이 놀자, 같이 놀자", 그러면 애들이 당황하죠. 안 놀아 주면, 아니구나, 하고 딴 데로 바로 옮겨 가요. 애 머릿속에는 지금 사물하고 동물, 인간이 유동적 흐름으로 있는 거죠. 걔가 한 말 중에 제가 제일 재밌었던 게 아침에 일어나자마자, "아빠 잘 자고 일어났으니까 이제부터 놀아야죠".(웃음) 애는 노는 게 하루의 삶이야. 그러니까 애는 사는 건 노는 거다, 이렇게 확신하고 있는 거죠.(웃음) 인식론적으로는 거의 '정화스님' 수준인 거죠.(웃음) 정화 스님도 앞으로 4차산업혁명이 본격화되면 대부분의 사람들이 어 떻게 재밌게 놀 것인가를 궁리하게 될 거라고 하셨거든요.

근데 얘는 자기가 이런 사유를 담론화하지를 못해요. 의식 안 에서 언어가 길이 나 있는 게 아니고 몸이 저절로 그렇게 표현할 뿐이에요. 그런데 얘가 좀 자라면 분별이 일어나겠죠. 펭귄 엄마 를 봐도 인사를 할 생각이 안 들 거고. 아침에 일어나면 "어떻게 놀 까?"가 아니라 "오늘 또 숙제해야 돼", 이러겠죠. 모든 인간이 이런 코스를 밟는데, 결국 그렇게 살다가 번뇌와 질병에 시달리게 되면 다시 그 본성을 되찾기 위해 길을 나섭니다. 너무 무겁고 뻣뻣해 진 자아를 덜어 내고 자연스럽게 흘러갈 수 있는 삶의 방식을 다시 찾아가는 거죠. 다시 정리해 보면, 우리의 본성은 애초 유동적이고 탈주체적이다, 모든 사물과 공감할 수 있다, 는 것입니다. 근데, 자 라면서 문명적 배치에 포획됨으로써 공감이 아닌 단절, 유동성이 아닌 분별의 세계로 들어서는 거죠. 이 세계는 물질이 선차적으로 지배하는 영역이라 다들 소외와 스트레스를 감당해야 합니다. 그 럼 참 피곤하고 힘들어져요. 그럼 어떻게 해야 하는가? 주체의 능 동성을 발휘하여 본래의 자리, 곧 유동성과 탈주체화의 경지를 터 득해 가야 합니다. 철학이 필요한 시점이 바로 여기죠. 그런 점에 서 철학이란 간단히 말해, 본성을 회복하는 인식과 사유의 지도라 고 할 수 있어요. 자, 오늘은 여기까지.

나는 무엇으로 존재하는가? - 욕망과 행동

자, 세번째 강의를 시작할까요? 오늘의 주제는 '나는 무엇으로 존재하는가?'입니다. 가장 일차적인 기준이 뭐겠어요? 행동이죠. 내가 움직이는 동선을 체크해 보면 됩니다. 어렸을 땐 학교-집-학교-집-학원, 이렇게 하다가 집-직장-편의점-카페-집, 그다음에 금요일은 주기적으로 클럽, 쇼핑몰, 모텔 등 이런 동선이 나오겠죠. 그럼 왜 이런 동선을 그릴까요? 그게 내 욕망이니까요. 욕망과 행동, 그게 나의 존재론이에요. 자기를 알고 싶다, 그러면 이걸 먼저 체크하시면 됩니다. 또 자기 운명을 바꾸고 싶으면 이걸 바꾸면 돼요. 예를 들면, 클럽에 가다가 이젠 세미나를 한다, 이러면 일단 내 인생의 노선이 바뀐 거죠. 참 쉽죠. 근데, 왜 안 하지? 쉬운데 왜 안 할까요? 철학이 없기 때문이에요. 더 정확히는 철학을 하지 않기 때문이에요. 인식과 사유라는 정신활동을 하지 않으면 행동의 패턴이 절대 안 바뀝니다.

인간이라는 존재는 가장 일차적으로 욕망의 지배를 받아요. 이때 욕망은 충동에 가깝습니다. 삶을 능동적으로 추동하는 것이 아니라 감각적 쾌락을 증식하는 쪽으로 나아가니까요. 무엇이든 내 것으로 소유하고 거기에서 오는 쾌락을 만끽하고 그게 뜻대로 안 되면 화를 내고, 이런 식의 패턴을 갖고 있죠. 그 패턴을 자기 자신이라고 여기는 게 어리석음이에요. 무명(無明)이라고 하죠. 본성을 완전히 가리고 있다는 뜻입니다.

태양은 우리에게 생명을 주잖아요. 우리는 태양이 없으면 1초도 못 살아요. 근데 우리는 아무런 보답을 하지 않죠. 할 방법도 없구요. 옛사람들은 그런 무조건적 증여에 대해 깊이 사유를 했습니다. 그게 태양신을 섬긴 이유죠. 동네 산신령을 섬기는 것도 산이 있어야 먹고 산다는 걸 리얼하게 느꼈기 때문이죠. 이런 식으로 우리는 공짜로 얻는 게 너무 많아요. 늘 감사하는 마음을 갖지 않을 수가 없어요. 근데 자본주의는 '돈이 돈을 낳는다'고 여기기 때문에 자연과의 대칭적 연결고리가 끊어졌어요. 아무도 그런 생각을 하지 않아요. 오로지 손해와 박탈감만을 느낄 뿐이죠. 그러니까 벌어도 벌어도 불안하죠. 연결고리가 없잖아요. 그러면 나는 스펙이나 재산하고 등가가 되어 버려요. 당연히 자존감이 떨어지죠. 공허하기도 하구요. 나란 존재가 결국은 화폐로 환원되니까요. 그래서 도박이나 성에 중독되거나 남들한테 갑질을 하는 겁니다. 스스로를 존중할 수 없을 때 폭력에 휩싸이는 법이거든요. 결국 소유와 쾌락을 중심으로 욕망을 추구하는데, 그 과정은 늘 분노의 화염에 휩싸이게 되는 그런 싸이클이 나오는 거죠.

그럼 이런 사슬을 끊으려면 욕망과 행동의 패턴을 다시 그려야겠죠. 고립과 단절이 아니라 대칭성을 회복하는 방식으로. 욕망 자체는 나쁜 것이 아닙니다. 다만 그것이 소유와 증식을 향해 나아갈 때, 쾌락의 무한질주를 하기 시작할 때가 문제인 거죠. 자본주의는 그런 식으로 사람들을 유도하는 데는 도가 텄으니까 다 거기에 걸려드는 거죠.(웃음) 일단 그런 구조를 철저하게 성찰을 하고, 그런 욕망의 궤도를 자아라고 생각하는 착각에서 벗어나야 합니다. 소유와 쾌락은 생명의 본성과는 너무 거리가 멀어요. 거기에선 애착과 분노, 그리고 각종 질병밖엔 안 생깁니다. 창조가 아니라 파괴 혹은 퇴행이 일어나죠. 그래서 행동의 동선을 다시 그려야 합니다. 욕망이 치달리는 걸 멈추게 하려면 일단 나의 동선을 그 반대방향으로 틀어야 합니다. 그러면 욕망도 재구성되구요. 그러다 보면 욕망과 행동이 일치되는 때가 오겠죠.

결국 철학은 수행과 영적 훈련을 하는 방향으로 나아갈 수밖에 없어요. 그건 너무도 당연한 겁니다. 철학사를 정리하는 게 철학이 아니라는 거죠. 그럼 철학이란 무엇이냐? 내 욕망의 심연을 탐구해서 행동의 리듬을 바꾸는 것, 욕망과 행동의 조화로운 일치를 시도하는 것, 이렇게 정리할 수 있어요. 물론 이런 관점이나 방향에서 철학사에 접근한다면 아주 드넓은 지평을 만날 수 있죠. 유학에선 '존심양성', 그리스 로마 시대엔 '자기 배려', 불교라면 '마음탐구' 등 정말로 다양한 영적 자산을 활용할 수 있으니까요.

공동체도 일종의 공통감각을 키우는 게 굉장히 중요해요. 공통감각이란 게 바로 욕망과 행동의 조화라고 할 수 있죠. 공동체란 다 다른 생각과 감정, 그리고 행동의 패턴을 가진 사람들이 모이는 거죠. 그러니까 그 사이를 조율하는 일이 아주 중요하겠죠. 근데,

꽤 긴 시간 동안 같이 생활하면서도 공통감각이 안 생기는 사람이 있어요. 자기가 설정해 놓은 전제를 계속 고수하려 드는데, 그게 대부분 감정적인 거예요. 이념이나 대의로 인한 갈등은 전혀 없습니다. 그건 토론을 통해 더 좋은 방향을 취하면 되니까 갈등의 소지가 될 수도 없구요. 대부분의 갈등의 원인은 욕망의 패턴을 절대 안 바꾸려고 하는 데서 생깁니다. 그러면 어느 순간, 행동의 방향이 어긋나기 시작합니다. 하루의 동선이 영 어색하고 부조화해요. 그게 참으로 미미하기 그지없는데 다들 눈치를 챕니다. 오랫동안 그런 상황을 경험하다 보니 이런 생각이 들게 되었어요.──습관 하나를 바꾸는 데도 심오한 진리가 필요하구나! 그만큼 욕망과 행동의 패턴은 강력한 메커니즘을 가지고 있어요. 오죽하면 그걸 폭류(瀑流)에 비유했겠습니까?

글쓰기를 한다는 것, 철학을 한다는 건 이 폭류를 헤쳐나가는 삶의 내공을 익히는 길이라는 걸 명심하시기 바랍니다. 오늘은 여기까지.

어떻게 살 것인가?──윤리와 비전

자 오늘은 윤리학이죠. 윤리란 실천적 강령인데, 더 중요한 건 그 실천에 방향을 부여하는 것입니다. 우리가 어떤 사람에 대해 성실해, 착해, 모범적이야, 이렇게 평가하는 건 자본주의적 균질화의 산물이에요. 거기는 별 포인트가 없어요. 그냥 자본, 국가, 가족을 유지하는 데 열심이다, 뭐 이런 정도인 거죠. 그래서 하는 사람이나 듣는 사람이나 그렇게 만족스럽진 않아요. 그런 실천과 행동이 어디를 향하는가? 그것이 그다음 스텝을 결정합니다. 예컨대, 주부들이 대부분 나 없으면 집안 꼴이 안된다고들 말하시죠. 그래서 열심히 새벽부터 밤늦게까지 가족을 위해 헌신적으로 살았어. 그런데 이게 진정 가족을 위해서 한 일일까요? 이렇게 질문을 해보세요. 이게 순수하게 남편과 자식을 위한 것인가? 그들만 잘 된다면 나는 먼지처럼 사라져도 좋을까요? 절대 그럴 리가 없죠. 일종의 자기확장을 위한 행위인 거죠. 그건 희생이 아니라 교환에 가깝습니다. 그러니까 응당의 대가나 보답이 없게 되면 억울하기 짝이 없죠. 정말 성실하게 산 분일수록 이런 감정에 휩싸일 확률이 높습니다. 화병에 걸리기도 쉽구요.

그래서 방향이 중요합니다. 지금 내가 하는 행동이 어떤 방향을 취하고 있는가? 그것이 자기에게도 좋고 남들에게도 좋은 것, 다시 말해 자유와 해방을 위한 것이라면 설령 실천의 수준에선 미미하다 할지라도 윤리적이라고 할 수 있어요. 하지만 그게 인정욕망이나 소유욕에서 비롯된 것이라면 아무리 착한 행위를 했다 해도 그건 예속을 향해 나아가는 거죠. 『그리스인 조르바』에서 조르바가 이렇게 말하죠. '나는 인간이다, 그건 곧 자유라는 뜻이다!' 이게 바로 윤리의 기준입니다. 이 방향을 취하지 않으면 누구나 다 아프고 괴로우니까요. 실제로 지금 그렇잖아요? 물질적 부가 증식되고 있는데도 점점 더 괴롭고 아픈 이들이 많죠. 그냥 이유 없이 불안에 떠는 이들도 꽤 많아요. 그러니까 열심히 살고 성실하게 살고 있는데도 결국은 스스로를 얽어매는 방향을 취하고 있다는 뜻이죠. 그렇다면, 그건 윤리가 아니에요. 비윤리거나 반윤리라고 할 수 있어요. 윤리는 도덕과 다릅니다. 도덕이 그 시대의 상식적 규범이나 관습적 명령이라면, 윤리는 훨씬 더 근원적인 것이에요. 생명의 원리랑 연결되어야 합니다. 생명의 척도는 자율성과 능동성이니까 그것을 구현하는 방향으로 나아가야 비로소 윤리적이라고 할 수 있는 거죠. 선악이나 시비, 호오(好惡), 또는 동정이나 연민 등과는 질적으로 다른 가치입니다.

공동체도 마찬가지입니다. 제도권 밖이니까 자유롭고 편안할 거 같지만 사실은 제도권보다 더 지지고 볶는 일이 날마다 일어납니다. 이걸 어떻게 조정하죠? 사랑으로? 희생으로? 다수결로? 천만에 말씀이죠. 그야말로 근원적인 차원에서 기준이 설정되어야 합니다. 그래야 모두가 동의할뿐더러 다양한 사람들이 공존할 수 있어요. 그런 점에서 철학적 원리나 영적인 비전이 없이는 공동체 운영은 불가능합니다. 무슨 대단한 사업을 한다거나 가시적이고 물질적인 목표를 설정한 채 나아가는 게 아니라서 그렇습니다. 존재의 심연을 계속 파들어 가면서 지금 하는 행동에 방향성을 부여할 수밖에 없어요. 거기에 도달할 수 있느냐 없느냐, 그건 부차적인 문제예요. 지금 하는 행동이 어디를 향하고 있는가, 이게 중요해요. 예컨대, 글을 못 쓰는 건 중요하지 않은데 '왜 글을 써야 해?'라고 한다면 그건 문제가 있는 거죠. 그건 방향이 다른 거니까요. 우린 삶에 대한 사유를 하고, 그것을 글로 쓰는 훈련을 하기 위해서 여기 온 거죠. 이 방향에 동의를 하기 때문에 여기 모인 건데, 전혀 다른 곳을 보고 있다면 공존이 어렵죠.

그래서 보통의 상식과는 달리, 철학과 윤리, 영적 비전 같은 것은 생존에 아주 필수품이에요. 수많은 타자들과 교감할 수 있는 무기이기도 하구요. 신영복 선생님이 『담론』에서 너무 잘 표현하셨잖아요. '내가 감옥에서 왜 죽지 않았을까? 사람들하고 관계를 맺는 거랑 고전을 통해 매일의 깨달음이 있었기 때문이다', 이렇게. 결국 사람과 공부가 있으면 어디서건 살 수 있다는 겁니다. 이건 정말 우주의 이치예요. 인생은 결국 관계와 배움, 두 가지가 전부라고 할 수 있어요. 관계만 있으면 갈등이 그치지 않을 것이고, 배움만 있으면 너무 적막하죠. 상생상극의 현장을 통과하면서 매순간 인생과 세계에 대해 깨달아 가고, 그럴 때만이 자유를 향해 나아갈 수 있다는 겁니다. 그 자유의 지평선을 향해 달려가는 것을 비전이라고 할 수 있어요. 공자가 그랬고, 부처, 노자, 소크라테스 등등, 인류의 현자들이 다 그러했습니다. 결국 그게 인류 전체의 비전이 되었어요.

지금 여러분이 철학을 하는 이유도 마찬가지예요. 삶의 방향을 바꾸는 게 철학의 목표라면, 어느 쪽으로 방향을 틀 것인가? 그게 핵심인 거죠. 소유, 성공, 쾌락을 향하고 있다면 당장 멈추세요. 거기에는 길이 없어요. 성공이 될 리도 없지만 그것을 얻은 다음엔 허무가 기다리고 있어요. 그건 이미 많은 사람들이 증명을 해주었죠. 성공한 다음에 도박, 성, 폭력 등으로 삶을 무너뜨린 사람들이 좀 많습니까? 자기 삶이 만족스럽다면 절대 그럴 수가 없습니다. 장담할 수 있어요. 어떻게 아냐고요? 그건 예속을 강화시키는 길이니까요. 솔직히 소유와 쾌락은 노력의 대상이 아니죠. 가만 있어도 절로 그쪽으로 몸이 움직이지 않습니까? 그래서 충동이라고 하죠. 충동을 제어하는 것이 곧 철학입니다. 그러니까 성공이냐 윤리냐, 이런 식의 선택은 무의미해요. 동일한 층위의 개념이 아닙니다. 철학과 윤리가 없으면 자동으로 소유와 쾌락을 탐착하게 되어 있어요. 그래서 목표에 도달해도 절대 채워지지 않아요. 어떤 방향을 취하느냐가 얼마나 중요한지 아시겠죠? 그럼 오늘은 여기까지.

차서를 부여하라! 차이를 생성하라!

자, 그럼 오늘은 진짜 에세이~를 하는 날이죠. 철학을 하는 방법과 태도에 대해서는 충분히 알게 되셨죠?(웃음) 잘 모르겠다, 그래도 이젠 할 수 없습니다. 이젠 무조건 써야 합니다. 알면 아는 대로, 모르면 모르는 대로. 좌우지간 마지막 주엔 4,500자의 완성된 에세이를 가지고 여기로 온다, 이게 핵심이에요.

그럼 어디서부터 시작해야 할까요? 가장 먼저 제목이 있어야 되겠죠? 제목을 보면 이미 반은 알 수 있어요. 인식의 수준, 문세실정이 다 드러나죠. 제목이 진부한데 본문이 잘 나온 글은 거의 보지 못했어요. 그다음, 본문을 구성할 때 제일 중요한 게 딱 두 가지예요. 하나는 일이관지(一以貫之), 보통 관통이라고 하죠. 논리적 연결입니다. 감이당식 용어로 하면 글 전체에 차서를 부여하는 것입니다. 두번째는 독창적 사유, 좀 세련되게 표현하면 '차이를 생성하라', 이렇게 되겠죠. 철학의 정의 자체가 통념과 상식을 벗어나는 것인데, 뻔한 얘기를 복제하면 안 되겠죠. 그렇다고 뭐 엄청난 대의와 개념을 구사하라는 게 아니라 미세하지만 디테일이 살아 있으면 됩니다. 봉준호 감독을 '봉테일'이라고 하는 것도 장면마다에 미세한 차이를 만들어 내는 능력을 말하는 거잖아요. 사실 이 두 가지는 모든 글쓰기의 원칙이기도 합니다. 논리적 일관성과 독창적 사유, 한마디로 차서를 부여하고 차이를 생성하라, 이렇게 말할 수 있죠.

좀더 설명을 드리면, '차서'에서 '차'는 시간적인 순차, '서'는 공간적인 질서를 말합니다. 산다는 건 시공간적 차서 안에서 활동한다는 걸 뜻하기 때문이죠. 기승전결이라고도 하고 봄-여름-가을-겨울이라고도 할 수 있죠. 이게 있어야 우리가 자연과 우주의 리듬에 조응하는 삶을 살 수 있어요. 아무리 위급한 상황이 닥쳐도 차서를 지키면 시간의 흐름과 함께 매듭이 풀려요. 세월이 약이라는 말도 그래서 나온 겁니다. 근데 그걸 잘 새겨 두지 않으면 사건이 터질 때마다 정신없이 허둥대다가 일을 더 엉키게 해놓죠. 얽히고설키게 해놔서 매듭을 풀 방법이 없게 되면 그냥 묻어 버려요. 미봉을 한다는 게 이겁니다. 그렇다고 끝날 리가 없죠. 그게 어디선가 구르고 굴러 아예 엄청난 괴물로 되돌아옵니다. 그때는 피할 수도 묻어 버릴 수도 없어요. 이게 벌이에요. 이건 빼도 박도 할 수 없고 하느님도 부처님도 구해 줄 수가 없어요. 그래서 어떤 일이든 그때그때 매듭을 짓고 넘어간다, 요게 아주 중요한 윤리인 거죠.

좀더 디테일하게 살펴보면 기승전결에서 기(起)는 봄의 기운이니까 일어나는 기운이라고 할 수 있어요. 씨앗문장이나 문제의식이 바로 그거죠. 이거를 씨앗으로 압축해야 돼요. 그래야 이게 탁 뚫고 나오죠. 이걸 가지고 싹을 틔워 나가야 됩니다. 근데 지금 제가 튜터들한테 얘기를 들어 보면 씨앗이 땅 속에서 물러터지고 있어요. 씨앗인지 미생물인지 알 수가 없는 상태로, 유체동물처럼 흐느적거리고 있거든요.(웃음) 그러니까 딱 간결하게 주제를 명제 한두 개로 정리를 해보세요. 철학은 좋은 삶의 양식을 창안하는 거잖아요. 내가 잘 살려고 하는 거잖아요. 그러면 내가 잘 살려고 하는 데 가장 큰 걸림돌이 뭔가, 그것부터 체크하면 됩니다. 그러려면 자신에게 솔직해야 돼요. 요게 사실 좀 어렵습니다. 그걸 딱 찾아내면 너무 창피하거든요. 그래서 정면승부를 하지 않고 이리저리 에둘러서 가려고 하다 보면 복잡해집니다. 그럴싸한 표현으로 뭉개거나 추상적인 개념으로 통치려고 하다 보면 글이 잘 안 나가요. 씨앗이 땅속에서 물러터지는 격입니다. 간단하게 압축해서 정면으로 마주하게 되면 그게 뭐가 됐건 다 개성이 넘쳐요. 그게 바로 사실, 혹은 진실의 생동감입니다. 차이가 생성되는 건 너무 당연하죠.

그다음엔 이게 일단 뚫고 나와야죠. 그것이 일으키는 온갖 종류의 사건, 사고, 괴로움 등등이 승(承)의 단계겠죠. 이걸 좀 더 펼쳐 보는 겁니다. 늘 감정 조절이 안 돼, 이게 핵심이다, 그러면 그걸 좀더 물고 늘어져야 돼요. 어떨 때 감정이 특히 요동치는가, 그럴 때 신체의 상태는 어떤가, 그때 주로 하는 행동, 습관, 만나는 사람 등등. 그걸 미세하게 잘 관찰하면 내 욕망과 행동의 패턴이 그려집니다. 그래서 숨어 있는 디테일을 찾아내서 전개를 해보는 거죠. 그럼 아주 생기 넘치는 스토리라인이 짜여집니다. 그다음 전(轉)은 말 그대로 뒤집어야 되는 거죠. 지난번 강의 때는 전을 부침개 굽기에 비유했었죠. 그럼 이해가 쏙쏙 되시죠? 부침개는 어떻게 구워야 합니까? 그렇죠, 잘 뒤집어야죠.(웃음) 그게 핵심이에요. 지금까지의 전제와 통념을 뒤엎는 겁니다. 차이가 빛을 발하는 지점이 바로 여기고, 그게 진짜 자신의 철학이죠. 그러니까 그걸 위해서는 거울이 필요해요. 아주 투명하고도 사심 없는 거울이. 대지의 포용력과 바다의 깊이를 가진 그런 거울이. 그래서 책을 읽는 거예요.

책, 특히 고전에는 이미 내가 고민하는 문제에 대한 탐색과 방향이 다 있거든요. 그걸 길이라고 합니다. 누군가 그 길을 열어 놓았으니, 그걸 적극 활용하는 거죠. 소크라테스, 융, 니체와 스피노자, 사주명리학과 『주역』 등등. 이런 거울을 가지고 내 질문과 번뇌를 투사해 보는 거죠. 그러면 '아, 이 방향이 잘못됐구나', '전혀 엉뚱한 곳을 보고 있었구나'. 그런 깨우침이 있으면 저절로 방향을 틀게 됩니다. 그게 전에서 일어나는 변곡점입니다.

이제 남은 건 결(結)이죠. 여러 번 강조했듯이, 결론에 정답이 다 나왔다, 그러면 그건 이미 교과서죠. 철학을 한 게 아니고 상식으로 귀환한 겁니다. 이런 걸 뭐라고 하냐면, 도로아미타불이라고 합니다.(웃음) 결론은 답이 아니라 새로운 문제의 발견이어야 해요. 즉, 결론은 매듭이면서 열려 있어야 해요. 그러면 다시 질문이 생성됩니다. 길이 끝나는 지점에서 다시 여행이 시작되었다, 뭐 이런 표현을 떠올리면 되겠어요. 세상도 인생도 네버엔딩이라 길이 끝나는 곳은 없어요. 또 다른 길로 이어질 뿐! 그래서 철학을 한다는 건, 천 개의 길, 천 개의 고원을 만나는 것입니다. 여튼 천 개는 고사하고 한 개라도 새로운 질문이 생성되면 됩니다.(웃음) 이 질문이 다시 새로운 글의 씨앗문장이 되겠죠. 그것으로 또 다른 글을 쓸 수 있겠죠. 또 다른 봄을 맞이하는 것과 같은 이치입니다.

자, 그럼 전체 흐름은 파악이 됐죠. 기승전결을 밟아 가면서 미세한 디테일을 부여함으로써 자신만의 사유를 그려 보는 겁니다. 늘 그렇듯이, 마지막 완성의 최고 걸림돌은 자의식이죠. 그 자의식의 장벽을 넘는 것도 철학이고 수행입니다. 현대인은 특히나 자의식의 비만이 심각한 수준이라 『축의 시대』의 저자 카렌 암스트롱은 영적 탐구란 '자아를 굶기는 것'이라고 정의하기도 했습니다. 굶긴다는 표현이 지나치다면, 자의식에서 조금씩 벗어나는 훈련, 그게 바로 '에세이-하라'의 핵심입니다. 이런 글쓰기가 아니면 언제 그런 요상하고 괴상한 자기자신과 마주치겠으며, 그런 자신과 대결을 해보겠습니까? 괴로울수록 즐기세요. 은근 재미집니다.(웃음) 그럼 행운을 빌겠습니다.

일상을 운용하는 삶의 기술

한승희(3조)

혼자 산책을 하다 보면 문득 내 안에서 목소리가 울린다. '너, 뭐하고 살고 있냐?' 자동차와 아파트에 묶여 있는 오이디푸스 가족 삼각형의 울타리를 벗어난 자유로운 삶을 살고 싶었다. 정상성이라는 기준을 두고 삶을 결핍과 상처로 보는 관점 역시 벗어나고 싶었다. 그래서 2009년 용산과 춘천 '수유너머'를 기웃거렸고, 교직에서도 대안학교를 강하게 열망하다 현재 공립 대안학교에서 일하고 있다.

하지만 이것이 껍데기만 바꾸려 했던 노력이었다는 걸 최근 사주명리학 세미나를 하며 알게 되었다. 정작 삶은 아무것도 바뀐 것이 없고, 나는 여전히 다른 '대안'적 공간만을 꿈꾸고 있었던 것이다. 일도, 수업도, 관계도 모두 수동적으로 끌려가는 삶이었다. 이런 사람이 오이디푸스 삼각형에서 탈주하는 자유로운 대안적 삶을 가르칠 수는 없었다. 아는 것이 없어 가르칠 수 없다는 뼈저린 부끄러움과 괴로움! 특히 작년에는 학생과 학부모들의 이런저런 요구에 많이 휘둘리다가 나 자신도 피폐해지고 동료 선생님들과의 관계에서도 불편함이 많았다. 그러다 여름에는 드디어 수동적 삶의 결과로 우울증이라는 병명을 얻게 되었다.

이상하게도, 병이라고 인정하고 나자 하루를 온전히 내 힘으로 살고 싶다는 강한 열망이 생기기 시작했다. 이 글을 쓰는 것도 그 시도 중 하나이다. 내 삶을 돌아보고, 막힌 지점을 찾고, 능동적으로 바꾸려는! 그래서 묻는다. 너, 뭐하고 살고 있냐?

대안학교에 근무하게 된 2년간의 삶을 돌아보자. 과거의 삶이 이 시간 동안 충분히 반복되었기 때문이다.

일상과 관계를 무시하다

초등학교를 다니던 어린 시절부터 지금까지 내 삶을 지배하는 가장 큰 문제 습관은 '지각'이다. 친구들, 선후배들과 술 마시다 지각과 결석을 일삼던 대학 때는 정말 욕을 많이 먹고, 무시를 당하기도 여러 번이었다. 대학원 입학 면접에서 교수님들께 심하게 무시 발언을 듣고 고치려 노력했지만 거기에는 삶을 능동적으로 살아야 한다는 앎과 노력이 빠져 있었다. 사람들에게 욕먹거나 무시당하고 싶지 않아 자기계발적 능력을 조금 키운 것뿐이었다.

교사가 된 뒤에도 업무 기한을 어기거나, 서류 정리시기를 놓치는 경우가 많았다. 그러다 근래 2년간에는 약속을 지키지 않을뿐더러, 뻔뻔함까지 생겼다. 고사계 선생님이 시험 원안지 제출 일자를 정해

주면, 예전에는 그 시간을 지키지 못할까 봐 불안해하는 마음이라도 있었는데 최근에는 그 마음조차 들지 않았다. 제출 일자 다음 날 내는 걸 당연하게 여기고, 혹시나 빨리 내달라고 재촉을 하면 도리어 빡빡하게 군다고 핀잔을 주었다. 학기말 학교생활기록부 작성도 2월이 되도록 하지 않아 교감선생님을 매우 불안하게 했다.

왜 이러고 사는 걸까? 교직 사회는 다른 곳에 비해 독립적이고 평등한 관계에서 일을 한다는 장점이 있는데, 지금 근무하는 학교에서는 그동안 더 큰 배려를 받았다. 문제 행동이나 정신질환 학생이 많은 학교 특성상 담임교사에게는 어떤 행정 업무도 맡기지 않고, 학생 상담과 돌봄에 전념할 수 있도록 해주는 것이다. 사회생활을 통해 '사람들과 함께 일하는 법'을 배우려던 내 태도는 이곳에서 '학생 상담을 하느라 고되니 다른 건 배울 필요 없다'는 합리화로 쉽게 사라졌고, 나는 감정소모로 고생한다는 이유로 관계 안에서의 약속과 일상을 점점 더 무시했다.

이렇게 살다 보니, 가르칠 수 없다는 벽에 부딪치게 되었다. 이 학교에서 가르쳐야 하는 것은 일상을 살아가는 기술이었다. 사람과 눈을 마주치고, 서로의 마음을 읽으려 노력하고, 인사를 하고, 시간 약속을 잘 지키고, 정해진 시간에 청소를 하고…. 그러나 학생들과 감정을 소모하며 잔소리만 할 뿐, 나 스스로 일상의 기술이 삶에 가장 필요하다는 것을 납득하지 못했으므로 삶으로 보여 주는 것도 어색하기만 했고, 앎으로 설득할 수도 없었다.

그 외중에 학교폭력 사안은 수시로 터졌고, 해결 과정에서 학생들의 감정이 역전이 되거나, 교사들 간 수많은 갈등 속에서 감정에 참 많이 휘둘렸다. 그러면서 나 자신을 합리화했다. 이렇게 감정적으로 힘든 환경에서 업무까지 제시간에 맞춰 잘 할 수는 없다고. 출근시간까지 어기게 되는 것도 고생하기 때문이니 이해해 줄 거라고….

시공간의 흐름을 모르는 철부지

좋은 성적 받아서 대학 졸업하고 교원 자격증을 땄을 뿐이지, 삶의 차원에서는 우리 학생들이나 나나 별반 다를 것이 없었다. 평범한 일상을 지루해하거나 무시하고, 관계에서는 수동적으로 휘둘리고, 그러면서 자신의 미래는 얼마나 불안해하는지! 바리스타나 요리 자격증만 따면 된다며, 그 이외의 일상을 날려 버리는 걸 아무렇지 않아 하는 모습을 보며 화가 났다. 그러다 보게 됐다. 그 모습이 곧 나 자신이라는 걸.

> 음양오행은 우주의 다섯 가지 스텝이다. 봄(木)-여름(火)-가을(金)-겨울(水), 그리고 환절기(土)가 그것이다. 이 리듬은 편재한다. 하루, 한 달, 24절기, 72절후, 사계절, 10년, 60갑자, 원회운세의 흐름에서 오장육부와 칠정(七情), 통치와 제도, 지리와 운기에 이르기까지, 우주상의 어떤 존재와 활동도 이 리듬을 벗어날 수 없다. (고미숙, 『"바보야, 문제는 돈이 아니라니까"』, 67쪽)

자본은 자연과 맞선다. 그것은 자연을 착취한다는 의미만이 아니다. 시공간의 흐름을 모른다는 뜻이기도 하다. [···] 쉽게 말해 '철부지'다. (같은 책, 195~196쪽)

이 글을 읽으며 생각했다. 시간 약속을 지키지 않고, 일의 차서를 생각하지 않고, 노동 시간과 휴식 시간을 어떻게 운용해야 하는지 모르고, 사건이 닥치면 관계와 감정에 휘둘리거나 수습하느라 바쁜 나의 삶. 하루라는 일상의 시공간을 전혀 모르는 게 아닌가? 다른 사람의 시공간에 관심이 있었나? 나와 다른 사람이 함께 살아가는 일상의 흐름에 관심이 없기 때문에 삶을 장악하지 못하고, 그래서 늘 쫓기듯 수동적으로 살아왔던 것이다. 지각하지 않으려 뛰고, 업무 기한을 맞추지 못할까 봐 쫓기듯 일하고, 때로는 밤을 새우고, 휴식 또한 술로 불태웠던 불안과 초조의 나날들!

그러면서 일상을 넘어서는 대단한 '자유로운 대안적 삶'을 꿈꿨다. 이 인식으로는 어떤 공간에 가도 내 존재가 곧 감옥이었다. 내가 탈주해야 하는 것은 시대와 현장만이 아니고, 그것을 어떻게 만나야 하는지를 모르는 내 무지(無知)였다. 일상과 관계를 무시하며 지각하는 철부지가 능동적 삶을 살 수는 없다. 내가 원한 삶은 다른 곳에 있지 않았다. 나를 옥죄는 무지에서 벗어나는 것, 지금까지 간절히 바란 자유는 일상의 시간을 지혜롭게 살아가는 법에 있었다.

그 지혜는 어디에서 배울 수 있는가? 자연으로부터 배울 수 있다.

위 인용문에서 말하는 음양오행, 우주의 다섯 가지 스텝에서 말이다. 모든 존재가 이 흐름 안에서 발산하고 수렴하며 변화한다. 그렇다면 하루라는 시공간 안에도, 내가 맡고 있는 모든 업무에도 사계절의 흐름이 있다. 내가 함께하고 있는 주변 사람들의 시공간도 보편적인 이 흐름 안에서 움직이고 있다. 물론 각자의 고유함이 있으니 서로 다른 점도 있을 것이다. 그래서 서로의 시공간이 잘 맞물리도록 살아갈 수 있는 방법이 '약속'을 지키는 것이었다.

배움은 이제 내가 살고 있는 모든 곳으로 확장된다. 나 자신이 자연이듯, 내가 살고 있는 모든 현장과 내가 맺고 있는 모든 관계가 곧 자연이다. 이 보편성은 대안적 공간의 삶에만 국한되는 것이 아니다. 어디에서든, 무엇을 하든 사계절의 순환을 따르며 일상의 시간을 지혜롭게 살 줄 알아야 한다. 사람들이 지키며 살아가고 있는 일상을 잘 보고, 함께 흐름을 타며 나 또한 보편적인 지혜를 넓혀 가는 것. 사람들에게 배우고, 또 내 활동으로 도움을 주는 삶. 약속은 이를 위한 삶의 기본 규칙이다.

순환하는 일상으로 떠나는 탈주

존재는 생명을 유지하는 것만으로도 충분하다. 그 이상은 다 덤이고 잉여다. 당연히 순환시켜야 한다. 그렇지 않고선 생과 사의 경계를 관통할 수가 없다. (고미숙, 『"바보야, 문제는 돈이 아니라니까"』, 244쪽)

생명을 유지하는 것 이상은 다 덤이고 잉여인 이유는? 지금까지 내가 자연의 흐름 속에서 '무상원조'를 받으며 살아왔기 때문이라고 한다. 나와 타인, 세계 모두 생로병사하는 자연의 흐름일 뿐이니 다른 말로 표현하면 관계의 흐름 안에서 얻은 배움으로 살아왔다는 말이 된다.

성적, 합격, 안정된 직장 등 혼자만의 성과만 중시하고, 그것을 위한 배움만 빼먹으려는 꼼수로 살아온 나의 인생. 관계 안에서 일상을 살아가는 배움은 점점 생명력이 줄다가 어느 순간 완전히 중단되었다. 배우지 않는 사람은 무지의 독단에 빠지고, 그것이 자신이나 타인에 대한 폭력을 낳는다고 한다. 지금까지 나는 그런 삶을 원하고 그렇게 살고 있었다. 그러나 지금부터는 다르다. 스스로 능동적으로 배우는 삶을 살 것이다. 그것으로 내 삶의 주도권을 운용할 것이다.

무엇을 배울 것인가? 내 몸을 배려하며 하루를 잘 사는 법이다. 학교에서 내가 맡은 일을 시간과 취지에 맞게 정확히 마무리하기, 수업 준비와 세미나 공부하는 시간을 정하고 매일 꾸준히 하기, 그리고 일상을 단단하게 지킬 수 있는 충전인 '휴식' 또한 나에게는 꼭 배워야 하는 일이다. 배우며 사는 것, 그것만이 더 이상 헛된 자유를 꿈꾸지 않으며 생명에 충실한 삶의 길일 것이다.

4. 여행기의 비결: 유랑에서 유목으로!

바야흐로 여행의 세기입니다. 사람들은 끊임없이 움직입니다. 여기에서 저기로. 이 **마**을에서 저 도시로. 화려한 도시에서 **원**시의 밀림으로.

사람들은 왜 떠나는 **것**일까요? **일상**에서 도주하려고? 휴식과 충전을 위해? 낯선 세**계**로 진입하려고? 뭐, **상**관없습니다. 길은 그 '**모든 것**'을 가능하게 하니까요.

해서, 이번 시즌은 '여행기의 비결'로 잡았습니다.

여행기는 여행의 기록입니다. 당연히 여행을 떠나야 합니다.

그 여행을 어떻게 글쓰기로 전이할 **것**인가? — 이**것**이 이번 시즌의 미션입니다.

여행기란 '길과 글'의 **마주침**입니다. 길은 **마주침**과 사건의 현장이지요. 그**것**은 말을 낳고, 이야기를 낳습니다. 그**것**이 먼지처럼 흩어지고 만다면 그 여행은 방황 아니면 소비, 혹은 유랑에 불과하겠지요. 하지만 그 말과 이야기가 글쓰기를 만나면 그 여행은 삶을 바꾸는 길이 됩니다. 길 위에서 길 찾기! — 그**것**이 곧 유목입니다. 유랑에서 유목으로!

이 유쾌하고도 심오한 길을 연 '세**계** 최고의 여행기'가 바로 『열하**일기**』입니다. 하여, 이번 미션은 전 과정을 『열하**일기**』와 함께 합니다.

1강 인간은 왜 끊임없이 길을 떠나는가? (고미숙)

2강 우**리** 시대의 여행 - 유랑과 유목 '사이' (고미숙)

   ***5월 7**일**, 5월 14**일** → 실제로 여행을 하는 시간

   *어떤 형**식**의 여행이**든**. 이 시간 동안 『열하**일기**』를 통독합니다!!

3강 여행에 관한 유쾌한 수다(조별 토론)

4강 여행기의 비결**1** : 말과 이야기의 향연 (고미숙)

5강 여행기의 비결2 : 사건의 현장, 사유의 **탄**생 (고미숙)

6강 **초**고 작성 및 토론 (조별로 진행)

7강 절차탁마

8강 완성 및 **발표**

* 글쓰기 분량은 A4 **용**지로 **3**장 정도

* 기본교재 : 고미숙, 『고미숙의 로드클래**식**, 길 위에서 길 찾기』(북드라망)

     박지**원** 지음/고미숙 외 편역, 『세**계** 최고의 여행기 열하일기』 상, 하 (북드라망)

     고미숙, 『열하**일기**, 웃음과 역설의 유쾌한 시공간』(북드라망)

     고미숙, 『삶과 문명의 눈부신 비전 열하**일기**』(작은길)

인간은 왜 끊임없이 길을 떠나는가?

안녕하세요. 여행기의 비결에 오신 걸 환영합니다. 보통 여행과 글쓰기를 잘 연결을 안 하죠. 여행은 일상에서 벗어나 맘껏 발산하는 시간으로 생각하니까요. 먹고, 마시고, 즐기고, 긁고(카드를!)…. 워낙 스트레스가 많으니까 그럴 수밖에 없기도 하지만 솔직히 그런 여행을 하고 오면 참 공허합니다. 어떤 점에선 스트레스를 더 받기도 하구요. 특히 카드정산이 돌아올 때면!(웃음) 그래서 여행에 대한 회의론자도 꽤 있더라구요. 아무데도 가고 싶지 않다, 이러면서. 그런데 그런 다음엔 자기만의 방에 콕 박혀서 꼼짝을 않기도 하구요. 이렇게 극과 극을 오가면 뭣보다 건강에 해롭습니다. 여행은 중요하죠. 다른 시공간에서 다른 사람들과 만나는 과정이니까요. 당연히 에너지가 발산되는 시간입니다. 헌데, 발산을 했으면 수렴을 해야죠. 발산과 수렴의 리듬을 잘 타는 게 최고의 여행일 테죠. 수렴에는 글쓰기가 최고구요.

이번 강의는 중간에 실제로 여행을 하는 기간이 두 주가 있잖아요. 조별로 잘 기획해서 무조건 여행을 떠나셔야 해요. 정말 돈도 없고 시간도 체력도 없다. 그러면 서울 4대 명산을 다 도는 것도 좋습니다. 서울의 산이 얼마나 멋진지 모르실 거예요. 서울 같은 메트로폴리스에 도봉산, 북한산 같은 명산이 있는 경우는 정말 드뭅니다. 저도 몸이 안 좋아서 몇 년간 꾸준히 등산을 하게 되었는데, 그때 알았어요. 서울에 산다는 게 얼마나 축복인지. 그게 바로 산이 있어서라는 것. 연암도 그랬는데, 금강산보다 북한산의 기운과 빛이 훨씬 낫다구요. 그러니 이걸 모르고 살면 얼마나 억울합니까? 서울에 사는 보람이 없는 거예요.(웃음) 그것도 힘들다 그러면 명상 아니면 단식으로 몸과 마음에 대한 여행을 떠나시구요.

오늘 주제는 '인간은 왜 끊임없이 움직이는가?'인데, 교재인 『고미숙의 로드클래식, 길 위에서 길 찾기』에서 일단 시작해 볼까요. 이 책에는 『서유기』, 『그리스인 조르바』, 『걸리버 여행기』, 『돈키호테』, 『허클베리 핀의 모험』 등 전세계인이 사랑하는 여행기가 거의 다 들어 있습니다. 그 여행기들이 준 최고의 감동이 뭐냐면 모든 인간은 길 위의 존재라는 깨달음이었어요. 인생이란 산부인과에서 태어나서 영안실로 돌아가는 그런 지루하고 멋대가리 없는 여정이 아니고, 태어나는 순간부터 길을 걷다가 어느 길 위에서 생을 마감하는, 역동적으로 움직이는 존재라는 거죠. 너무 당연한 말인데, 평소엔 대개 잊고 살아갑니다. 이 책을 쓰면서 로드클래식(여행기 고전들을 제가 이렇게 명명했죠)을 찬찬히 읽어 가는 중에 다시 그걸 확연하게 깨우치게 된 거죠.

그리고 나니 그다음부터는 무슨 책이건 전부 이동하는 것만 보이는 거예요. 최근에 읽은 『사피엔스』를 보면 인간이란 쉬지 않고 '싸'돌아다니는 존재더라구요. 그래서 '싸'피엔슨가?(웃음) 아재개그인데 반응이 좋네요.(웃음) 3만여 년 전, 그 옛날에 어떻게 이렇게나 넓은 대륙을 계속 이동할 생각을 했을까? 그게 안 신기해요? 아프리카에서 시작해서 알래스카를 넘어가고 뉴질랜드까지 가지 않습니까? 놀라웠어요.

그다음, 문명이 시작된 다음부터는 크게 네 가지 정도의 길이 있었던 것 같아요. 일단 정복자들의 길이 있었죠. 동양도 쉬지 않고 전쟁을 하긴 했지만 그래도 서양에 비하면 새발의 피죠. 지중해 역사를 보면 유럽인들은 정말 징글징글하게 전쟁을 해요. 땅이 척박해서 먹을 게 별로 없으니까 바다로 다 나온 거죠. 그런데 지중해가 굉장히 좁고 울퉁불퉁하니까 이 울퉁불퉁함이 다양성을 만들어 내면서 끊임없이 전쟁과 약탈이 이어진 거 같습니다.

근데 이 길 위에 순례자의 길도 있어요. B. C. 500년쯤 되면 새로운 비전이 탄생을 해요. 동양에서도 공자, 노자, 부처가 등장하고, 서양도 소크라테스라는 현자가 출현하죠. 그래서 이 시대를 묶어서 '축의 시대'라고 명명하는 겁니다. 그 이전엔 제우스를 중심으로 한 다신교가 삶의 축이었는데, 그게 점차 힘을 잃으면서 드디어 철학이 등장을 한 거죠. 지중해의 장점은 뭐냐면 저 다양한 섬만큼의 다양한 사상이 있다는 겁니다. 피타고라스, 밀레토스 학파, 소피스트 등등 우리 교과서를 장식하는 스타들이 대거 등장합니다. 그 좁은 해협에서 늘 전쟁이 벌어졌으니 소크라테스도 전쟁에 참여를 했죠. 죽고 죽이는 현장을 목격하면서 진정한 인간의 길이 무엇인가를 물었겠죠? 그렇게 묻다 보면 자신에 대해 너무 무지하다는 걸 알게 되고. 그래서 너 자신을 알라!는 명언이 나왔겠죠.

이렇게 다양한 사상들이 등장하니 당연히 길 위에 순례자들이 넘쳤겠죠. 타인을 정복하는 것이 아니라 자기 마음을 해방시키기 위한 순례. 지금도 그렇죠. 예루살렘, 메카, 히말라야 등 성지로 향하는 발걸음은 그치질 않아요. 티벳인들의 경우, 태어나서 죽기 전에 반드시 해야 되는 일이 오체투지로 수도인 라싸까지 가는 거랍니다. '차마고도'라는 다큐를 보면 그 과정이 6개월 정도 걸리더라고요. 겨울에 갔는데 도착할 때쯤이면 눈이 녹고 꽃이 펴요. 대단하죠. 그 먼 길을 오체투지로 갈 수 있다니. 무슬림들의 경우도 성지순례는 평생의 미션이라고 하더라구요. 설령 그 길 위에서 죽는다 해도 영광이라고 여기고요. 앞으로는 꼭 특정 종교가 아니더라도 자신의 깊은 내면과 만나기 위한 다양한 순례가 이어질 거라고 생각합니다. 산티아고 순례길이 대표적인 경우겠죠.

이렇게 사람이 이동하면 당연히 장사꾼들이 함께 이동하죠. 이 지역에서 저 지역으로 물건을 이동시키는 것처럼 활발한 길도 없죠. 그 길목을 장악하는 게 문명사의 핵심이었어요. 지중해가 역사의 중심이었던 이유도 지중해를 통해야만 동방무역이 가능했기 때문이죠. 그 반대편, 즉 대서양 길은 상상을 못 했던 거예요. 그런데 15세기경 대서양 쪽으로 항해로를 개척하다가 아메리카라는 걸 발견하게 됩니다. 지구상에 그런 땅이 있다는 걸 상상조차 하지 못했던 거죠. 그래서 당시에 나온 세계지도를 보면 아메리카를

납작하게 그렸어요. 아주 좁을 거라고 생각한 거죠. 아무튼 이렇게 해서 지금 우리가 전 지구라고 부르는 그런 세계가 발견된 겁니다.

또 하나의 길을 추가하자면 집시와 방랑자, 그리고 유목민들의 길이 있어요. 이들도 계속 움직여요. 예술가가 집에 머무른다는 게 가당합니까? 예술가들이 집에서 착실하게 공부를 하고 온갖 사교육을 다 받고 그러면 서태지 같은 아티스트가 나올 수가 없죠.(웃음) 유목민이야 태생 자체가 초원의 풀을 따라 이동하면서 살았던 존재들이구요.

자, 그럼 왜 길 위에 나서야 되나. 집을 떠나 새로운 시공간을 만나야만 거기에서 오는 낯섦, 설렘, 그리고 충격이 가능하기 때문이죠. 그런 마주침이 있어야 인간은 변용되고 성장하니까요. 근데 유목민은 늘 이렇게 움직였기 때문에 그 유동성을 신체에 새긴 거죠. 그래서 정착을 못 하는 거예요. 정착하고 살면 너무너무 답답해. 안락한 게 너무 싫어요. 『돈키호테』를 보면 길 위에서 갖은 생고생을 다 하다가 한 성에 머물면서 엄청 대접을 받는데 딱 한 일주일쯤 되니까 이건 기사의 삶이 아니야, 떠나겠어, 이러더라구요.

그래서 유목민들은 짐을 절대로 늘리지 않잖아요. 알래스카 유목민들은 일주일에 한 번씩 텐트를 옮겨요. 어른들과 아이들이 합심해서 순식간에 텐트를 치더라구요. 애들은 좋을 거 같아요. 일주일마다 다른 곳에 가잖아요. 얼마나 놀 게 많아요? 근데 노는 거랑 부모님을 도와주는 거랑 구별이 안 갑니다. 돌을 가져와라, 나무를 해와라 심부름을 시키는데, 이게 애들한테는 다 노는 거예요. 그러니까 그렇게 사는 삶하고 아파트 몇십 평에 들어앉아서 갇혀 사는 이런 삶하고 비교가 불가능하죠. 그래서 들뢰즈/가타리는 유목민의 사유, 즉 노마디즘을 미래적 대안으로 내세웠죠. 인간은 본원적으로 유목민이다, 그래서 제국이나 국가나 역사에 매이는 존재가 아닌데 어느 날 갑자기 약탈자들이 등장해서 제국을 건설했다는 거예요. 그러니까 이건 선후 혹은 발전/미개의 문제가 아니라 전혀 다른 별개의 방향과 역사라는 겁니다. 유목민은 역사가 없어요. 역사라는 건 뭐냐, 계보를 만드는 거죠. 기념비적 사건 혹은 영웅적 업적 등을 중심으로. 그래야 권위가 서고 신민들이 형성되니까요. 유목민은 역사나 계보 대신 이야기가 있죠. 입에서 입으로 전승되는 스토리텔링이 있는 거죠.

그런 존재들이 집에 머무르면 당연히 우울증이 생깁니다. 현대인도 그렇잖아요. 내집 마련을 그렇게 외치다가 집이 장만되면 그때부터 삶이 지루하고 권태롭죠. 온갖 인테리어로 다 치장해 놓고는 정작 하는 짓이라곤 잠자고 옷 갈아입는 게 전부죠.(웃음) 그런데도 집에 대한 욕망을 멈추지 못해요. 왜 그럴까요? 맞아요. 집값 때문이죠. 그러니까 집은 일종의 투자상품인 거죠. '사는 곳'(living place)이 아니라 '사는 것'(something to buy). 아마 그래서 더 해외여행에 집착하는 건지도 몰라요. 집이라는 공간이 너무너무 권태로우니까.

아무튼 지금은 바야흐로 여행의 시대가 도래했어요. 세계인이 다 움직이고 있지만 특히 한국인은 더해요. 여름휴가철이면 인천공항이 터져나갈 지경이죠. 순례자나 예술가, 방랑자들만 떠도는 게 아니라, 보통 사람들이 다 같이 움직이는 시대가 온 거예요. 특히 청년세대는 국경을 넘는 여행을 일상적으로 떠납니다. 앞으로 관광 산업은 날로 확대될 거고, 4차산업혁명 이후 미래산업의 대세는 관광업이 될 것 같은 예감이 듭니다. 아닌 게 아니라 다른 나라들도 거의 다 관광에 총력을 기울이는 상황이죠. 이렇게 오고가다 보면 결국 전세계의 지구인들이 다 섞여 버리게 되지 않겠어요? 국경, 인종, 민족, 문화, 취향 등을 넘어 다시 '호모 사피엔스' 시절로 돌아가는 거죠. 쉬지 않고 '싸'돌아다니는 사피엔스!(웃음)

　호모 사피엔스는 뭐냐? 생각하는 존재. 생각은 곧 운동이고 이동이다. 결국 호모 사피엔스란 움직이는 존재, 길 위에서 길을 찾는 존재다. 그럼 움직인다는 건 뭔가? 길 위에서 수많은 타자들과 만나는 것이다. 만남은 또 뭐냐? 이야기를 주고 받는다. 이게 핵심이에요. 그 이야기들이 전세계를 다 연결한다, 이겁니다. 그래서 이런 생각을 했어요. 인간은 직립을 하고(호모 에렉투스), 여기저기 이동하고, 그리고 이야기를 주고받는 존재구나! 똑바로 선다와 걷는다, 움직인다와 마주친다, 그리고 스토리를 탄생시킨다, 이것이 인간의 실존적 조건이라는 것이죠. 그럼 오늘 강의의 주제인 '인간은 왜 끊임없이 길을 떠나는가?'에 대한 답이 나왔네요. 삶이란 본디 그런 것이니까. 길을 떠나는 것이 곧 삶의 본질이니까. 자, 그럼 오늘은 여기까지.

우리 시대의 여행─유랑과 유목 '사이'

두번째 시간입니다. 지난 시간에는 인생이 길이다, 사는 게 온통 길 위의 여정이다, 이런 이야기를 했는데 여기에 대해 생각 좀 하셨어요? 제가 아주 어렸을 때 만화에 푹 빠졌었는데, 만화를 보면서 온갖 공상을 다하는 중에, 문득 다시 쉬었다가 살래, 이게 불가능하다는 걸 알고 깜짝 놀란 적이 있어요. 잠깐 쉰다는 건 숨을 안 쉰다는 거잖아요. 일단 살아 있으면 계속 숨을 쉬는 거구나, 잠시 쉬었다 갈게요, 이건 안 되는 거구나, 그걸 자각하는 순간 숨이 턱 막히는 느낌이었어요. 별로 안 놀라는 표정이네.(웃음) 암튼 살아 있는 한 길은 계속된다는 거죠. 여행을 하든 안 하든 우린 잠시 이 지구에 머무르는 손님이라 할 수 있어요. 그래서 '여행이란 무엇인가?'를 더더욱 탐구해야 되는 거구요.

여행은 일상의 회로를 벗어난 리듬을 만들겠다, 라는 데서 시작하는 거예요. 그걸 내가 의도적으로 하는 게 여행이죠. 그러면 왜 이런 마음이 생길까? 왜 자꾸 일상의 반복적 리듬에서 벗어나서 새로운 리듬을 만들려고 할까? 강의 교재인『세계 최고의 여행기 열하일기』를 보면 연암 박지원은 마흔네 살, 당시로는 초로에 접어든 나이에 중국사절단에 참여를 합니다. 한여름에 떠났으니까 폭염 아니면 폭우를 수시로 겪죠. 거의 6개월 정도가 걸리는 대장정이었어요. 연암은 그동안 청나라 문물을 간접적으로 계속 접하고 있었는데 당연히 이걸 현장에 가서 확인하고 싶었겠죠. 누구든 무언가에 매혹되면 그 장소에 가고 싶어져요. 『서유기』를 읽으면 실크로드를 탐사하고 싶고, 불경을 읽으면 북인도에 가고 싶고, BTS에 끌리면 한국에 오고 싶어지듯이.

근데 당시는 관직이 없으면 국경을 넘을 수가 없죠. 하지만 마음은 정말 힘이 셉니다. 마흔네 살 되는 1780년에 기적처럼 기회가 온 거죠. 간절히 원하면 이루어진다, 가 이런 겁니다. 그게 기도고 명상이고 발원이죠. 건륭황제 만수절 축하행사단을 이끄는 정사의 자제군관으로 뽑혔는데, 실제로 특별한 업무가 없는 프리랜서예요. 여행하기엔 딱 좋은 조건이죠. 처음에는 문명 탐사가 목표였어요. 세계 제국의 중심으로 부상한 청나라 문명의 저력을 확인해 보고 싶었으니까. 만주벌판을 정처없이 떠돌던 유목민이 어떻게 중원을 다스리면서 이런 태평성대를 이루고 있지? 이게 연암의 입장에선 미스터리인 거죠.

하지만 여행은 늘 변수가 발생합니다. 골목투어도 그런데, 하물며 중원땅이야 말해 뭣하겠습니까? 제일 먼저 요동벌판을 보고 완전 충격에 빠졌죠. 열흘을 가도 산이 보이지 않다니! 이런 대평원은 조선에선 상상조차 할 수 없죠. 땅이 좁아서라기보다 우리나라는 산이 발달해서 평야는 더더욱 드뭅니다. 제가 2003년 열하로 가는 대장정에 참여했을 때도 비슷한 경험을 했는데, 우리나라 산은 어딜 가나 비슷해요. 아담한 사이즈에 신록이 우거져 아주 푸르릅니다. 근데 중국 북방을 여행하면 풀 한 포기 없는 산이 수두룩해요. 백이숙제가 절개를 지키느라 고사리를 먹다가 죽었다는 스토리가 탄생한 수양산을 찾아갔더니 완전 황토산인 거예요. 백이숙제가 고사리 먹다가 굶어 죽은 게 아니라 그냥 굶어 죽었을 것 같은 그런 곳인데(웃음), 사람들이 황토벽으로 집을 짓고 사는 거예요. 게다가 그때가 황사 시즌이어서 황사가 하늘과 땅을 휘감으면서 몰아치는 저녁 어스름인데, 수레에 시커먼 석탄을 잔뜩 싣고 가는 노인을 봤어요. 할리우드 호러물에서도 보기 드문 장면이었죠. 그때 이런 생각이 들었죠. 여기서 살다 떠난 사람들도 고향을 그리워할까? 향수병이라는 게 있을까? 여러분은 어때요? 우리에게 고향은 언덕과 호수, 여울과 계곡 같은 아늑한 풍경이 늘 함께합니다. 그런 표상이 완전히 붕괴되는 순간이었어요.

이처럼 여행을 한다는 건 낯선 시공간과의 마주침이에요. 그야말로 타자를 만나는 겁니다. 그렇지 않다면 여행을 떠난 게 아니에요. 연암도 그랬던 거죠. 이 좁디좁은 동북방 귀퉁이에서 살다가 이제야 천하의 광대함을 보는구나! 그런 감격적 마주침이 일어날 때마다 명문장이 쏟아졌죠. 이후의 여정을 보면 요동벌판의 충격을 뛰어넘는 일이 수두룩합니다. 자연환경도 압도적이었지만 당시는 중국이 세계문명의 중심이라 세계 곳곳에서 다 조공행렬이 이어졌어요. 문명의 도가니라는 표현이 딱 맞을 정도로 엄청났어요. 연암도 천하의 기이한 것들은 다 열하에서 보았노라, 고 했을 정도니까요.

그러면 어떻게 이걸 다 기록을 했을까. 그것도 아주 생생하게 또 유쾌하게. 우리의 기억력으론 거의 불가능합니다. 연암의 신체가 그만큼 교감하는 능력이 탁월했다는 거죠. 연암하고 같이 갔던 친구들은 중국은 오랑캐땅이라 노린내가 난다, 되놈들이라 볼 것도 없다, 이런 생각을 했죠. 당연히 불통의 상태로 여행을 한 거죠. 그런 점에서 연암은 실로 독보적입니다. 상식과 통념, 분별심, 이데올로기 같은 갑옷은 다 버리고 있는 그대로 중국을 보려고 했어요. 그게 자연풍광이든 중화문명이든 장사꾼이든. 그야말로 '자기를 비워 남을 들이는' 최고의 여행을 시도합니다. 그것이 바로 유목입니다.

그런 점에서 '추억 만들기'는 금물입니다.(웃음) 그건 참 유랑이라고 하기도 뭣해요. 추억을 위해 산다는 게 가능해요? 지금을 살고 여기서 한 걸음 더 나아가야지, 왜 자꾸 '문워크'를 하려고 합니까?(웃음) 예측불가능하고 낯설고 이질적인 세계를 만나기 위해 떠난다는 점 잊지 마시고요. 연암도 그렇지만 걸리버나 혁핀, 조르바 다 그렇습니다. 자, 오늘부터는 구체적인 여행의 전체 라인업을 결정하세요. 여행에 임하는 나의 태도, 즉 나는 유랑을 하고 싶은가 유목을 하고 싶은가를 점검해 보고, 이 여행이 어떻게 글쓰기의 향연이 될 수 있을까를 고민해 보세요.

저도 『열하일기, 웃음과 역설의 유쾌한 시공간』을 내고 나서 여행을 제법 많이 해봤는데, 중국도 그렇지만 일본도 땅이 아주 특이해요. 우리나라와는 분위기나 느낌이 영 달라요. 우리나라가 산과 나무가 발달했다면, 일본은 가는 데마다 숲이 많아요. 그것도 음기가 가득한 숲이 도처에 있더라구요. 그런데다가 신사가 있잖아요. 하도 신사참배 이야기를 많이 들어서, 저는 완전 무식하게도 일본에는 야스쿠니 신사 하나만 있는 줄 알았죠.(웃음) 그랬더니 지역마다 다 신사가 있고 신사 주변엔 대개 숲이 아주 그윽하게 조성되어 있더라구요. 아, 그래서 이런 숲에서는 요정들이 많이 나오겠구나, 그런 생각이 절로 들었어요. 그래서 일본 애니메이션을 좀 이해를 했어요. 나우시카, 토토로, 원령공주 등의 캐릭터를 보면서 일본인들의 상상력이 참 뛰어나다고 생각했는데, 그게 다 자연환경과 관련이 있었던 거죠. 그리고 그런 거는 꼭 명소가 아니어도 알 수 있어요. 그냥 숙소 주변을 산책하면서도 느낄 수 있는 거죠. 자연환경의 특징을 알게 되면 그 지역 사람들의 체질이나 기질도 파악할 수 있죠. 그래서 일단 여행을 하면 관찰과 메모의 달인이 되어야 해요. 아예 여행 수첩을 따로 만드세요. 떠오르는 건 다 무조건 적으세요. 나중에 써먹을 수 있든 없든. 사진도 좋긴 하지만 그건 시각적인 거라 이야기를 구성하는 데는 좀 미흡해요. 돌아와서 보면 '이걸 왜 찍었지?' 하는 게 수두룩할걸요.(웃음) 게다가 스마트폰 덕분에 사진 찍는 게 너무 쉬워져서 사진을 제대로 음미도 못합니다. 너무 많으면 천해진다는 이치죠. 보지도 않고 폴더에 저장되어 쓸쓸하게 시들어 가는 사진들이 얼마나 많겠습니까?(웃음) 그러니까 사진에 집착하지 말고 메모를 하세요. 메모를 잘 하려면 관찰력도 키워야 하구요. 그래야 재미있는 스토리가 탄생합니다.

40대 초반에 몸이 안 좋아서 몇 년 동안 매주 서울 4대 명산을 돌아가면서 등산을 했어요. 수락산, 관악산, 북한산, 도봉산 이런 식으로. 겨울 새벽에도 갔었어요. 그래서 저 때문에 많이들 끌려갔죠. 눈보라 칠 때도 가봤는데, 일단 산에 들어가면 너무 아늑해요. 산 밑에선 우리가 다 조난당한 줄 알고 난리가 났는데, 정작 우리는 너무 편안했죠. 폭풍우가 몰아칠 때는 구경하는 사람이 무서운 거예요. 그 안에 있는 사람이 더 고요할 수 있어요. 그걸 알고 나니까 악천후에도 거리낌없이 산에 오를 수 있더라구요. 심지어 몸이 아플 때도 갔어요. 관절염이 걸려서 걷기가 어려웠는데, 그때도 산에 갔었거든요. 정상까지 가기는 무리죠. 무릎에 물이 차서 이렇게 부었으니까. 그러면 후배들더러 올라가라고 하고 저는 밑에서 엉금엉금 기어서 체력이 허락하는 데까지만 갔는데 그게 또 아주 새로운 체험이었어요. 건강하면 무조건 정상을 향해 가게 되어 있어요. 산 주변을 보질 않아요. 근데 다리가 아파서 살살 돌다 보니 산

밑에도 이렇게 좋은 공간이 있구나, 를 알게 된 거죠. 이것도 유목이라면 유목입니다.(웃음)

그러니까 어떤 상태든 어디서든 길을 나설 수 있다는 겁니다. 저의 경험은 참 미미한 수준이죠. 아마 모험을 좋아하는 분들은 상상을 뛰어넘는 컨셉으로 여행을 해보셨을 겁니다. 뭐가 됐든 중요한 건 떠나기 전과는 다른 존재가 되는 것이죠. 유랑이 그저 여기에서 저기로 흘러가는 거라면, 그래서 공간은 끊임없이 변이하지만 존재성은 달라지지 않는 거라면, 유목은 길 위에서 타자를 만나 스스로 다른 존재가 되는 것이죠. 그 차이가 바로 여행기의 핵심인 스토리텔링입니다. 그럼 오늘은 여기까지.

여행기의 비결 1 : 말과 이야기의 향연

여행들 잘 다녀오셨어요? 얼굴이 환해졌네요. 저는 그 사이에 지중해 여행을 다녀왔는데, 돌아와서 약간 우울증 비슷한 증상을 앓고 있어요. 여행은 너무 좋았어요. 열흘 내내 날이 너무 좋았고 갖가지 행운을 다 겪었는데, 돌아오니 상태가 이렇다는 거죠. 매사에 의욕이 없고, 머릿속이 멍하다고 해야 하나, 그런 상태가 이어지고 있어요. 이게 우울증 맞죠? 우울증을 앓아 본 적이 없어서 좀 신선하기도 합니다.(웃음) 아마 5월 달에 겪어야 하는 기쁨과 능동성을 지중해에서 다 쓰고 온 건가 싶네요. 고생이건 복이건 다 질량불변

의 법칙이 있다고 하잖아요? (웃음)

사건 안에서는 날씨도 되게 중요해요. 외국 여행은 특히나 시차가 있기 때문에 일종의 타임투어를 체험하게 되죠. 뉴욕을 가면 타임머신 타고 12시간 전으로 가는 거죠. 근데 문제는 돌아올 때 다시 12시간 뒤로 와야 되잖아요. 처음 장거리 여행을 할 때 그게 너무 신기했어요. 나는 지금 밤을 살고 있는데, 내 친구들은 낮의 시간을 보내고 있다는 게. 또 뉴욕엔 한파가 몰아치고 있는데, 한국은 너무 따뜻하고. 한마디로 전혀 다른 세상을 살고 있구나, 하는 생각이 들었죠. 그러다가 한국으로 돌아오면 다시 시간의 흐름이 합쳐져서 같은 세계를 살게 되고. 마치 알라딘의 램프에 들어갔다 나왔다 하는 것 같기도 해요.(웃음) 아무튼 이런 무상한 변화를 직접적으로 체험하는 게 여행의 묘미이기도 하죠.

이번에 그리스에 가서도 역사의 무상함을 새삼 실감했는데, 유럽 문명의 시원이 아테네잖아요? 청동기 시대에 최전성기를 구가했는데, 지금까지 계속 퇴락하고 있는 중이죠. 그 시절에 세워진 파르테논 신전, 포세이돈 신전 등으로 후손들이 먹고 사는 셈인데, 그것도 참 신기하더라구요. 고대문명의 유적들이 산업의 토대가 된다는 거 말입니다. 어쨌든 한 번 정점을 찍고 나면 끝이구나, 어떤 영광도 영속할 수 없구나, 하는 걸 새삼 확인했죠. 그리스보다 더 오래된 문명의 시원이 크레타 문명인데, 거기에서는 바다 옆에서 숙박을 하면서 지중해를 원없이 감상했죠. 『그리스인 조르바』

의 저자 니코스 카잔차키스를 만나기 위해서였죠. 근데 정작 거기서 겪은 최고의 사건은 지중해 해변에서 자전거를 탔다는 거예요. 예전에 한 5년 정도 자전거로 종로에서 용산 해방촌까지 오고 간 적이 있어요. 그러다 자전거를 후배한테 주고 그다음엔 쭉 걸어다녔는데, 아주 간만에 지중해 해변가에서 자전거를 타 보니 감격스러웠죠. 이게 뭐냐면 내 몸으로 겪는 사건이 어떤 것보다 중요하다는 이치예요. 그러니까 우리가 지중해를 보러 갔지만, 내 몸이 움직이는 순간 지중해는 배경이 되는 거예요. 아시겠어요? 셀카가 중요한 게 아니라 내 몸이 겪는 사건이 중요한 거예요. 사진이 아니라 사건!

그다음엔 또 스페인 바르셀로나로 넘어갔어요. 특별한 이유는 없고 오직 하나, 거기에 친구까지는 아니고, 지인이 있다는 사실 때문이었어요. 〈감이당〉 캠프에 참여했던 분이라 딱 한 번 본 분이죠. 하지만 그 인연만으로도 충분히 그곳에 갈 수 있는 거죠. 덕분에 참 좋은 여행을 할 수 있었어요. 스페인의 숙소 앞이 지중해였는데, 그 여행은 아테네와 크레타를 합친 것보다 더 좋았어요. 그냥 바다를 보면서 산책을 하는 것만으로도 충분했거든요.

암튼 그러다 마지막 날 한가하게 거리 산책을 했는데, 아주 드라마 같은 일이 벌어졌어요. 우리 매니저가 소매치기를 당한 거예요. 갑자기 어디선가 적막을 찢는 비명 소리가 들리더니 우리 매니저가 죽어라고 소매치기를 따라가는데 갑자기 어디선가 경찰이 등장해서 추격전을 펼치고, 완전 아수라장이었죠. 도대체 누가 범인이고 누가 경찰인지도 모르겠고, 저는 그 순간에 다 같이 도망을 하라는 건가, 뭐 이런 생각이 들 정도로 헷갈렸어요. 막상 정신을 차리고 보니까 경찰이 소매치기를 잡아서 어깨를 팍 누르는 장면이 눈앞에서 펼쳐진 거죠. 그다음부터는 지중해의 하늘과 바다가 아니라 소매치기 얘기만 주구장창 하게 되더라구요. 그래서 알게 되었죠. 여행기의 핵심은 역시 스토리텔링이구나.

『열하일기』가 최고의 여행기인 건 기본적으로 스토리텔링이 풍부하다는 거예요. 저는 이런 여행기는 본 적이 없어요. 여행기라고 하면, 로드클래식에서 다룬 소설 형식의 작품들을 제외하고는 대개 날짜, 여정, 유적 등을 나열식으로 정리해 놓은 게 일반적입니다. 그건 글쓰기는 아니잖아요. 일종의 정보수집인 거지. 그에 비하면 연암은 정말 이야기의 달인입니다. 처음 국경을 넘는 장면을 보면, 술을 사오라고 한 다음 여행을 같이할 하인 장복이랑 창대한테 마시라고 하니까 다 입에도 못 댄다는 거예요. 그러자 '에이 쫄보같은 놈들!' 그렇게 투덜거리면서 혼자 마시고 축원을 하죠. 여행을 무사히 다녀오기를 기원하면서. 그다음엔 타고 가는 말을 위해 또 축원을 합니다. 이런 게 디테일이 살아 있는 거죠. 보통 여행기에는 이런 장면이 등장하지 않아요. 하인이나 말들을 그렇게 주목하지도 않고요. 하지만 연암한테는 하인들이나 말이 다 친구처럼 여겨진 거죠. 그 장면 하나만으로도 연암의 품성과 스타일이 다

느껴지지 않습니까? 만약 지중해의 소매치기 사건도 연암이 쓴다면 아주 기막힌 시트콤이 될 겁니다.

『열하일기』 안에는 「허생전」이나 「호질」 같은 명문장들도 들어 있어요. 근데, 「허생전」은 여행 중에 역관들하고 밤새 수다 떨다가 나온 거예요. 하긴, 여행을 한다는 건 사람들하고 끊임없이 수다를 떠는 거죠. 역관들이니까 중국을 많이 드나들었을 거 아니에요. 역관들 세계에선 조선과 중국의 무역과 관련한 전설적인 얘기들이 수두룩한 거죠. 그 이야기 보따리를 풀어놓기 시작한 거고 솔직히 「허생전」보다 그 얘기들이 더 재밌어요. 근데, 그 이야기를 듣다 보니 연암도 20년 전에 들었던 변부자 이야기가 떠오른 거죠. 세상에나 20년 전에 들은 이야기라니! 이 여행을 하지 않았다면, 또 이렇게 역관들하고 수다를 떨지 않았다면, 「허생전」은 영원히 연암의 뇌리 깊숙한 곳에서 잠들고 있었겠죠. 이런 걸 보면 이야기에도 운명이 있다는 걸 실감합니다. 우리의 머릿속에도 이렇게 세상에 나오고 싶지만 나오지 못하는 이야기들이 많이 있을 거예요. 실제로 여행을 하게 되면 자기도 모르게 그런 이야기를 꺼내놓게 됩니다. 이게 또 여행의 묘미이기도 하구요.

이런 경로가 있는가 하면 전혀 색다른 경로도 있어요. 연암은 호기심 대왕이다 보니 잠시도 가만히 있질 못하는 거죠. 계속 돌아다니면서 이것저것 다 살펴보는데 그러다 한 점포엘 들어갔더니 벽에 절대기문이 있는 거야, 주인한테 '이게 어디서 났나?' 그랬더니 장터에서 사왔다는 거예요. 주인은 한자를 한 자도~ 몰라요.(웃음) 그냥 전체 무늬가 멋있어서 사온 거예요. 연암이 베껴 가도 되냐고 하니까 당연히 허락을 했죠. 워낙 긴 글이라 다시 숙소로 왔다가 정진사를 데리고 와서 같이 베꼈는데 『열하일기』를 읽어 보면 아시겠지만, 정진사는 좀 '떨떨한' 캐릭터라 대충 필사를 한 거죠. 그래서 연암이 다시 앞뒤가 맞게 적당히 윤색을 했다고 덧붙여 놓았어요. 그래서 대체 원작자가 누구냐? 연암이 직접 짓고 트릭을 쓴 거다, 내용이 너무 파격적이라 검열을 피하려고 한 거다 등등, 연구자들이 엄청난 논쟁을 했었죠. 암튼 이 장면만 보면 그냥 길 위에서 주운 거예요.(웃음)

「허생전」은 옛날에 들은 이야기를 토해 낸 거고, 「호질」은 길 가다가 주운 거고. 참 기막힌 일이죠? 무슨 뜻이냐면, 이 두 작품은 그저 그런 텍스트가 아니고 조선후기 소설사에서 최고의 문제작으로 꼽히는 작품들입니다. 「허생전」에 담긴 이용후생, 십만 냥을 둘러싼 실험과 모험, 북벌론의 허구성 등은 조선후기 사상사의 중요한 국면들을 다 담고 있죠. 「호질」은 또 어떻습니까? 범이 인간을 꾸짖는다는 설정도 특이하지만, 그 이전에 1만 5천 권이 넘는 책을 저술했다는 북곽선생과 동리자라는 열녀 사이의 추문은 그야말로 파격 중의 파격이죠. 보통 생각하기론 이런 작품은 연암이라는 대문호가 심오한 사유와 성찰을 통해 각종 수사학적 장치나 복선, 트릭 등을 짜넣어 창작을 했을 거라고 생각하는데… 세상에

나, 여행하다가 건져 올린 텍스트라는 거 아닙니까? 사연을 잘 뜯어 보면 연암은 전혀 창작의 주체가 아니에요.「허생전」은 윤영이라는 노인한테서 들었으니 저작권은 그분한테 있고,「호질」은 중국의 한 점포에서 베낀 거니까 한자를 한 자도 모르는(웃음) 그 점포 주인한테 저작권이 있는 셈이죠.(웃음) 황당하죠? 그럼 연암은 뭘 한 거죠? 전령사죠. 재밌는 이야기를 들으면 잘 기억해 두었다가 전달해 주고, 흥미진진한 기문을 보면 절대 그냥 넘어가지 않고 베껴서 세상에 알려 주고…. 그래서 이런 경우엔 저자라고 하지 않고 이야기꾼, 스토리텔러라고 합니다. 어쩌면 창작이라는 것도 결국은 이런 것일지도 모릅니다. 허공에 떠도는 이야기들을 '절단, 채취'해서 세상에 전파하는 것 말이죠. 그런데 그러기 위해선 몸이 움직여야 합니다. 연암도 길에 나섰기 때문에 가능했던 거고요. 이렇게 생각하면 길 위에 나선다는 게 얼마나 멋진 일인지 새삼 감탄하게 됩니다.

아무튼 길 위에 나서면 사방에 이야기가 넘친다는 거죠. 주고받는 말 속에서, 치고받는 사건 속에서, 오래전 기억 속에서 이야기가 불쑥 솟아나거나 아니면 길바닥에서 줍기도 합니다. 이게 바로 여행의 진정한 맛이에요. 길이 본능이라면 이야기 역시 원초적 본능이라 할 수 있어요. 이번 여행기를 통해 이런 능력을 터득해 보시기 바랍니다.

여행기의 비결 2 : 사건의 현장, 사유의 탄생

자, 네번째 강의를 시작할까요. 간디의 수제자 중에 비노바 바베라는 인도의 성자가 있는데 그분이 여행에 대해서 한 멋있는 말이 있어요. 절대 돈을 갖고 다니면 안 된다는 거예요. 왜 그러냐면 노잣돈이 풍부하면 누군가의 도움을 받을 생각을 안 한다는 거야, 그냥 무엇이든 돈을 지불해서 사려고 한다는 거죠. 그분의 입장에선 이거는 여행을 한 게 아니야, 그냥 소비를 한 거에 불과하다는 거죠. 그럼 돈이 없으면 어떻게 되는가? 도움이 간절하겠죠. 그런 상태가 되어야 자아를 덜어 낼 수 있다는 겁니다. 그 순간 한없이 겸손해진다는 거죠. 또 조금이라도 도움을 받으면 정말로 감사의 마음이 마구 솟아나죠. 비움과 감사, 이것을 훈련하는 게 바로 영성이라는 거죠.

요즘 시대에 돈 없이 여행을 하는 건 상상하기 어렵지만 이분이 말씀하시는 바에는 충분히 동의할 수 있죠? 말하자면, 자아를 덜어 내고 자의식을 비워야 스토리가 생깁니다. 사람을 만나면 일단 사건이 터지고 사건이 벌어지면 예상대로 진행되는 경우가 거의 없어요. 정말 인생이 뜻대로 안 된다는 걸 확인하게 됩니다. 첫인상이나 고정관념 같은 것이 계속 깨지는 경험을 하게 됩니다. 만약 그걸 계속 고수하려고 하면 여행 자체는 하나마나입니다. 사건을 만나기도 어렵고 아무리 대단한 사건을 겪는다 해도 생각이 하나도 바뀌질 않거든요. 연암이 여행의 달인이 된 것도 같은 이치입니다. 만약 연암이 '나는 양반이야, 노론이야, 엘리트야, 조선인이야', 이런 식의 정체성을 견고히 했다면 만날 수 있는 사람이 딱 제한이 되죠. 다른 신분, 다른 당파, 다른 나라 사람을 만나는 순간 온몸이 경직되겠죠. 또 있어요. '나는 노인이야, 대접받겠어', 이러면 젊은이들하고 못 만나요. 만나면 설교를 하게 되어 있거든요. 근데 마흔네 살이면 당시로선 초로에 접어든 건데, 연암은 하인들은 물론 젊은 사람들하고도 정말 격의 없이 친하거든요. 이미 백수시절 자기보다 10살, 17살 어린 젊은이들하고도 찐한 우정을 나눈 바 있었으니까 여행에서도 나이 차나 세대 차가 전혀 문제가 되지 않았던 거죠. 자의식과 콤플렉스를 내려놓는 훈련을 했기 때문에 가능한 겁니다. 여성이나 어린아이하고도 허물없이 대화를 나누는 걸 보면 연암의 친화력은 정말 대단합니다. 그건 단순히 기질의 문제는 아니에요. 오히려 사상적 훈련이라고 봐야 합니다. 친화력과 사상이 만나면? 공감능력이 빛나게 되죠. 당연히 유머와 역설이 범람하게 되구요.

처음 중원땅에 들어서서 요동벌판을 만나자 엄청난 충격에 휩싸입니다. 열흘을 가도 산이 나오지 않는 대평원을 만났으니 당연한 일이죠. 그 충격과 감흥을 이렇게 표현합니다. "크게 한번 울어 볼 만하구나!" 헐~ 이건 단순히 감탄이 아니고, 사상적으로 어떤 폭발이 일어난 거라고 봐야 합니다. 지금까지 요동벌판을 지나간 수천, 수만 명이 있었을 텐데 그걸 보고 "통곡하기 좋은 곳이로구나"라는 말을 한 건 연암이 처음이에요. 같이 가던 동료들이 "왜?" 그랬더니 이렇게 썰을 펼칩니다.

"사람들은 다만 칠정(七情 : 喜怒哀樂愛惡欲) 가운데서 오직 슬플 때만 우는 줄로 알 뿐, 칠정 모두가 울음을 자아낸다는 것은 모르지. 기쁨[喜]이 사무쳐도 울게 되고, 노여움[怒]이 사무쳐도 울게 되고, 슬픔[哀]이 사무쳐도 울게 되고, 즐거움[樂]이 사무쳐도 울게 되고, 사랑함[愛]이 사무쳐도 울게 되고, 미움[惡]이 사무쳐도 울게 되고, 욕심[欲]이 사무쳐도 울게 되는 것이야.

근심으로 답답한 걸 풀어 버리는 데에는 소리보다 더 효과가 빠른 게 없지. 울음이란 천지간에 있어서 우레와도 같은 것일세. 지극한 정(情)이 발현되어 나오는 것이 저절로 이치에 딱 맞는다면 울음이나 웃음이나 무에 다르겠는가?" (박지원, 『세계 최고의 여행기 열하일기』上, 139쪽)

이게 바로 사유의 탄생이죠. 이 도도한 장광설은 이후에도 죽 이어졌는데, 그게 얼마나 재밌고 멋있었던지 '호곡장'이라는 명칭으로 별도로 회자되기도 했죠. 『열하일기』를 대표하는 "청나라의 장관은 기와조각과 똥부스러기에 있다"는 명제도 마찬가지입니다. 다른 사람들은 다 자금성에 놀라고 만리장성에 압도되고 요하, 백

탑 이런 걸 보고 놀라는데 연암은 길거리에 있는 똥부스러기와 기와조각을 주목한 거죠. 그 이유가 궁금하시죠? 궁금하시면 『열하일기』를 통독하시면 됩니다.(웃음)

연암의 사상은 문명과 자연, 그리고 일상의 디테일을 두루 관통하는 것이 특징입니다. 대개는 이것들을 따로따로 구성하는데, 연암은 서로 다른 층위들을 한 번에 꿰뚫어 버려요. 그래서 유머와 역설이 가능한 거죠. 여행 중 벌어지는 사건사고를 이야기할 때도 그 안에 뭔가 심오한 사상이 느껴집니다. 그러니까 늘 사유를 멈추지 않고 있다는 말이죠.

「일야구도하기」(一夜九渡河記)가 그 증거예요. 「일야구도하기」는 『열하일기』 안에서도 명문으로 꼽힙니다. 이 글이 산출되는 배경을 살펴보면 더더욱 놀라지 않을 수 없어요. 때는 바야흐로 무박 나흘에 걸쳐 열하를 가는 중입니다. 무박나흘이라니, 이건 특전사도 하지 않는 훈련이죠.(웃음) 그러니 굶주림에 잠고문으로 체력이 거의 바닥이 났겠죠. 근데, 마지막 관문인 고북구 장성을 건넜어요. 바야흐로 야삼경, 깊은 감회 속에 장성을 넘었더니 강이 기다리고 있는 거예요. 근데, 무려 그 강이 아홉 구비인 거야. 그래서 아홉 번을 강에 들어갔다 나왔다 한 거죠. 잠깐 방심하면 바로 익사야. 그런 절체절명의 순간에 연암의 사상이 빛을 발합니다. 연암은 이 순간에 살기 위해 몸부림을 친 게 아니라 거꾸로 힘을 뺐어요. '한 번 떨어지면 강물이다. 그땐 물을 땅이라 생각하고 물을 옷이라 생각하고 물을 내 몸이라 생각하고 물을 내 마음이라 생각하리라!' 이게 바로 도(道)예요. 살려고 몸부림치는 짓을 하지 않겠다, 그렇게 되면 물하고 적대적인 관계가 만들어지기 때문에 더더욱 위험해질 테죠. 모든 걸 운명에 맡기고 물과 하나가 되겠다, 고 하면서 마음을 텅 비운 거죠. 그렇게 되니까 더 이상 강물 소리가 들리지 않았어요. 무슨 뜻이에요? 귀가 먹은 건가요?(웃음) 깜깜한 밤에 강을 건너면 보이는 건 없고 단지 소리만 들리겠죠? 그럴 땐 강물소리가 정말 무시무시할 거 같아요. 그래서 더 몸에 힘을 주게 될 테고. 헌데, 마음이 평정을 찾게 되자 강물 소리가 더 이상 두려움으로 다가오지 않게 된 거죠. 그래서 아홉 번이나 강을 건넜는데 아무 근심 없이 의자에 앉았다 누웠다 하는 것 같았다, 는 겁니다. 와, 정말 멋지죠?

이런 멋짐이 어떻게 가능할까요? 평소에 물을 관찰하고 소리를 관찰하고 그때 일어나는 마음을 관찰했으니까 가능했던 거예요. 이게 바로 불경도 읽고『장자』도 읽고『논어』도 읽은 보람인 거죠. 그동안 책을 읽고 글을 쓰면서 수없이 터득한 삶의 지혜를 진짜 위기의 상황에서 응용을 해본 거죠. 이게 바로 사건과 함께 사유가 탄생하는 현장입니다. '우리가 왜 인문학을 해야 돼?' 또는 '고전을 왜 읽어야 돼?' 이런 질문만큼 어리석은 게 없어요. 사유하지 않으면 삶을 지탱하기도, 지속하기도 어렵습니다. 고전의 지혜야말로 일용할 양식이에요. 그 양식이 있을 때 길 위에 나설 수 있는 거구요. 길은 사건의 현장이죠. 늘 온갖 사건들이 생겨나고 소멸합니다. 이 사건들 속에서 어떤 삶을 만들어 낼 것인가? 그것을 결정하는 키는 바로 사유의 내공에 달려 있습니다.

제가 왜 『열하일기』를 '세계 최고의 여행기'라고 했는지 이해되시죠? 여러분도 『열하일기』를 통해 여행의 지혜, 여행기의 비결을 꼭 터득하시기 바랍니다. 정 안되면 '훔치거나 줍기라도' 하시구요.(웃음)

파란만장한 매니저의 여행길

한정미(4조)

지중해~ 그 얼마나 멋지고 환상적이고 아름다운 이름인가? 지중해
를 생각하면 따뜻한 태양이 샤랄라~ 여유롭고 느긋한 이국의 멋진
풍경들이 넘쳐나는 곳, 쭈글거리는 내 인생이 다리미처럼 뭔가 펴질
것 같은 곳, 직장생활을 시작하고 나서 언젠가는 가야지 하고 꿈꾸
던 그곳, 지중해…지중해…지중해…. 낮잠을 자듯 짧은 꿈….

'지중해 탐사 매니저'를 맡게 되었고 인원이 정해졌다. 〈감이당〉
에서 9명, 지중해 세미나를 통해 여행에 합류하는 7명, 그리고 이집
트, 중국, 영국에서 오는 3명까지 합치면 총 4개국 19명의 글로벌한
여행팀이다. 나는 비행기 표를 검색하며 새로운 일에 대한 도전과
두려움이 들기도 했지만 지중해만 가자, 가보자 하는 심정으로 열심
히 항공권과 숙소를 검색했다. 10명 이상의 항공권과 숙소를 저가로
구하는 일은 정말 쉽지 않았다. 컴퓨터에 손품과 눈품을 어찌나 팔
았던지, 그즈음에 내 눈은 늘 빨갛게 충혈되어 있었다.

인천공항, 드디어 출발!

중구난방, 좌충우돌 여행의 시작

드디어 출발의 날이 왔다. 역사적인 대통령 당선일을 하루 앞둔 5월 8일, 인천공항에서 우리 일행들을 만났다. 우리 항공스케줄은 인천에서 모스크바로 가서 환승을 하고 아테네에 도착하는 경로이다. 탑승권을 받으러 러시아항공사 카운터로 갔다. 카운터에서는 별 설명 없이 다음 블록 몇 번으로 가라고 한다. 그래서 그쪽으로 갔다. 그런데 거기서도 그다음 블록으로 가란다. 헉~ 당황하며 뒤를 돌아보니 10명이 줄줄이 함께 움직이고 있었다. 민망했다. 내 탓이 아닌데도 매니저라는 임무가 있으니…. 결국 네 번을 옮겨 다닌 후 탑승권을 받았다.

마음이 무거워지기 시작했다. 매니저가 서툴다고 멤버들이 불안해할까 걱정이 되었다. 나 또한 당황스러웠다. 탑승권 하나 받는 것도 이렇게 헤매게 되나? 이게 아닌데…, 라는 생각이 들었다. 그 후 (류머티즘 환자이신) 창희샘의 휠체어 서비스도 받고 짐도 무난히 부치고 비행기에 올라탔다. 모스크바 공항에 도착하고 나서 사람들에게 탑승권에 적힌 게이트 번호를 확인하게 한 후 일행들을 먼저 보내고 창희샘의 휠체어 서비스를 기다리며 좀 늦게 출발하였다. 예상 밖으로 환승게이트는 너무나 멀었고 걷는 데도 시간이 많이 소요되었다. 조바심이 나기 시작했다. 더 불안했던 것은 가는 길에 우리 일행을 한 명도 찾아 볼 수 없었던 것이다. 혹시나 하는 마음으로 가까이 있는 안내데스크에 물어보았더니 돌아온 대답은 탑승게이트번호가 변경되었다는 것이다. 아뿔싸! 발등에 불이 떨어졌다. 그때부터 불안감에 휩싸여 전화와 문자를 하기 시작했다. 중국에서 오는 선영샘도 연락이 안 되었다. 우왕좌왕 산만한 정신으로 인원을 체크해 가며 나는 누구? 여긴 어디? 하면서 멘붕상태였다. 힘들게 환승게이트에 도착할 즈음 선영샘에게서 연락이 왔다. 비행기가 연착이 되어서 내일 아테네로 바로 가겠다고 했다. 그리고 곰샘과 채운샘이 엉뚱한 게이트로 나가는 바람에 러시아 입국장까지 갔다 왔다는 얘기를 들었다. 헐~. 다른 일행들도 여기저기서 헐레벌떡 뛰어왔다.

비행기 한 번 갈아타면 되는 일인데 우린 왜 이렇게 중구난방일까? 뿔뿔이 헤어지게 된 것은 내가 일을 잘 못해서겠지? 하는 자책감이 들었다. 어느새 내 눈가에 다크서클이 내려앉았다. 아테네 공항에만 무사히 가자! 제발~~오늘 미션은 숙소까지만 제대로 가는 걸로~~, 마음속으로 외쳤다.

밤늦게 아테네 공항에 도착했다. 이집트에서 오는 혜진샘을 공항에서 만나기로 했기에 계속 연락했지만 어디 계신지 도통 연락이 안되었다. 어쩔 수 없이 일행들을 숙소로 먼저 출발시킨 뒤 은민이와 함께 공항에서 혜진샘을 찾기 시작했다. 40분쯤 공항을 헤매다 혜진샘을 만났고 우린 거의 자정이 다 되어서야 아테네 숙소에 도착했다. 아~ 매 시간 일들은 일어나는데 쉽게 풀리는 일이 없다. 아테네 숙소는 예상 외로 아기자기하고 깔끔했다. 해먹이 있는 넓은 테라스에 이국적인 풍경의 동네가 보이는 곳이다. 온종일 자책감, 걱정, 불안, 긴장의 연속이었던 하루의 무거움이 무사히 왔다는 안도감으로 풀리는 듯했다. 피곤에 지쳐 이층침대 아래 칸에 누워 사정없이 코를 골며 여행의 첫날밤을 보냈다.

Let it be!

처음으로 맞이하는 설레는 이국에서의 아침이다. 근처 작은 카페에서 기분 좋은 환영을 받으며 간단한 아침식사를 했다. 무겁던 어제와 달리 발걸음도 가벼웠다. 아테나가 우리를 환영하는 것일까?^^ 큰 중앙시장을 가로질러 걷다 발견한 그리스정교회 안을 구경하기도 하고 골목길이든 대로든 온통 낙서와 그림으로 가득 찬 낯

아고라에서. 왼쪽 위로 멀리 파르테논 신전이 보인다.

[고미숙의 글쓰기 특강]실전편 _ 대중지성의 향연

선 풍경 속을 거닐며 아고라에 도착했다.

폐허가 되어 있는 아고라였지만 철학자들이 가득한 아테나학당의 그림을 상상하며 주랑을 걸었다. 그리고 하얀 대리석이 빛을 발하는 신비스럽고 경외감이 밀려오는 파르테논 신전에서 저 멀리 아테네 도시를 둘러싸고 있는 산들을 바라보았다. 정말 그리스에 내가 온 것이 맞구나 하며 내 눈을 비벼 보았다. 구경도 잘 했겠다, 배가 고파 들어간 식당은 전형적인 관광지 앞 식당이었다. 니맛도 내맛도 아닌 점심식사를 하고 나는 저녁 식사를 어떻게 할지 혼자 고민하기 시작했다. 다행히 저녁은 숙소 가까이 있는 빵집과 근처 마트에서 해결하였다. 그러나 여행 내내 이런 과제들은 이어질 것이고, 그게 너무 부담스럽고 힘들게 느껴졌다. 내가 여행을 왜 왔나 싶기도 하고 자주 번민과 고뇌에 휩싸였다. 역시나 그런 나의 행동과 표정을 읽은 창희샘과 혜숙샘, 해숙언니가 왜 그러냐고 물어보았다. 하루 종일 오르락내리락 하는 감정 상태와 불안과 주눅을 어찌해야 할지 모르겠다고 말했다. 언니들은 여행을 왜 왔는지 잊어버리지 말고 할 수 있는 것만 하고 모르거나 힘든 것은 혼자 해결하려 하지 말고 도와달라고 요청하면 된다고 했다. 언니들과의 대화에서 내가 여행의 한 구성원임을 다시 깨닫게 되었다. 어젯밤과 달리 이층침대 아래 칸에서 매사 잘하려고 했던 내 욕망을 바라보고 다시 마음을 잡아보는 혼란스러운 두번째 밤을 보냈다.

다음날 우린 수니온곶의 포세이돈 신전을 방문했다. 아들인 테세

수니온곶의 포세이돈 신전

우스를 기다리다 죽은 줄 알고 슬퍼하며 바다에 몸을 던진 아이게우스 왕의 이야기를 담고 있는 에게 해, 그 위로 신전은 절벽 위에 웅장하게 서 있었다. 바다는 늘 누군가를 애타게 기다리는 곳인가? 슬픈 전설처럼 애잔하기도 하지만 부산이 고향인 나는 넓은 바다를 보니 그동안 답답했던 가슴이 조금 트이는 것 같았다. 아테네로 돌아오는 버스에서 무겁게 입을 다물고 아무 생각 없이 버스 창밖만 바라보았다. 매번 작은 일에도 롤러코스터처럼 요동치는 나의 감정은 찬란한 태양빛을 받고 있음에도 불구하고 여전히 어두운 상념의 바다였다.

에게 해

자유를 원하는 자만이 인간

아테네의 여행을 정리하고 우리는 다음날 크레타로 출발했다. 카잔차키스와 조르바의 영혼이 있는 땅이다. 바닷가 근처 유적지와 함께 끝없는 지중해가 보이는 숙소에 짐을 풀고 크레타의 바람을 맞으러 가까운 베네치아 성채로 향했다. 곰샘과 채운샘, 혜진샘, 은민이는 자전거를 대여해 번갈아 가며 탔고, 나머지 일행들 또한 걷기도 하고 이야기도 하고 웃기도 하며 오래된 베네치아 성채를 돌아보며 한때 식민지였던 시절의 크레타를 만나기도 했다. 여유로움이 한껏 밀려오는 잔잔한 바다에 발을 담그어 보았다. 발목을 간지럽히는 파도의 리듬이 그동안 뭉쳐 있던 내 마음을 부드럽게 위로하는 듯했

니코스 카잔차키스의 무덤(위)과 무덤을 가리키는 이정표(아래)

다. 그 속에 언니들의 잔잔한 웃음소리가 허공으로 퍼졌다. 나른함과 여유로움을 만끽하는 순간이었다. 그리고 나는 서서히 일행들 속에 섞여 들어가기 시작했다. 함께 식사를 의논하고 함께 일정을 정하며 함께 일들을 해 나가기 시작했다.

다음날 카잔차키스의 무덤과 박물관, 크노소스 궁전을 방문하였다. 숙소에서 20~30분 남짓 걸으면 도착하는 카잔차키스 무덤은 생각과 달리 너무나 소박했다.

"나는 아무것도 원하지 않는다.

나는 아무것도 두려워하지 않는다.

나는 자유다."

니코스 카잔차키스의 묘비명이다. 카잔차키스는 『그리스인 조르바』에서 "자유를 원하는 자만이 인간"이라고 말한다. 자유는 모든 것을 소유하지 않고, 그물에 걸리지 않는 바람 같은 마음을 가지고 있어야 가능한 것인가? 나에게 있어 자유란 무엇일까? 그동안 느꼈던 추상적인 자유의 의미보다 지금 나의 혼란스러운 마음 상황이나 현실에서 나의 의지와 초심을 잃지 않는 것, 지금 나의 상태를 그대로 바라보는 것, 그것이 자유일까? 이런저런 생각과 함께 뙤약볕의 묘비명만 바라보았다.

터벅거리며 무덤에서 나와 카잔차키스 박물관으로 향했다. 야트막한 산과 능선에 포도나무와 올리브나무들이 심어져 있었다. 돌담에 핀 꽃들도 간간이 보이는 작은 마을, 그가 태어난 곳이다. 그곳에

카잔차키스의 박물관(위)과 꽃이 피어 있는 박물관 입구(아래)

전시된 그의 책들과 그의 삶을 둘러보니 마음이 뭉클해졌다.

나도 카잔차키스처럼 크레타의 흙을 한 줌 꼭 쥐고 싶었다. 그는 방황의 시절에 크레타의 흙을 항상 몸에 지니고 다녔단다. 벅찬 고뇌의 순간에는 손으로 그 흙을 꼭 쥐며 마치 아주 다정한 친구의 손이라도 잡은 듯 힘을, 큰 힘을 얻었다고 한다. 흙을 만진다는 것은 생명력을 가지고 인간으로 태어난 것을 의미하는 것일까? 그리고 흙의 생명력으로 세상을 살아가는 것인가? 흙이 의미하는 것이 무엇이든 간에 나도 이 순간 느껴 보고 싶었다. 하지만 아쉽게도 박물관 동네 근처에서는 흙을 찾아 볼 수 없었다. 저녁에 엘그레코 공원에서 흙을 잠시 만져 보았다. 어지럽던 내 마음도 차츰 가라앉았다. 그의 느낌처럼은 아니지만, 그 행위에 나는 공감했고 여행을 끝내고 돌아가면 내 고향 부산의 흙을 만져 보리라 결심했다. 그렇게 크레타는 나에게 평온을 선물해 주었다. 그리고 끊임없는 감정의 출렁거림도 그대로 받아들이기로 했다.

사건의 연속, 그것이 인생

크레타에서 방황과 고뇌의 시간을 정리한 후 돈키호테의 나라, 스페인으로 날아갔다. 바르셀로나에서 우란샘이 우리를 반갑게 맞이해 주었다. 사실을 말하자면 우란샘의 등장으로 나는 매니저로서의 부담감도 한껏 덜게 되었다. 그리고 우란샘은 멋진 숙소에 김밥이랑 라면을 준비해 주었다. 그즈음 잊고 있었던 한국음식이 땡기려고 하는 참이었는데…. 우란샘의 배려와 정성 어린 마음이 너무나도 고마웠다.

다음날 일찍이 전철을 타고 바르셀로나 고딕지구로 우란샘이 우리를 안내했다. 그녀가 신혼시절 살던 집과 즐겨 가던 빵집, 성당, 동네를 함께 걸으며 그녀의 그 시절을 함께 걸었다. 곰샘은 우란샘과 함께 걸었던 고딕지구 길을 우란로드라고 명명했다. 스페인에서 새로운 길이 탄생되는 순간이었다. 그러나 동시에 새로운 사건들이 발생한 순간이기도 했다. 선물을 사려고 들어갔던 tea shop에서 나는 소매치기를 당할 뻔했다. 마침 우란샘이 그 현장을 보고 저지했기에 나는 무사히 지갑을 사수할 수 있었다. 아찔했다.

귀국을 앞둔 하루 전날, 우란샘은 우리를 작고 귀여운 항구마을 아렌시로 안내했다. 작은 어시장에도 가보고 유리창으로 비치는 작은 shop들도 구경하며 여유를 즐기고 있었다. 길을 걷다 마주친 아름다운 정원이 있는 시청을 구경하기 위해 들어갔다. 나는 잠시 시청 앞 작은 벤치에서, 카페에서 쉬고 있는 창희샘 일행에게 여유롭게 문자를 보내고 있었다. 그 순간 갑자기 핸드폰이 공중으로 부양을 하더니 날아가기 시작했다. 흐억, 나는 어제도 그랬는데 오늘 또 소매치기를 당했다. 내 핸드폰을 훔친 소매치기는 하필이면 시청으로 도망을 갔다. 우리 일행이 있는 시청 정원으로, 지금도 채운샘이 소매치기를 막으려고 팔을 휘두르던 장면이 생각난다. 추격전이 시작됐고 나는 소매치기에게 밀쳐지며 나동그라졌다. 그리고 내 눈앞에 건장한 남자들이 소매치기를 누르고 있는 장면이 보였다. 꿈인지 생시인지 모르겠다. 정말 기가 막히고 코가 막혔다. 왜? 또? 정말 뭐가 잘못된 거지? 저 휴대폰을 잃어버리는 순간, 우린 못 돌아간다, 항공권이 거기 다 있다고~ 어떡해, 안 돼, 안 된다고~ 하며 비명을 질렀다. 사건 이후 사람들의 이야기를 들어 보니 나는 짐승처럼 울부짖었고, 엄청난 속도로 달렸단다. 하늘이 원망스러웠다. 울기도 많이 했고 자책도 많이 했으며 정신이 나가 있기도 했다.

같은 여행을 다녀도 인생의 길은 이렇듯 사람마다 각자 달라서 세세하게 다른 상황을 연출한다. 뜨거운 태양처럼 스페인은 나에게 뜨거운 사건의 기억을 남겨 주었고 오히려 도전 정신을 일깨워 주었다. 내 앞에 벌어지는 사건들은 또는 일들은 "왜?" "왜 나에게만"이 아니라 인생의 길 위에서 일어나는 사건일 뿐 나에게만 일어나는 특별한 일이 아니라는 것이다. 그 일이 일어나므로 새로운 운명이 시작된다는 것도 알게 되었다. 그렇게 내 마음의 근육들은 단단해져 가는 것 같았다. 앞으로 다양한 사건들이 내 앞에 와서 섰을 때 나는 새롭게 변화하는 나를 만날 것이다.

카잔차키스와 돈키호테 덕분에 지중해를 만났고 그 여행으로 인해 방황하고 갈등하는 나를 만났다. 그리고 이제부터 삶은 끊임없이 나에게 이런 고뇌를 던져 주리라는 것을 짐작하게 했다.

카잔차키스의 말처럼 "여행과 고백은 내 인생에서 가장 큰 기쁨이었다. 이 세상을 돌아다니는 것, 그것은 새로운 땅과 바다들, 새로

지중해에서의 한때

운 사람들과 사상들을 보는 것이다. 그러나 그것들을 마음껏 음미할 수는 없다. 모든 것을 처음이자 마지막인 것처럼 오랫동안 머뭇거리며 바라보기 때문이다. 그럴 때면 난 눈을 감는다. 그리고 시간이 그것들을 고운체로 걸러서 나의 모든 기쁨과 슬픔의 정수로 정제시킬 때까지, 내 안에서 조용하면서도 격렬한 결정화가 일어나 풍요로워지는 것을 느낀다. 내가 보기에 이런 마음의 연금술이야말로 인간만이 지닐 수 있는 커다란 기쁨이다."(니코스 카잔차키스, 『스페인 기행』, 송병선 옮김, 열린책들, 2008, 7쪽)

인생을 살아가면서 자기 자신을 들여다볼 시간은 얼마나 될까? 들여다보았다고 해서 다 성찰하고 깨우치는 것은 아니다. 그리고 바로 변화하는 것도 아니다. 내가 살아온 만큼, 내가 겪은 만큼, 내가 질문한 만큼일까? 이번 여행에서 만난 땅과 바다, 사람, 사건들을 다 망라할 순 없겠지만 나에게도 성찰할 시간은 필요할 것이다. 당장 해답을 얻지 못한다고 하더라도 내게 일어난 일들을 바라보는 것, 그것만으로도 만족하려 한다. 마음의 연금술을 닦기 위한 시도를 멈추지 않을 것이다.

에필로그:

대중지성과 고전 '리-라이팅'(re-writing)

앞에서 보았듯이, 〈감이당〉에선 칼럼, 리뷰, 에세이, 여행기 등 다양한 글쓰기를 실험해 왔다. 이외에 다른 장르들도 얼마든지 가능하다. 왕초보에 해당하는 씨앗문장 쓰기에서부터 자서전, 묘비명, 평전 등에 이르기까지. 하지만 이 실개천들이 도달하고자 하는 바다는 '고전-리라이팅'이다. 〈감이당〉의 모든 글쓰기 수업은 그 지평을 향해 나아간다.

고전 리-라이팅이란 동서양의 고전을 하나 선택해서 거기에 담긴 지혜와 비전을 우리 시대의 삶의 현장에 생생하게 연결해 주는 글쓰기 형식을 말한다. 나의 저서 가운데 『열하일기, 웃음과 역설의 유쾌한 시공간』이나 『동의보감, 몸과 우주 그리고 삶의 비전을 찾아서』, 『고미숙의 로드클래식, 길 위에서 길 찾기』 등이 거기에 해당한다. 물론 쉽지 않다. 하지만 그보다 멋진 일도 없다. 무엇보다 읽기와 쓰기의 동시성을 체득할 수 있는 최고의 장르다. 당연한 말이지만, 리-라이팅을 하려면 엄청나게 읽어야 한다. 일단 선택부터가 그렇지 않겠는가. 동서양 고전의 스펙트럼을 대강이라도 스케치를 해야 그 중 하나를 선택할 수 있다. 말하자면, 선택의 과정 자체가 읽기 수련이다. 그 과정이 현재 진행되는 감성(감이당 대중지성) 프로그램들이다. 전체가 봄-여름-가을-겨울 4학기 1년 코스인데, 4학기 동안 읽어야 할 범위가 꽤나 넓다. 의학, 역학에 관련한 고전은 기본이고, 그 위에 유불도 삼교의 대표적인 고전들과 서양철학 4인방——니체, 스피노자, 푸코, 들뢰즈——의 저작들, 그리고 인류학, 근대성, 루쉰과 나쓰메 소세키,『홍루몽』등 문학고전들이 대거 포함된다. 이걸 다 섭렵하려면 1년으론 좀 벅차다. 해서, 2년, 3년, 심지어 5년 이상 감성 프로그램을 수강하는 이들도 적지 않다. 이 자체가 인식의 지도를 재구성하는 과정이자 자신만의 인생고전을 만나기 위한 분투의 여정이다. 그렇다고 무작정 시간을 오래 끈다고 되는 건 아니라서 몇 년 전부터는 아예 고전평론가 코스를 별도로 만들었다.

이 과정에 들어오려면 무조건 고전 한 편을 선택해야 한다. 그 고전을 가지고 4학기 내내 상호작용을 하면서 한 편의 리-라이팅을 완성해 가는 것이다. 이런 식의 학습과 글쓰기는 대단히 효과적이다. 자, 한번 생각해 보자. 일단 스스로 선택을 했으니 얼마나 집중해서 읽겠는가. 그냥 교재로 주어진 텍스트를 읽는 것과는 천지 차이다. 이해 여부를 떠나 텍스트와 접속하는 강도는 높을 수밖에 없다. 고전의 정의 가운데 이런 게 있다. 읽을 때마다 다르게 변주되는 텍스트. 맞다. 그래야 명실상부 고전의 반열에 오를 수 있다. 문제는 독자가 여러 번 읽어 줘야 그런 잠재력이 드러날 텐데, 보통은 몇 번은 고사하고 한 번을 제대로 통독하기도 어렵다. 고전의 속도와 문체에 익숙하지 않아서다. 그러니 고전이 얼마나 다양한 깊이와 밀도를 지니고 있는지 대체 어떻게 알겠는가. 고전평론가 코스는 그 점에서 매우 효과적이다. 1년 내내 늘 곁에 두고서 수시로, 시시때때로 읽어야 하니 그 과정에서 한 권의 고전이 얼마나 다양하게 변주되는지를 온몸으로 체험할 수 있다.

한 권만 읽으니까 너무 독서범위가 협소하지 않느냐고? 돈워리! 한 권의 텍스트가 대상이긴 하지만, 그와 관련해서 글을 쓰려면 그다음엔 저자를, 그리고 저자와 그의 시대를, 그리고 인접한 텍스트까지 섭렵해야 한다. 예를 들면,『전습록』을 선택했다면,『전습록』은 거의 외우다시피 해야 하고, 당연히 그 저자인 왕양명이라는 철학자의 인생에 대해 소소한 에피소드까지 꿰고 있어야 한다. 그런데 그렇게 하려면 그가 살았던 명나라 시대는 물론이고, 그가 영향을 받은 사상──성리학, 불교, 도교 등──에서 그가 영향을 끼친 후대의 사상──양명좌파, 이탁오, 원굉도 등──에 이르기까지 두루 통달해야만 한다. 이렇게 넓혀 가다 보면 중국 사상사가 한눈에 들어오게 된다. 해서, 이 과정 자체가 하나의 학교다. 어디 그뿐인가. 한 클래스에 15명 안팎의 학인들이 참여하니까 다른 학인들의 고전에 대해서도 1년 내내 듣고 토론에 참여해야 한다. 귀동냥의 힘도 엄청나다. 그러다 보니 각자는 한 권의 고전을 탐구하지만, 결과적으로는 15권 정도의 고전을 탐구한 셈이 된다. 이 정도면 지적 스펙트럼의 확장을 충분히 누릴 수 있다. 더 놀라운 건 그렇게 한 권의 고전을 절차탁마하는 과정을 함께하다 보면 서로 간의 우정이 실로 돈독해진다는 사실이다. 서로의 미덕과 한계를 충분히 파악할 수 있을뿐더러 진솔하게 서로에 대해 조언을 주고받을 수 있다. 자연스럽게 고전의 지혜와 비전이 일상의 전 과정에

녹아들게 된다. 하여, 리-라이팅을 하는 순간 누구든 그 고전과 사제관계를 맺게 된다. '이론편'에서도 언급했듯이, 사제관계는 인간만이 도달할 수 있는 관계의 절정이라고 했다. 벗이면서 스승인 존재는 동시대를 사는 인물일 수도 있지만, 시공을 가로질러서도 얼마든지 만날 수 있다. 내가 『열하일기』를 만나 연암 박지원과 평생의 인연을 맺었듯이 말이다. 그런 멘토를 만난다는 것은 얼마나 거룩하고 또 얼마나 통쾌한 일인가.

그래서 〈감이당〉 대중지성은 고전 리-라이팅을 지향한다. 고전의 바다는 넓고 깊다. 그 지혜는 사람과 사람을, 사람과 세상을, 몸과 우주를 이어 준다. 문헌학적 지식도, 비평가의 독설도, 허구적 상상력도 필요 없는, 고전과 현대, 지혜와 일상, 나아가 천지인이 자연스럽게 교감하는 글쓰기의 길. 고전평론은 특별한 장르나 스타일이 아니다. 그저 글쓰기, 라고 하는 것으로 충분하다. 길 위에서 '길' 찾기라고나 할까. 발은 굳건하게 땅을 디디고 시선은 하늘을 바라보며 사람의 길을 찾아가는, 걸으면서 묻고 물으면서 걷는 그 '오래된 미래'로서의 글쓰기.

누구와 경쟁하지 않아도 되고, 특별한 재능이 필요하지도 않다. 중년, 노년은 물론이고 죽음이 도래하는 그 순간까지 할 수 있다. 이보다 더 좋은 삶의 비전도 없지 않을까. 하여, 나는 굳게 믿는다. 이것이야말로 21세기가 간절히 원하는 글쓰기의 비전이라고.

✖ 사족 마지막으로 '글쓰기로 수련하기'를 구체화하기 위해 시도한 몇 가지 활동을 소개하고 싶다. 〈감이당〉의 모든 프로그램이 그렇지만, 우리가 하는 모든 활동을 마음껏 참조, 활용해 주기를 바라는 마음에서다.

1. 낭송Q 시리즈 2015년 고전과 낭송의 콜라보를 위해 동양고전 28권을 낭송집으로 출간했다. 이후 시리즈가 추가되면서 또 다른 낭송집들이 이어져 현재 48권에 달한다. 대중지성의 학인들이 주요 편자로 참여하고 있다. 편자들에겐 최고의 읽기 훈련이 되고, 독자들 입장에서는 부담없이 고전을 접할 수 있어 일거양득이다. 이 고전들만 두루 섭렵해도 동양사상의 지도가 한눈에 보일 것이다. 전국의 학교와 도서관에서, 나아가 일상의 곳곳에서 낭송 소리가 울려퍼지는 그런 시절을 감히 기대해 본다.^^

2. MVQ와 강감찬TV MVQ는 Moving Vision Quest의 약자로, '길 위에서 삶의 비전을 탐구한다'는 뜻이다. 어떻게? 글쓰기로! 씨앗문장에서 시작하여, 리좀, 에세이, 육아일기, 지역 공동체 소식 및 여행 후기 등 다양한 형식의 글쓰기가 실험되는 일종의 디지털 매거진이다. 매일 한두 편의 글이 업데이트된다. 글쓰기를 일상적으로 훈련할 수 있는 현장인 셈이다. 누가 쓰느냐고? 대중지성 코스를 밟는 학인들이 주요 저자다. 이 글들을 잘 모으고 편집을 해서 세상에 내보내는 산파가 바로 북드라망 출판사다.

내 저서의 대부분이 이 출판사에서 나오는 바람에 북드라망을 나의 소유로 착각하는 경우가 있는데, 이 자리에서 분명히 밝히는 바이지만 절대 아니다!^^ 그린비 출판사에서 『열하일기』 리-라이팅과 달인 시리즈로 인연을 맺은 편집자가 독립을 하면서 인연이 돈독해진 것뿐이다. 우리의 관계는 굳이 표현하자면 좋은 이웃이자 길벗이다. 이름 그대로 '북-인드라망'을 함께 걸어가는 최고의 파트너이기도 하다.

강감찬TV는 2018년 초에 시작한 유튜브 채널이다. 〈남산강학원〉의 청년들이 영상을 만들고 〈감이당〉의 중년들이 그 활동에 필요한 자금을 조달하는 인문지성 네트워크다. 각종 세미나와 활동, 강의, 지역네트워크 등의 영상이 주단위로 업데이트된다.

감이당-MVQ-북드라망-강감찬TV-남산강학원, 이 계열은 읽고 쓰고 말하는, 책으로 세상과 세상을 연결하는 그야말로 북-인드라망이다. 이 책의 전반부에서 밝힌 '글쓰기의 존재론'이 구체적으로 구현되는 실전무대이기도 하다. 나는 소망한다, 이런 방식의 네트워크가 도시마다, 마을마다 만들어져서 대중지성의 향연이 펼쳐지기를! 모두가 고전에서 삶의 지혜를 배우고 익히는, 또 가르치고 전하는 즐거움을 만끽하시기를!